比较文学与世界文学 研究丛书

主编 曹顺庆

初编 第 **5** 册

英语世界易学研究论稿（上）

李伟荣 著

花木兰文化事业有限公司

国家图书馆出版品预行编目资料

英语世界易学研究论稿（上）／李伟荣 著 —— 初版 —— 新北市：
花木兰文化事业有限公司，2022〔民 111〕
序 2+ 目 4+146 面；19×26 公分
（比较文学与世界文学研究丛书 初编 第 5 册）
ISBN 978-986-518-711-8（精装）
1.CST：易经 2.CST：英语 3.CST：翻译 4.CST：研究考订
810.8   110022060

ISBN-978-986-518-711-8

9 789865 187118

比较文学与世界文学研究丛书
初编 第 五 册   ISBN：978-986-518-711-8

英语世界易学研究论稿（上）

作　　者　李伟荣
主　　编　曹顺庆
企　　划　四川大学双一流学科暨比较文学研究基地
总 编 辑　杜洁祥
副总编辑　杨嘉乐
编辑主任　许郁翎
编　　辑　张雅淋、潘玟静、刘子瑄　美术编辑　陈逸婷
出　　版　花木兰文化事业有限公司
发 行 人　高小娟
联络地址　台湾 235 新北市中和区中安街七二号十三楼
　　　　　　电话：02-2923-1455／传真：02-2923-1452
网　　址　http://www.huamulan.tw 信箱 service@huamulans.com
印　　刷　普罗文化出版广告事业
初　　版　2022 年 3 月
定　　价　初编 28 册（精装）台币 76,000 元

英语世界易学研究论稿(上)

李伟荣 著

作者简介

李伟荣，湖南大学岳麓书院教授，四川大学比较文学和世界文学博士。研究兴趣集中于域外易学诠释研究、中国哲学关键词研究、先秦哲学研究、中外文化交流史。已出版专著两部，译著四部，发表学术论文五十余篇。已主持完成国家社科基金项目一项、中国外文局重点项目一项，以及其他省部级项目三项。

提　　要

　　本著作通过考察《易经》在英语世界的翻译、传播和接受来阐明它在英语世界的影响。首先，梳理了《易经》英译史，集中考察了麦丽芝、理雅各、卫礼贤—贝恩斯、蒲乐道、孔士特、夏含夷、林理彰、闵福德等人英译的《易经》译本，包括考察他们翻译的得失和易学思想。其次，从学术史的角度，述评了英语世界易学研究的五种趋势，不管哪种趋势，最终都是为了返本溯源，回到原初《易经》。再次，以美国著名易学家司马富的研究为个案，分析了英语世界易学研究的范式转变及研究趋势。最后，运用比较文学变异学的方法，以英语世界的文学创作为例，阐明了《易经》对英语世界代表性作家的重要影响。

本著作是 2012 年度中国国家社会科学基金一般项目"英语世界的《易经》研究"（项目编号为 12BWW011）的结项成果

比较文学的中国路径

曹顺庆

自德国作家歌德提出"世界文学"观念以来，比较文学已经走过近二百年。比较文学研究也历经欧洲阶段、美洲阶段而至亚洲阶段，并在每一阶段都形成了独具特色学科理论体系、研究方法、研究范围及研究对象。中国比较文学研究面对东西文明之间不断加深的交流和碰撞现况，立足中国之本，辩证吸纳四方之学，而有了如今欣欣向荣之景象，这套丛书可以说是应运而生。本丛书尝试以开放性、包容性分批出版中国比较文学学者研究成果，以观中国比较文学学术脉络、学术理念、学术话语、学术目标之概貌。

一、百年比较文学争讼之端——比较文学的定义

什么是比较文学？常识告诉我们：比较文学就是文学比较。然而当今中国比较文学教学实际情况却并非完全如此。长期以来，中国学术界对"什么是比较文学？"却一直说不清，道不明。这一最基本的问题，几乎成为学术界纠缠不清、莫衷一是的陷阱，存在着各种不同的看法。其中一些看法严重误导了广大学生！如果不辨析这些严重误导了广大学生的观点，是不负责任、问心有愧的。恰如《文心雕龙·序志》说"岂好辩哉，不得已也"，因此我不得不辩。

其中一个极为容易误导学生的说法，就是"比较文学不是文学比较"。目前，一些教科书郑重其事地指出：比较文学不是文学比较。认为把"比较"与"文学"联系在一起，很容易被人们理解为用比较的方法进行文学研究的意思。并进一步强调，比较文学并不等于文学比较，并非任何运用比较方法来进行的比较研究都是比较文学。这种误导学生的说法几乎成为一个定论，

一个基本常识，其实，这个看法是不完全准确的。

让我们来看看一些具体例证，请注意，我列举的例证，对事不对人，因而不提及具体的人名与书名，请大家理解。在 Y 教授主编的教材中，专门设有一节以"比较文学不是文学比较"为题的内容，其中指出"比较文学界面临的最大的困惑就是把'比较文学'误读为'文学比较'"，在高等院校进行比较文学课程教学时需要重点强调"比较文学不是文学比较"。W 教授主编的教材也称"比较文学不是文学的比较"，因为"不是所有用比较的方法来研究文学现象的都是比较文学"。L 教授在其所著教材专门谈到"比较文学不等于文学比较"，因为，"比较"已经远远超出了一般方法论的意义，而具有了跨国家与民族、跨学科的学科性质，认为将比较文学等同于文学比较是以偏概全的。"J 教授在其主编的教材中指出，"比较文学并不等于文学比较"，并以美国学派雷马克的比较文学定义为根据，论证比较文学的"比较"是有前提的，只有在地域观念上跨越打通国家的界限，在学科领域上跨越打通文学与其他学科的界限，进行的比较研究才是比较文学。在 W 教授主编的教材中，作者认为，"若把比较文学精神看作比较精神的话，就是犯了望文生义的错误，一百余年来，比较文学这个名称是名不副实的。"

从列举的以上教材我们可以看出，首先，它们在当下都仍然坚持"比较文学不是文学比较"这一并不完全符合整个比较文学学科发展事实的观点。如果认为一百余年来，比较文学这个名称是名不副实的，所有的比较文学都不是文学比较，那是大错特错！其次，值得注意的是，这些教材在相关叙述中各自的侧重点还并不相同，存在着不同程度、不同方面的分歧。这样一来，错误的观点下多样的谬误解释，加剧了学习者对比较文学学科性质的错误把握，使得学习者对比较文学的理解愈发困惑，十分不利于比较文学方法论的学习、也不利于比较文学学科的传承和发展。当今中国比较文学教材之所以普遍出现以上强作解释，不完全准确的教科书观点，根本原因还是没有仔细研究比较文学学科不同阶段之史实，甚至是根本不清楚比较文学不同阶段的学科史实的体现。

实际上，早期的比较文学"名"与"实"的确不相符合，这主要是指法国学派的学科理论，但是并不包括以后的美国学派及中国学派的学科理论，如果把所有阶段的学科理论一锅煮，是不妥当的。下面，我们就从比较文学学科发展的史实来论证这个问题。"比较文学不是文学比较""comparative literature is not literary comparison", 只是法国学派提出的比较文学口号, 只是法国学派一派的主张, 而不是整个比较文学学科的基本特征。我们不能够把这个阶段性的比较文学口号扩大化, 甚至让其突破时空, 用于描述比较文学所有的阶段和学派, 更不能够使其"放之四海而皆准"。

法国学派提出"比较文学不是文学比较", 这个"比较"(comparison) 是他们坚决反对的! 为什么呢, 因为他们要的不是文学"比较"(literary comparison), 而是文学"关系"(literary relationship), 具体而言, 他们主张比较文学是实证的国际文学关系, 是不同国家文学的影响关系, influences of different literatures, 而不是文学比较。

法国学派为什么要反对"比较"(comparison), 这与比较文学第一次危机密切相关。比较文学刚刚在欧洲兴起时, 难免泥沙俱下, 乱比的情形不断出现, 暴露了多种隐患和弊端, 于是, 其合法性遭到了学者们的质疑: 究竟比较文学的科学性何在? 意大利著名美学大师克罗齐认为,"比较"(comparison) 是各个学科都可以应用的方法, 所以,"比较"不能成为独立学科的基石。学术界对于比较文学公然的质疑与挑战, 引起了欧洲比较文学学者的震撼, 到底比较文学如何"比较"才能够避免"乱比"? 如何才是科学的比较?

难能可贵的是, 法国学者对于比较文学学科的科学性进行了深刻的的反思和探索, 并提出了具体的应对的方法: 法国学派采取壮士断臂的方式, 砍掉"比较"(comparison), 提出比较文学不是文学比较(comparative literature is not literary comparison), 或者说砍掉了没有影响关系的平行比较, 总结出了只注重文学关系(literary relationship) 的影响(influences) 研究方法论。法国学派的创建者之一基亚指出, 比较文学并不是比较。比较不过是一门名字没取好的学科所运用的一种方法……企图对它的性质下一个严格的定义可能是徒劳的。基亚认为: 比较文学不是平行比较, 而仅仅是文学关系史。以"文学关系"为比较文学研究的正宗。为什么法国学派要反对比较? 或者说为什么法国学派要提出"比较文学不是文学比较", 因为法国学派认为"比较"(comparison) 实际上是乱比的根源, 或者说"比较"是没有可比性的。正如巴登斯佩哲指出:"仅仅对两个不同的对象同时看上一眼就作比较, 仅仅靠记忆和印象的拼凑, 靠一些主观臆想把可能游移不定的东西扯在一起来找点类似点, 这样的比较决不可能产生论证的明晰性"。所以必须抛弃"比较"。只承认基于科学的历史实证主义之上的文学影响关系研究(based on scientificity and positivism and literary influences.）。法国学派的代表学者卡雷指出：比较文学是实证性的关系研究："比较文学是文学史的一个分支：它研究拜伦与普希金、歌德与卡莱尔、瓦尔特·司各特与维尼之间，在属于一种以上文学背景的不同作品、不同构思以及不同作家的生平之间所曾存在过的跨国度的精神交往与实际联系。"正因为法国学者善于独辟蹊径，敢于提出"比较文学不是文学比较"，甚至完全抛弃比较（comparison），以防止"乱比"，才形成了一套建立在"科学"实证性为基础的、以影响关系为特征的"不比较"的比较文学学科理论体系，这终于挡住了克罗齐等人对比较文学"乱比"的批判，形成了以"科学"实证为特征的文学影响关系研究，确立了法国学派的学科理论和一整套方法论体系。当然，法国学派悍然砍掉比较研究，又不放弃"比较文学"这个名称，于是不可避免地出现了比较文学名不副实的尴尬现象，出现了打着比较文学名号，而又不比较的法国学派学科理论，这才是问题的关键。

当然，法国学派提出"比较文学不是文学比较"，只注重实证关系而不注重文学比较和文学审美，必然会引起比较文学的危机。这一危机终于由美国著名比较文学家韦勒克（René Wellek）在 1958 年国际比较文学协会第二次大会上明确揭示出来了。在这届年会上，韦勒克作了题为《比较文学的危机》的挑战性发言，对"不比较"的法国学派进行了猛烈批判，宣告了倡导平行比较和注重文学审美的比较文学美国学派的诞生。韦勒克作了题为《比较文学的危机》的挑战性发言，对当时一统天下的法国学派进行了猛烈批判，宣告了比较文学美国学派的诞生。韦勒克说："我认为，内容和方法之间的人为界线，渊源和影响的机械主义概念，以及尽管是十分慷慨的但仍属文化民族主义的动机，是比较文学研究中持久危机的症状。"韦勒克指出："比较也不能仅仅局限在历史上的事实联系中，正如最近语言学家的经验向文学研究者表明的那样，比较的价值既存在于事实联系的影响研究中，也存在于毫无历史关系的语言现象或类型的平等对比中。"很明显，韦勒克提出了比较文学就是要比较（comparison），就是要恢复巴登斯佩哲所讽刺和抛弃的"找点类似点"的平行比较研究。美国著名比较文学家雷马克（Henry Remak）在他的著名论文《比较文学的定义与功用》中深刻地分析了法国学派为什么放弃"比较"（comparison）的原因和本质。他分析说："法国比较文学否定'纯粹'的比较（comparison），它忠实于十九世纪实证主义学术研究的传统，即实证主义所坚持并热切期望的文学研究的'科学性'。按照这种观点,纯粹的类比不会得出任何结论,尤其是不能得出有更大意义的、系统的、概括性的结论。……既然值得尊重的科学必须致力于因果关系的探索,而比较文学必须具有科学性,因此,比较文学应该研究因果关系,即影响、交流、变更等。"雷马克进一步尖锐地指出,"比较文学"不是"影响文学"。只讲影响不要比较的"比较文学",当然是名不副实的。显然,法国学派抛弃了"比较"(comparison),但是仍然带着一顶"比较文学"的帽子,才造成了比较文学"名"与"实"不相符合,造成比较文学不比较的尴尬,这才是问题的关键。

美国学派最大的贡献,是恢复了被法国学派所抛弃的比较文学应有的本义——"比较"(The American school went back to the original sense of comparative literature——"comparison"),美国学派提出了标志其学派学科理论体系的平行比较和跨学科比较:"比较文学是一国文学与另一国或多国文学的比较,是文学与人类其他表现领域的比较。"显然,自从美国学派倡导比较文学应当比较(comparison)以后,比较文学就不再有名与实不相符合的问题了,我们就不应当再继续笼统地说"比较文学不是文学比较"了,不应当再以"比较文学不是文学比较"来误导学生!更不可以说"一百余年来,比较文学这个名称是名不副实的。"不能够将雷马克的观点也强行解释为"比较文学不是比较"。因为在美国学派看来,比较文学就是要比较(comparison)。比较文学就是要恢复被巴登斯佩哲所讽刺和抛弃的"找点类似点"的平行比较研究。因为平行研究的可比性,正是类同性。正如韦勒克所说,"比较的价值既存在于事实联系的影响研究中,也存在于毫无历史关系的语言现象或类型的平等对比中。"恢复平行比较研究、跨学科研究,形成了以"找点类似点"的平行研究和跨学科研究为特征的比较文学美国学派学科理论和方法论体系。美国学派的学科理论以"类型学"、"比较诗学"、"跨学科比较"为主,并拓展原属于影响研究的"主题学"、"文类学"等领域,大大扩展比较文学研究领域。

二、比较文学的三个阶段

下面,我们从比较文学的三个学科理论阶段,进一步剖析比较文学不同阶段的学科理论特征。现代意义上的比较文学学科发展以"跨越"与"沟通"为目标,形成了类似"层叠"式、"涟漪"式的发展模式,经历了三个重要的学科理论阶段,即:

一、欧洲阶段，比较文学的成形期；二、美洲阶段，比较文学的转型期；三、亚洲阶段，比较文学的拓展期。我们将比较文学三个阶段的发展称之为"涟漪式"结构，实际上是揭示了比较文学学科理论的继承与创新的辩证关系：比较文学学科理论的发展，不是以新的理论否定和取代先前的理论，而是层叠式、累进式地形成"涟漪"式的包容性发展模式，逐步积累推进。比较文学学科理论发展呈现为层叠式、"涟漪"式、包容式的发展模式。我们把这个模式描绘如下：

法国学派主张比较文学是国际文学关系，是不同国家文学的影响关系。形成学科理论第一圈层：比较文学——影响研究；美国学派主张恢复平行比较，形成学科理论第二圈层：比较文学——影响研究＋平行研究＋跨学科研究；中国学派提出跨文明研究和变异研究，形成学科理论第三圈层：比较文学——影响研究＋平行研究＋跨学科研究＋跨文明研究＋变异研究。这三个圈层并不互相排斥和否定，而是继承和包容。我们将比较文学三个阶段的发展称之为层叠式、"涟漪"式、包容式结构，实际上是揭示了比较文学学科理论的继承与创新的辩证关系。

法国学派提出，可比性的第一个立足点是同源性，由关系构成的同源性。同源性主要是针对影响关系研究而言的。法国学派将同源性视作可比性的核心，认为影响研究的可比性是同源性。所谓同源性，指的是通过对不同国家、不同民族和不同语言的文学的文学关系研究，寻求一种有事实联系的同源关系，这种影响的同源关系可以通过直接、具体的材料得以证实。同源性往往建立在一条可追溯关系的三点一线的"影响路线"之上，这条路线由发送者、接受者和传递者三部分构成。如果没有相同的源流，也就不可能有影响关系，也就谈不上可比性，这就是"同源性"。以渊源学、流传学和媒介学作为研究的中心，依靠具体的事实材料在国别文学之间寻求主题、题材、文体、原型、思想渊源等方面的同源影响关系。注重事实性的关联和渊源性的影响，并采用严谨的实证方法，重视对史料的搜集和求证，具有重要的学术价值与学术意义，仍然具有广阔的研究前景。渊源学的例子：杨宪益，《西方十四行诗的渊源》。

比较文学学科理论的第二阶段在美洲，第二阶段是比较文学学科理论的转型期。从 20 世纪 60 年代以来，比较文学研究的主要阵地逐渐从法国转向美国，平行研究的可比性是什么？是类同性。类同性是指是没有文学影响关系的不同国家文学所表现出的相似和契合之处。以类同性为基本立足点的平行研究与影响研究一样都是超出国界的文学研究，但它不涉及影响关系研究的放送、流传、媒介等问题。平行研究强调不同国家的作家、作品、文学现象的类同比较，比较结果是总结出于文学作品的美学价值及文学发展具有规律性的东西。其比较必须具有可比性，这个可比性就是类同性。研究文学中类同的：风格、结构、内容、形式、流派、情节、技巧、手法、情调、形象、主题、文类、文学思潮、文学理论、文学规律。例如钱钟书《通感》认为，中国诗文有一种描写手法，古代批评家和修辞学家似乎都没有拈出。宋祁《玉楼春》词有句名句："红杏枝头春意闹。"这与西方的通感描写手法可以比较。

比较文学的又一次危机：比较文学的死亡

九十年代，欧美学者提出，比较文学作为一门学科已经死亡！最早是英国学者苏珊·巴斯奈特 1993 年她在《比较文学》一书中提出了比较文学的死亡论，认为比较文学作为一门学科，在某种意义上已经死亡。尔后，美国学者斯皮瓦克写了一部比较文学专著，书名就叫《一个学科的死亡》。为什么比较文学会死亡，斯皮瓦克的书中并没有明确回答！为什么西方学者会提出比较文学死亡论？全世界比较文学界都十分困惑。我们认为，20 世纪 90 年代以来，欧美比较文学继"理论热"之后，又出现了大规模的"文化转向"。脱离了比较文学的基本立场。首先是不比较，即不讲比较文学的可比性问题。西方比较文学研究充斥大量的 Culture Studies（文化研究），已经不考虑比较的合理性，不考虑比较文学的可比性问题。第二是不文学，即不关心文学问题。西方学者热衷于文化研究，关注的已经不是文学性，而是精神分析、政治、性别、阶级、结构等等。最根本的原因，是比较文学学科长期囿于西方中心论，有意无意地回避东西方不同文明文学的比较问题，基本上忽略了学科理论的新生长点，比较文学学科理论缺乏创新，严重忽略了比较文学的差异性和变异性。

要克服比较文学的又一次危机，就必须打破西方中心论，克服比较文学学科理论一味求同的比较文学学科理论模式，提出适应当今全球化比较文学研究的新话语。中国学派，正是在此次危机中，提出了比较文学变异学研究，总结出了新的学科理论话语和一套新的方法论。

中国大陆第一部比较文学概论性著作是卢康华、孙景尧所著《比较文学导论》，该书指出："什么是比较文学？现在我们可以借用我国学者季羡林先生的解释来回答了：'顾名思义，比较文学就是把不同国家的文学拿出来比较，这可以说是狭义的比较文学。广义的比较文学是把文学同其他学科来比较，包括人文科学和社会科学'。"[1]这个定义可以说是美国雷马克定义的翻版。不过，该书又接着指出："我们认为最精炼易记的还是我国学者钱钟书先生的说法：'比较文学作为一门专门学科，则专指跨越国界和语言界限的文学比较'。更具体地说，就是把不同国家不同语言的文学现象放在一起进行比较，研究他们在文艺理论、文学思潮，具体作家、作品之间的互相影响。"[2]这个定义似乎更接近法国学派的定义，没有强调平行比较与跨学科比较。紧接该书之后的教材是陈挺的《比较文学简编》，该书仍旧以"广义"与"狭义"来解释比较文学的定义，指出："我们认为，通常说的比较文学是狭义的，即指超越国家、民族和语言界限的文学研究……广义的比较文学还可以包括文学与其他艺术（音乐、绘画等）与其他意识形态（历史、哲学、政治、宗教等）之间的相互关系的研究。"[3]中国比较文学早期对于比较文学的定义中凸显了很强的不确定性。

由乐黛云主编，高等教育出版社 1988 年的《中西比较文学教程》，则对比较文学定义有了较为深入的认识，该书在详细考查了中外不同的定义之后，该书指出："比较文学不应受到语言、民族、国家、学科等限制，而要走向一种开放性，力图寻求世界文学发展的共同规律。"[4]"世界文学"概念的纳入极大拓宽了比较文学的内涵，为"跨文化"定义特征的提出做好了铺垫。

随着时间的推移，学界的认识逐步深化。1997 年，陈惇、孙景尧、谢天振主编的《比较文学》提出了自己的定义："把比较文学看作跨民族、跨语言、跨文化、跨学科的文学研究，更符合比较文学的实质，更能反映现阶段人们对于比较文学的认识。"[5]2000 年北京师范大学出版社出版了《比较文学概论》修订本，提出："什么是比较文学呢？比较文学是一种开放式的文学研究，它具有宏观的视野和国际的角度，以跨民族、跨语言、跨文化、跨学科界限的各种文学关系为研究对象，在理论和方法上，具有比较的自觉意识和兼容并包的特色。"[6]这是我们目前所看到的国内较有特色的一个定义。

1 卢康华、孙景尧著《比较文学导论》，黑龙江人民出版社 1984，第 15 页。
2 卢康华、孙景尧著《比较文学导论》，黑龙江人民出版社 1984 年版。
3 陈挺《比较文学简编》，华东师范大学出版社 1986 年版。
4 乐黛云主编《中西比较文学教程》，高等教育出版社 1988 年版。
5 陈惇、孙景尧、谢天振主编《比较文学》，高等教育出版社 1997 年版。
6 陈惇、刘象愚《比较文学概论》，北京师范大学出版社 2000 年版。

具有代表性的比较文学定义是 2002 年出版的杨乃乔主编的《比较文学概论》一书，该书的定义如下："比较文学是以跨民族、跨语言、跨文化与跨学科为比较视域而展开的研究，在学科的成立上以研究主体的比较视域为安身立命的本体，因此强调研究主体的定位，同时比较文学把学科的研究客体定位于民族文学之间与文学及其他学科之间的三种关系：材料事实关系、美学价值关系与学科交叉关系，并在开放与多元的文学研究中追寻体系化的汇通。"[7]方汉文则认为："比较文学作为文学研究的一个分支学科，它以理解不同文化体系和不同学科间的同一性和差异性的辩证思维为主导，对那些跨越了民族、语言、文化体系和学科界限的文学现象进行比较研究，以寻求人类文学发生和发展的相似性和规律性。"[8]由此而引申出的"跨文化"成为中国比较文学学者对于比较文学定义所做出的历史性贡献。

我在《比较文学教程》中对比较文学定义表述如下："比较文学是以世界性眼光和胸怀来从事不同国家、不同文明和不同学科之间的跨越式文学比较研究。它主要研究各种跨越中文学的同源性、变异性、类同性、异质性和互补性，以影响研究、变异研究、平行研究、跨学科研究、总体文学研究为基本方法论，其目的在于以世界性眼光来总结文学规律和文学特性，加强世界文学的相互了解与整合，推动世界文学的发展。"[9]在这一定义中，我再次重申"跨国""跨学科""跨文明"三大特征，以"变异性""异质性"突破东西文明之间的"第三堵墙"。

"首在审己，亦必知人"。中国比较文学学者在前人定义的不断论争中反观自身，立足中国经验、学术传统，以中国学者之言为比较文学的危机处境贡献学科转机之道。

三、两岸共建比较文学话语——比较文学中国学派

中国学者对于比较文学定义的不断明确也促成了"比较文学中国学派"的生发。得益于两岸几代学者的垦拓耕耘，这一议题成为近五十年来中国比较文学发展中竖起的最鲜明、最具争议性的一杆大旗，同时也是中国比较文学学科理论研究最有创新性，最亮丽的一道风景线。

---

7 杨乃乔主编《比较文学概论》，北京大学出版社 2002 年版。
8 方汉文《比较文学基本原理》，苏州大学出版社 2002 年版。
9 曹顺庆《比较文学教程》，高等教育出版社 2006 年版。

　　比较文学"中国学派"这一概念所蕴含的理论的自觉意识最早出现的时间大约是 20 世纪 70 年代。当时的台湾由于派出学生留洋学习，接触到大量的比较文学学术动态，率先掀起了中外文学比较的热潮。1971 年 7 月在台湾淡江大学召开的第一届"国际比较文学会议"上，朱立元、颜元叔、叶维廉、胡辉恒等学者在会议期间提出了比较文学的"中国学派"这一学术构想。同时，李达三、陈鹏翔（陈慧桦）、古添洪等致力于比较文学中国学派早期的理论催生。如 1976 年，古添洪、陈慧桦出版了台湾比较文学论文集《比较文学的垦拓在台湾》。编者在该书的序言中明确提出："我们不妨大胆宣言说，这援用西方文学理论与方法并加以考验、调整以用之于中国文学的研究，是比较文学中的中国派"[10]。这是关于比较文学中国学派较早的说明性文字，尽管其中提到的研究方法过于强调西方理论的普世性，而遭到美国和中国大陆比较文学学者的批评和否定；但这毕竟是第一次从定义和研究方法上对中国学派的本质进行了系统论述，具有开拓和启明的作用。后来，陈鹏翔又在台湾《中外文学》杂志上连续发表相关文章，对自己提出的观点作了进一步的阐释和补充。

　　在"中国学派"刚刚起步之际，美国学者李达三起到了启蒙、催生的作用。李达三于 60 年代来华在台湾任教，为中国比较文学培养了一批朝气蓬勃的生力军。1977 年 10 月，李达三在《中外文学》6 卷 5 期上发表了一篇宣言式的文章《比较文学中国学派》，宣告了比较文学的中国学派的建立，并认为比较文学中国学派旨在"与比较文学中早已定于一尊的西方思想模式分庭抗礼。由于这些观念是源自对中国文学及比较文学有兴趣的学者，我们就将含有这些观念的学者统称为比较文学的'中国'学派。"并指出中国学派的三个目标：1、在自己本国的文学中，无论是理论方面或实践方面，找出特具"民族性"的东西，加以发扬光大，以充实世界文学；2、推展非西方国家"地区性"的文学运动，同时认为西方文学仅是众多文学表达方式之一而已；3、做一个非西方国家的发言人，同时并不自诩能代表所有其他非西方的国家。李达三后来又撰文对比较文学研究状况进行了分析研究，积极推动中国学派的理论建设。[11]

　　继中国台湾学者垦拓之功，在 20 世纪 70 年代末复苏的大陆比较文学研

10 古添洪、陈慧桦《比较文学的垦拓在台湾》，台湾东大图书公司 1976 年版。
11 李达三《比较文学研究之新方向》，台湾联经事业出版公司 1978 年版。

究亦积极参与了"比较文学中国学派"的理论建设和学科建设。

　　季羡林先生 1982 年在《比较文学译文集》的序言中指出："以我们东方文学基础之雄厚，历史之悠久，我们中国文学在其中更占有独特的地位，只要我们肯努力学习，认真钻研，比较文学中国学派必然能建立起来，而且日益发扬光大"[12]。1983 年 6 月，在天津召开的新中国第一次比较文学学术会议上，朱维之先生作了题为《比较文学中国学派的回顾与展望》的报告，在报告中他旗帜鲜明地说："比较文学中国学派的形成（不是建立）已经有了长远的源流，前人已经做出了很多成绩，颇具特色，而且兼有法、美、苏学派的特点。因此，中国学派绝不是欧美学派的尾巴或补充"[13]。1984 年，卢康华、孙景尧在《比较文学导论》中对如何建立比较文学中国学派提出了自己的看法，认为应当以马克思主义作为自己的理论基础，以我国的优秀传统与民族特色为立足点与出发点，汲取古今中外一切有用的营养，去努力发展中国的比较文学研究。同年在《中国比较文学》创刊号上，朱维之、方重、唐弢、杨周翰等人认为中国的比较文学研究应该保持不同于西方的民族特点和独立风貌。1985 年，黄宝生发表《建立比较文学的中国学派：读〈中国比较文学〉创刊号》，认为《中国比较文学》创刊号上多篇讨论比较文学中国学派的论文标志着大陆对比较文学中国学派的探讨进入了实际操作阶段。[14]1988 年，远浩一提出"比较文学是跨文化的文学研究"（载《中国比较文学》1988 年第 3 期）。这是对比较文学中国学派在理论特征和方法论体系上的一次前瞻。同年，杨周翰先生发表题为"比较文学：界定'中国学派'，危机与前提"（载《中国比较文学通讯》1988 年第 2 期），认为东方文学之间的比较研究应当成为"中国学派"的特色。这不仅打破比较文学中的欧洲中心论，而且也是东方比较学者责无旁贷的任务。此外，国内少数民族文学的比较研究，也应该成为"中国学派"的一个组成部分。所以，杨先生认为比较文学中的大量问题和学派问题并不矛盾，相反有助于理论的讨论。1990 年，远浩一发表"关于'中国学派'"（载《中国比较文学》1990 年第 1 期），进一步推进了"中国学派"的研究。此后直到 20 世纪 90 年代末，中国学者就比较文学中国学派的建立、理论与方法以及相应的学科理论等诸多问题进行了积极而富有成效的探讨。

---

12 张隆溪《比较文学译文集》，北京大学出版社 1984 年版。

13 朱维之《比较文学论文集》，南开大学出版社 1984 年版。

14 参见《世界文学》1985 年第 5 期。

刘介民、远浩一、孙景尧、谢天振、陈淳、刘象愚、杜卫等人都对这些问题付出过不少努力。《暨南学报》1991年第3期发表了一组笔谈，大家就这个问题提出了意见，认为必须打破比较文学研究中长期存在的法美研究模式，建立比较文学中国学派的任务已经迫在眉睫。王富仁在《学术月刊》1991年第4期上发表"论比较文学的中国学派问题"，论述中国学派兴起的必然性。而后，以谢天振等学者为代表的比较文学研究界展开了对"X+Y"模式的批判。比较文学在大陆复兴之后，一些研究者采取了"X+Y"式的比附研究的模式，在发现了"惊人的相似"之后便万事大吉，而不注意中西巨大的文化差异性，成为了浅度的比附性研究。这种情况的出现，不仅是中国学者对比较文学的理解上出了问题，也是由于法美学派研究理论中长期存在的研究模式的影响，一些学者并没有深思中国与西方文学背后巨大的文明差异性，因而形成"X+Y"的研究模式，这更促使一些学者思考比较文学中国学派的问题。

经过学者们的共同努力，比较文学中国学派一些初步的特征和方法论体系逐渐凸显出来。1995年，我在《中国比较文学》第1期上发表《比较文学中国学派基本理论特征及其方法论体系初探》一文，对比较文学在中国复兴十余年来的发展成果作了总结，并在此基础上总结出中国学派的理论特征和方法论体系，对比较文学中国学派作了全方位的阐述。继该文之后，我又发表了《跨越第三堵'墙'创建比较文学中国学派理论体系》等系列论文，论述了以跨文化研究为核心的"中国学派"的基本理论特征及其方法论体系。这些学术论文发表之后在国内外比较文学界引起了较大的反响。台湾著名比较文学学者古添洪认为该文"体大思精，可谓已综合了台湾与大陆两地比较文学中国学派的策略与指归，实可作为'中国学派'在大陆再出发与实践的蓝图"[15]。

在我撰文提出比较文学中国学派的基本特征及方法论体系之后，关于中国学派的论争热潮日益高涨。反对者如前国际比较文学学会会长佛克马（Douwe Fokkema）1987年在中国比较文学学会第二届学术讨论会上就从所谓的国际观点出发对比较文学中国学派的合法性提出了质疑，并坚定地反对建立比较文学中国学派。来自国际的观点并没有让中国学者失去建立比较文学中国学派的热忱。很快中国学者智量先生就在《文艺理论研究》1988年第

---

15 古添洪《中国学派与台湾比较文学界的当前走向》，参见黄维樑编《中国比较文学理论的垦拓》167页，北京大学出版社1998年版。

1 期上发表题为《比较文学在中国》一文，文中援引中国比较文学研究取得的成就，为中国学派辩护，认为中国比较文学研究成绩和特色显著，尤其在研究方法上足以与比较文学研究历史上的其他学派相提并论，建立中国学派只会是一个有益的举动。1991 年，孙景尧先生在《文学评论》第 2 期上发表《为"中国学派"一辩》，孙先生认为佛克马所谓的国际主义观点实质上是"欧洲中心主义"的观点，而"中国学派"的提出，正是为了清除东西方文学与比较文学学科史中形成的"欧洲中心主义"。在 1993 年美国印第安纳大学举行的全美比较文学会议上，李达三仍然坚定地认为建立中国学派是有益的。二十年之后，佛克马教授修正了自己的看法，在 2007 年 4 月的"跨文明对话——国际学术研讨会（成都）"上，佛克马教授公开表示欣赏建立比较文学中国学派的想法[16]。即使学派争议一派繁荣景象，但最终仍旧需要落点于学术创见与成果之上。

比较文学变异学便是中国学派的一个重要理论创获。2005 年，我正式在《比较文学学》[17]中提出比较文学变异学，提出比较文学研究应该从"求同"思维中走出来，从"变异"的角度出发，拓宽比较文学的研究。通过前述的法、美学派学科理论的梳理，我们也可以发现前期比较文学学科是缺乏"变异性"研究的。我便从建构中国比较文学学科理论话语体系入手，立足《周易》的"变异"思想，建构起"比较文学变异学"新话语，力图以中国学者的视角为全世界比较文学学科理论提供一个新视角、新方法和新理论。

比较文学变异学的提出根植于中国哲学的深层内涵，如《周易》之"易之三名"所构建的"变易、简易、不易"三位一体的思辨意蕴与意义生成系统。具体而言，"变易"乃四时更替、五行运转、气象畅通、生生不息；"不易"乃天上地下、君南臣北、纲举目张、尊卑有位；"简易"则是乾以易知、坤以简能、易则易知、简则易从。显然，在这个意义结构系统中，变易强调"变"，不易强调"不变"，简易强调变与不变之间的基本关联。万物有所变，有所不变，且变与不变之间存在简单易从之规律，这是一种思辨式的变异模式，这种变异思维的理论特征就是：天人合一、物我不分、对立转化、整体关联。这是中国古代哲学最重要的认识论，也是与西方哲学所不同的"变异"思想。

---

16 见《比较文学报》2007 年 5 月 30 日，总第 43 期。
17 曹顺庆《比较文学学》，四川大学出版社 2005 年版。

由哲学思想衍生于学科理论，比较文学变异学是"指对不同国家、不同文明的文学现象在影响交流中呈现出的变异状态的研究，以及对不同国家、不同文明的文学相互阐发中出现的变异状态的研究。通过研究文学现象在影响交流以及相互阐发中呈现的变异，探究比较文学变异的规律。"[18]变异学理论的重点在求"异"的可比性，研究范围包含跨国变异研究、跨语际变异研究、跨文化变异研究、跨文明变异研究、文学的他国化研究等方面。比较文学变异学所发现的文化创新规律、文学创新路径是基于中国所特有的术语、概念和言说体系之上探索出的"中国话语"，作为比较文学第三阶段中国学派的代表性理论已经受到了国际学界的广泛关注与高度评价，中国学术话语产生了世界性影响。

四、国际视野中的中国比较文学

文明之墙让中国比较文学学者所提出的标识性概念获得国际视野的接纳、理解、认同以及运用，经历了跨语言、跨文化、跨文明的多重关卡，国际视野下的中国比较文学书写亦经历了一个从"遍寻无迹""只言片语"而"专篇专论"，从最初的"话语乌托邦"至"阶段性贡献"的过程。

二十世纪六十年代以来港台学者致力于从课程教学、学术平台、人才培养，国内外学术合作等方面巩固比较文学这一新兴学科的建立基石，如淡江文理学院英文系开设的"比较文学"（1966），香港大学开设的"中西文学关系"（1966）等课程；台湾大学外文系主编出版之《中外文学》月刊、淡江大学出版之《淡江评论》季刊等比较文学研究专刊；后又有台湾比较文学学会（1973 年）、香港比较文学学会（1978）的成立。在这一系列的学术环境构建下，学者前贤以"中国学派"为中国比较文学话语核心在国际比较文学学科理论、方法论中持续探讨，率先启声。例如李达三在 1980 年香港举办的东西方比较文学学术研讨会成果中选取了七篇代表性文章，以 *Chinese-Western Comparative Literature: Theory and Strategy* 为题集结出版，[19]并在其结语中附上那篇"中国学派"宣言文章以申明中国比较文学建立之必要。

学科开山之际，艰难险阻之巨难以想象，但从国际学者相关言论中可见西方对于中国比较文学学科的发展抱有的希望渺小。厄尔·迈纳（Earl Miner）

---

18 曹顺庆主编《比较文学概论》，高等教育出版社 2015 年版。

19 *Chinese-Western Comparative Literature：Theory & Strategy*,Chinese Univ Pr.1980-6

在 1987 年发表的 *Some Theoretical and Methodological Topics for Comparative Literature* 一文中谈到当时西方的比较文学鲜有学者试图将非西方材料纳入西方的比较文学研究中。（until recently there has been little effort to incorporate non-Western evidence into Western com- parative study.）1992 年，斯坦福大学教授 David Palumbo-Liu 直接以《话语的乌托邦：论中国比较文学的不可能性》为题（*The Utopias of Discourse: On the Impossibility of Chinese Comparative Literature*）直言中国比较文学本质上是一项"乌托邦"工程。（My main goal will be to show how and why the task of Chinese comparative literature, particularly of pre-modern literature, is essentially a *utopian* project.）这些对于中国比较文学的诘难与质疑，今美国加州大学圣地亚哥分校文学系主任张英进教授在其 1998 编著的 *China in a polycentric world: essays in Chinese comparative literature* 前言中也不得不承认中国比较文学研究在国际学术界中仍然处于边缘地位（The fact is, however, that Chinese comparative literature remained marginal in academia, even though it has developed closely with the rest of literary studies in the United Stated and even though China has gained increasing importance in the geopolitical world order over the past decades.）。[20]但张英进教授也展望了下一个千年中国比较文学研究的蓝景。

新的千年新的气象，"世界文学""全球化"等概念的冲击下，让西方学者开始注意到东方，注意到中国。如普渡大学教授斯蒂文·托托西（Tötösy de Zepetnek, Steven）1999 年发长文 *From Comparative Literature Today Toward Comparative Cultural Studies* 阐明比较文学研究更应该注重文化的全球性、多元性、平等性而杜绝等级划分的参与。托托西教授注意到了在法德美所谓传统的比较文学研究重镇之外，例如中国、日本、巴西、阿根廷、墨西哥、西班牙、葡萄牙、意大利、希腊等地区，比较文学学科得到了出乎意料的发展（emerging and developing strongly）。在这篇文章中，托托西教授列举了世界各地比较文学研究成果的著作，其中中国地区便是北京大学乐黛云先生出版的代表作品。托托西教授精通多国语言，研究视野也常具跨越性，新世纪以来也致力于以跨越性的视野关注世界各地比较文学研究的动向。[21]

---

20 Moran T . Yingjin Zhang, Ed. China in a Polycentric World: Essays in Chinese Comparative Literature[J].现代中文文学学报,2000,4(1):161-165.

21 Tötösy de Zepetnek, Steven. "From Comparative Literature Today Toward Comparative Cultural Studies." CLCWeb: Comparative Literature and Culture 1.3 (1999):

以上这些国际上不同学者的声音一则质疑中国比较文学建设的可能性，一则观望着这一学科在非西方国家的复兴样态。争议的声音不仅在国际学界，国内学界对于这一新兴学科的全局框架中涉及的理论、方法以及学科本身的立足点，例如前文所说的比较文学的定义，中国学派等等都处于持久论辩的漩涡。我们也通晓如果一直处于争议的漩涡中，便会被漩涡所吞噬，只有将论辩化为成果，才能转漩涡为涟漪，一圈一圈向外辐射，国际学人也在等待中国学者自己的声音。

上海交通大学王宁教授作为中国比较文学学者的国际发声者自 20 世纪末至今已撰文百余篇，他直言，全球化给西方学者带来了学科死亡论，但是中国比较文学必将在这全球化语境中更为兴盛，中国的比较文学学者一定会对国际文学研究做出更大的贡献。新世纪以来中国学者也不断地将自身的学科思考成果呈现在世界之前。2000 年，北京大学周小仪教授发文（*Comparative Literature in China*）[22]率先从学科史角度构建了中国比较文学在两个时期（20 世纪 20 年代至 50 年代，70 年代至 90 年代）的发展概貌，此文关于中国比较文学的复兴崛起是源自中国文学现代性的产生这一观点对美国芝加哥大学教授苏源熙（Haun Saussy）影响较深。苏源熙在 2006 年的专著 *Comparative Literature in an Age of Globalization* 中对于中国比较文学的讨论篇幅极少，其中心便是重申比较文学与中国文学现代性的联系。这篇文章也被哈佛大学教授大卫·达姆罗什（David Damrosch）收录于《普林斯顿比较文学资料手册》（*The Princeton Sourcebook in Comparative Literature*，2009[23]）。类似的学科史介绍在英语世界与法语世界都接续出现，以上大致反映了中国学者对于中国比较文学研究的大概描述在西学界的接受情况。学科史的构架对于国际学术对中国比较文学发展脉络的把握很有必要，但是在此基础上的学科理论实践才是关系于中国比较文学学科国际性发展的根本方向。

我在 20 世纪 80 年代以来 40 余年间便一直思考比较文学研究的理论构建问题，从以西方理论阐释中国文学而造成的中国文艺理论"失语症"思考

22　Zhou, Xiaoyi and Q.S. Tong, "Comparative Literature in China", Comparative Literature and Comparative Cultural Studies, ed., Totosy de Zepetnek, West Lafayette, Indiana: Purdue University Press, 2003, 268-283.

23　Damrosch, David (EDT)*The Princeton Sourcebook in Comparative Literature*: Princeton University Press

属于中国比较文学自身的学科方法论，从跨异质文化中产生的"文学误读""文化过滤""文学他国化"提出"比较文学变异学"理论。历经 10 年的不断思考，2013 年，我的英文著作：*The Variation Theory of Comparative Literature*（《比较文学变异学》），由全球著名的出版社之一斯普林格（Springer）出版社出版，并在美国纽约、英国伦敦、德国海德堡出版同时发行。*The Variation Theory of Comparative Literature*（《比较文学变异学》）系统地梳理了比较文学法国学派与美国学派研究范式的特点及局限，首次以全球通用的英语语言提出了中国比较文学学科理论新话语："比较文学变异学"。这一新概念、新范畴和新表述，引导国际学术界展开了对变异学的专刊研究（如普渡大学创办刊物《比较文学与文化》2017 年 19 期）和讨论。

欧洲科学院院士、西班牙圣地亚哥联合大学让·莫内讲席教授、比较文学系教授塞萨尔·多明戈斯教授（Cesar Dominguez），及美国科学院院士、芝加哥大学比较文学教授苏源熙（Haun Saussy）等学者合著的比较文学专著（Introducing Comparative literature: New Trends and Applications[24]）高度评价了比较文学变异学。苏源熙引用了《比较文学变异学》（英文版）中的部分内容，阐明比较文学变异学是十分重要的成果。与比较文学法国学派和美国学派形成对比，曹顺庆教授倡导第三阶段理论，即，新奇的、科学的中国学派的模式，以及具有中国学派本身的研究方法的理论创新与中国学派"（《比较文学变异学》（英文版）第 43 页）。通过对"中西文化异质性的"跨文明研究"，曹顺庆教授的看法会更进一步的发展与进步（《比较文学变异学》（英文版）第 43 页），这对于中国文学理论的转化和西方文学理论的意义具有十分重要的价值。（"Another important contribution in the direction of an imparative comparative literature-at least as procedure-is Cao Shunqing's 2013 *The Variation Theory of Comparative Literature*. In contrast to the "French School" and "American School" of comparative Literature, Cao advocates a "third-phrase theory", namely, "a novel and scientific mode of the Chinese school," a "theoretical innovation and systematization of the Chinese school by relying on our *own* methods" (*Variation Theory* 43; emphasis added). From this etic beginning, his proposal moves forward emically by developing a "cross-civilizaional study on the heterogeneity between

---

24 Cesar Dominguez,Haun Saussy,Dario Villanueva Introducing Comparative literature: New Trends and Applications，Routledge,2015

Chinese and Western culture" (43), which results in both the foreignization of Chinese literary theories and the Signification of Western literary theories.）

　　法国索邦大学（Sorbonne University）比较文学系主任伯纳德·弗朗科（Bernard Franco）教授在他出版的专著（《比较文学：历史、范畴与方法》）*La littératurecomparée: Histoire, domaines, méthodes* 中以专节引述变异学理论，他认为曹顺庆教授提出了区别于影响研究与平行研究的"第三条路"，即"变异理论"，这对应于观点的转变，从"跨文化研究"到"跨文明研究"。变异理论基于不同文明的文学体系相互碰撞为形式的交流过程中以产生新的文学元素，曹顺庆将其定义为"研究不同国家的文学现象所经历的变化"。因此曹顺庆教授提出的变异学理论概述了一个新的方向，并展示了比较文学在不同语言和文化领域之间建立多种可能的桥梁。（Il évoque l'hypothèse d'une troisième voie, la « théorie de la variation », qui correspond à un déplacement du point de vue, de celui des « études interculturelles » vers celui des « études transcivilisationnelles . » Cao Shunqing la définit comme « l'étude des variations subies par des phénomènes littéraires issus de différents pays, avec ou sans contact factuel, en même temps que l'étude comparative de l'hétérogénéité et de la variabilité de différentes expressions littéraires dans le même domaine ».Cette hypothèse esquisse une nouvelle orientation et montre la multiplicité des passerelles possibles que la littérature comparée établit entre domaines linguistiques et culturels différents.）[25]。

　　美国哈佛大学（Harvard University）厄内斯特·伯恩鲍姆讲席教授、比较文学教授大卫·达姆罗什（David Damrosch）对该专著尤为关注。他认为《比较文学变异学》（英文版）以中国视角呈现了比较文学学科话语的全球传播的有益尝试。曹顺庆教授对变异的关注提供了较为适用的视角，一方面超越了亨廷顿式简单的文化冲突模式，另一方面也跨越了同质性的普遍化。[26]国际学界对于变异学理论的关注已经逐渐从其创新性价值探讨延伸至文学研究，例如斯蒂文·托托西近日在 *Cultura* 发表的（Peripheralities: "Minor" Literatures, Women's Literature, and Adrienne Orosz de Csicser's Novels）一文中便成功地将变异学理论运用于阿德里安·奥罗兹的小说研究中。

25　Bernard Franco La littératurecomparée: Histoire, domaines, méthodes，Armand Colin 2016.

26　David Damrosch Comparing the Literatures,Literary Studies in a Global Age,Princeton University Press,2020.

　　国际学界对于比较文学变异学的认可也证实了变异学作为一种普遍性理论提出的初衷，其合法性与适用性将在不同文化的学者实践中巩固、拓展与深化。它不仅仅是跨文明研究的方法，而是一种具有超越影响研究和平行研究，超越西方视角或东方视角的宏大视野、一种建立在文化异质性和变异性基础之上的融汇创生、一种追求世界文学和总体问题最终理想的哲学关怀。

　　以如此篇幅展现中国比较文学之况，是因为中国比较文学研究本就是在各种危机论、唱衰论的压力下，各种质疑论、概念论中艰难前行，不探源溯流难以体察今日中国比较文学研究成果之不易。文明的多样性发展离不开文明之间的交流互鉴。最具"跨文明"特征的比较文学学科更需要文明之间成果的共享、共识、共析与共赏，这是我们致力于比较文学研究领域的学术理想。

　　千里之行，不积跬步无以至，江海之阔，不积细流无以成！如此宏大的一套比较文学研究丛书得承花木兰总编辑杜洁祥先生之宏志，以及该公司同仁之辛劳，中国比较文学学者之鼎力相助，才可顺利集结出版，在此我要衷心向诸君表达感谢！中国比较文学研究仍有一条长远之途需跋涉，期以系列丛书一展全貌，愿读者诸君敬赐高见！

曹顺庆

二零二一年十月二十三日于成都锦丽园

序

　　我对域外易学研究的兴趣，始于 2007 年秋到四川大学攻读博士学位。我的学士、硕士学位都在湖南师范大学外国语学院获得，而且自本科毕业后一直从事大学英语的教学工作，2007 年秋我去四川大学攻读博士学位时，本打算以"文学文本意义研究"为题撰写一份与此前学习相关的博士学位论文。

　　到了四川大学之后，随着学习的深入，尤其是看到导师曹顺庆先生已经指导博士撰写"英语世界的典籍研究"系列论文，我就琢磨是不是也选择一个经典作品在英语世界的翻译和传播为选题来研究？原因主要有两方面：一方面，我本科、硕士阶段打下的语言基础有助于我收集相关资料并理解英语世界学者对中国典籍的理解和诠释；另一方面，中国文化对外传播似乎呈增长势态，国家对于中国文化"走出去"的支持力度日益增强。

　　尽管有这种想法，我却并未完全下定决心。真正让我下决心在这方面选题，是因为求学中的两个契机。一是曹老师开设的博士生专业课程"中外语言文学与文化专题研究（中华文化——《十三经》）"给我颇多启发，让我对十三经有了新的认识；二是受到曹老师的多次指导，尤其是有一次在锦江公园的读书例会上他直接问我有关选题的考虑，我回答说准备做"文学文本意义生成研究"。他听到我的回答后，启发我说，《易经》里面不是说"书不尽言，言不尽意"嘛。《易经》里面也讲意义，你看是不是可以做做英语世界的《易经》研究？你先不用急着回答。回去查查资料之后再说。

　　从锦江公园回宿舍后，我感到很兴奋，感觉似乎选题有方向了。于是，马上开始查阅资料。查完资料，有两个令人惊喜的发现：一是还没有人做这方面的选题；二是这方面的资料还不少。再进行读书报告会时，我便把我的发现告诉了曹老师。他肯定了我的发现，也同意我做这个选题。

那是 2007 年底或 2008 年初的事情，尽管已过去十多年，但是回忆起来还是历历在目，恍如昨日。对我个人而言，这件事情太重要了。此后，我便一直关注《易经》在域外的翻译、传播与接受等方面的研究资料和学术动态。

2012 年 5 月，我顺利通过博士学位论文答辩，同时还获知我申报的国家社科基金一般项目获得了立项。随着研究的深入，我的研究视角逐渐走出了英语世界，开始关注《易经》在东亚"汉文化圈"内日本、越南、韩国等的翻译、传播和接受状况，关注《易经》在亚洲其他地区的种种情况，同时还关注除英语外其他语言中的《易经》接受状况。也就是说，我从仅仅关注英语世界的《易经》过渡到了关注域外易学诠释范式问题。同时，尤其是近四年来在美国的工作中，有机会与更多美国学者进行交流，我发现他们更想知道我是如何研究《易经》《论语》这些中国典籍的。我的研究因此也在逐渐转变，渐渐地聚焦到中国先秦哲学和中国古代哲学术语的诠释问题。当然，在这些方面，我才刚刚起步，远远谈不上有多少精深的研究。但是，在进行这方面的学习和研究时，明显感觉对于我理解域外学者的《易经》诠释有更大帮助。也许这是我英语世界《易经》研究的一个自然转折，也会是我后续研究的一个重点。

是为序。

2021 年 5 月 25 日
广州荔湾区初稿
2021 年 8 月 8 日
湖南长沙修改定稿

目

次

绪　论

引言

《易经》作为中国六经的"群经之首"，在中国具有广泛而深入的影响，它构成了中国文化深层结构的重要组成部分；在国外，尤其是在英语世界，《易经》也具有持续而深远的影响。这具体表现为：自麦丽芝牧师（Canon Thomas R. H. McClatchie, 1812-1885）的首部《易经》全译本1876年出版以来，各语种的译本层出不穷。由于英语在二十世纪逐渐成为世界性语言，所以英语译本最多。最重要的译本有麦丽芝译本、理雅各（James Legge）译本、卫礼贤—贝恩斯（Wilhelm-Baynes）译本、蒲乐道（John Blofeld）译本、夏含夷（Edward L. Shaughnessy）译本、林理彰（Richard John Lynn）译本、黄克孙（Kerson Huang）译本、茹特（Richard Rutt）译本、雷文德（Geoffrey P. Redmond）译本、范多思（Paul G. Fendos, Jr.）译本、戴维·亨顿（David Hinton）译本、赫仁敦（L. Michael Harrington）译本、艾周思（Joseph A. Adler）译本等。除了丰富多样的译本外，重要的研究者和研究著作也层出不穷，从而使《易经》在哲学界、文学界、医学界、科学界等近十个领域产生了重要影响[1]。其中，尤其值得注意的是，英语世界的文学创作界有很多受《易经》启发而创作出来的优秀文学作品，如美国著名科幻作家菲利普·K·迪克（Philip K. Dick，1928-1982）的《高堡奇人》（*The Man in the High Castle*）和英国著

1　[美]成中英，"国际《易经》研究：回顾与展望"，参看[美]成中英：《易学本体论》，北京：北京大学出版社，2006年，第290-296页。

名诗人李道（Richard Berengarten）的长篇组诗《变易》（*Changing*）等，都深受《易经》的启发并在英语世界产生了长远而深刻的影响。德语世界里，诺贝尔文学奖奖得主赫尔曼·黑塞（Hermann Hesse，1877-1962）《玻璃球游戏》（*Das Glasperlenspiel*）也受到《易经》的影响。尤其有趣的是，《易经》在小说框架搭建中扮演了醒目的角色，由于它的参与，本可能沿黑格尔轨道辩证发展的小说情节避开了目的论的危险，主人公的成长动机也不再是浮士德式个体精神，而是一种更深刻的对于原初的宇宙关联的顺应。[2]

有鉴于此，本著作拟对英语世界最重要的《易经》译本进行研究。同时，司马富（Richard J. Smith）的易学研究在世界易学研究史上具有范式转换的重要意义，因此也讨论司马富在世界易学界和历史学界的重要影响。另外，本著作还将通过个案来考察英语世界受《易经》影响而创作的文学作品，从而讨论《易经》的世界文学意义。

0.1 国内外研究动态

有关英语世界的易学研究综述类作品，已有多种，如李伟荣的博士论文"英语世界的《易经》研究"[3]和丁四新与人合作撰写的"英语世界的易学研究述评"[4]。不过，本著作的着眼点并不在此，而主要关注域外易学研究范式问题，因此研究动态的着眼点也在这个方面。

国外有关《易》诠释范式研究，主要有如下重要成果。司马富（Richard J. Smith）的《从历史和当代视角来看〈易经〉在世界文化中的地位》的中心议题是，过去三千年左右的时间里，《易经》逐渐成为全球性资产。起源于中国的神秘预言文本后来获得了经典（在汉代时期）地位，其影响逐渐扩散到东亚中国文化圈的其他领域——尤其是日本、韩国和安南（越南）。在 17 世纪，耶稣会传教士将经典知识传授给西方；今天，在各种欧洲语言中有几十种不同的《易经》翻译。这项工作激发了无数的衍生书籍，目前被全世界数

---

2 范劲，"《玻璃球游戏》、《易经》和新浪漫主义理想"，《中国比较文学》，2011 年第 3 期，第 109-120 页。

3 李伟荣，"英语世界的《易经》研究"，四川大学博士学位论文，2012 年，第 4-14 页。

4 丁四新、吴晓欣、邹啸宇，"英语世界的易学研究述评"，见武汉大学中国高校哲学社会科学发展与评价研究中心组编，《海外人文社会科学发展年度报告 2016》，武汉：武汉大学出版社，2016 年，第 1-61 页。

百万人用于洞察和指导。我们如何解释这些发展——尤其是《易经》的跨文化传播和持久影响？在哪些方面可以将《易经》与其他"经典"作品相提并论，作为真正具有"全球性"意义的文本？[5]苏德恺（Kidder Smith）在《〈易经〉的语境化翻译》中指出，英语世界的《易经》翻译因为所选用来翻译的本子不同，则翻译出来的译本也不同，例如他提到夏含夷翻译的 *I Ching: The Classic of Change*，以马王堆帛书《易经》为底本；林理彰（Richard John Lynn）的《易经》（*The Classic of Changes: A New Translation of the I Ching as Interpreted by Wang Bi*）译本，以王弼的《周易注》为底本。[6]而孔士特（Richard Alan Kunst）在博士论文"原始《易经》"中强调《易经》本经。[7]理雅各和卫礼贤的《易经》译本都是以《御纂周易折中》为翻译底本，而其中尤其借重了程颐和朱熹的易学见解和易学注疏。[8]可见，作为翻译的诠释，必须有所本。依据的底本不同，翻译结果也迥异。而韩子奇（Tze-ki Hon）在《"生生之谓易"：比较理雅各与卫礼贤的〈易经〉翻译》中指出，很长时间以来，由于《易经》与占卜的联系，它一直被视为一种超越欧洲思想理解的神秘文本。这种形象直到理雅各（1814-1897）和卫礼贤（1873-1930）出版了他们的经典译本之后才得以改观。通过将《易经》分别翻译成英语和德语，理雅各和卫礼贤表明，《易经》是一本智慧之书，对人类生活有着深刻的见解。他们以可能源自中国的方式呈现经典，但它与所有人交谈，既包括中国人也包括非中国人。为了研究《易经》从一本神秘的文本到一本智慧书的转变，韩子奇比较了理雅各和卫礼贤的翻译。比较的目的不是要确定两位译者在翻译中国经典时的准确性；相反，是为了突出他们在为西方读者解读中国经典时的独创性和创造力。他们的相同点和不同点表明："理雅各翻译了文本所说的内容，而卫礼贤则翻译了文本所指的内容。"作为译者，理雅各和卫礼贤试图对《易经》

5　Richard J. Smith. The Place of the *Yijing* in World Culture: Some Historical and Contemporary Perspectives, *Journal of Chinese Philosophy*, 25（4）, 1998, pp. 391-422.

6　Kidder Smith. "Contextualized Translation of the *Yijing*", *Philosophy East and West*, Vol. 49, No. 3, 1999, pp. 377-383..

7　Richard A. Kunst. The Original Yijing: A Text，Phonetic Transcription，Translation，and Indexes，with Sample Glosses. PhD. Dissertation in University of California at Berkeley. 1985.

8　James Legge, The *Yi King*（The Texts of Confucianism from Sacred Books of China, Vol. 16, Part II）. Oxford: Clarendon Press. 1882, p. xiii. And Wilhelm, Richard. *The I Ching or Book of Changes*, the Richard Wilhelm Translation rendered into English by Cary F. Baynes. Princeton: Princeton University Press. 1975, p. 257 n. 2.

进行连贯的解释以解决他们时代的问题。他们阅读中国经典的不同之处与他们生活的时代有关（即理雅各生活在维多利亚时代的英格兰，而卫礼贤则生活在德国的魏玛时代），而与解释的在场与否无关。作为评估这两位译者贡献的第一步，这种比较提醒人们注意他们在为西方读者重新创造《易经》中的作用。[9]世界知名哲学家、夏威夷大学教授成中英（Chung-ying Cheng）是英语世界中一位资深的易学家，他在《国际〈易经〉研究：回顾与展望》一文中指出，英语文化中的《易经》研究有向纵深发展的趋势，充分利用中国国内以及英语文化中的易学成果，在十数个领域展开了深入而卓有成效的研究，例如文史易、哲学易、科学易、逻辑易、语言易、管理易和兵法易、医学易、宗教易、艺术易以及民俗易等，从学科研究的广度来说，明显多于国内传统易学研究的领域和范畴：义理、象数和易图等方面的研究。[10]颇有意思的是，著名汉学家、汉赋研究专家、华盛顿大学教授康达维（David R. Knechtges）在《翻译的危险与愉悦：以中国典籍作为个案》一文中以《易经》的翻译和诠释为例，强调了诠释和注释的重要性。作者首先强调，翻译不仅仅是语言的转换，也是译者引导读者放弃自身原有的语言习惯，进入原典原文作者的文化和语言世界的行为。因此，翻译是与原典的学术地位相仿佛的高层次学术工作。康达维透过分析欧洲汉学家翻译中国经典的历史，说明转译经典背后的种种繁复的问题；同时指出，欧美翻译者往往是根据他们所理解的东方文化与宗教作为评判准则，来决定选择哪些中国经典进行翻译。一旦西方汉学家进行翻译，即面对了经典的不稳定性；原典原义本来就很难完整重现，而在经典流传的千百年历程中，不同的版本彼此同异互见，不同的学者又作出各不相同的注解，更大大提高了这种不稳定性。在中国众多的经典中，《易经》的情况尤其如此。康达维认为，应付的方法之一就是选一个特定的注疏来翻译《周易》，像霍道生（Paul-Louis-Felix Philastre）的法文本就是根据程颐和朱熹的意见，或是林理彰（Richard John Lynn）遵循王弼的翻译。总而言之，翻译者必须在这方面保持高度警惕。最后，康达维指出，翻译其实等于另一种注解，一方面译者应该觉察到所选版本的局限，另一方

9　Tze-ki Hon. Constancy in Change：A Comparison of James Legge's and Richard Wilhelm's Interpretations of the *Yijing. Monumenta Serica*, Vol. 53（2005），pp. 315-336.

10　[美]成中英，"国际《易经》研究：回顾与展望"，参看[美]成中英：《易学本体论》，北京：北京大学出版社，2006年，第290-296页。

面译文本身也需要另加注释。[11]

值得关注的是美国德克萨斯大学达拉斯分校顾明栋（Ming Dong Gu）教授著有多篇《易经》与诠释方面的文章，如《〈周易〉明象与现代语言哲学及诠释学》（2009）探讨《周易》诠释学的特殊概念"明象"在历史进程中的发展和演变。通过分析王弼和相关学者的论述，结合符号学、语言学及文学理论等现代研究方法，评价这些思想家对中国语言哲学和诠释学所作的贡献。[12]《跨文化视野下的〈周易〉性质新论——一个独特而又开放的表征阐释系统》（2018）指出，通过对《周易》的文本结构和表征原理进行跨文化和跨学科的综合考察，对其性质提出一个全新观点：《周易》是一个再现系统，而且是一个开放性的意指和诠释系统。用符号学的方法分析八卦的意指系统和卦爻辞的表征系统，可以发现，《周易》的独特之处在于其拥有两个自成体系而又紧密相连的子系统，一个是以卦象为中心的纯符号象征系统，另一个是以卦辞为中心的语言符号系统，这两个系统根据截然不同的意指表征原理而操作，但又为同一个目的结合成一个复杂的再现诠释体系。[13]

《易经》的世界传播研究，有吴伟明（Benjamin Wai-ming Ng）系列文章如《日本幕府时期〈易经〉的研究与运用》（Study and the Uses of the I Ching in Tokugawa Japan）和《越南阮朝晚期的〈易经〉研究》（*Yijing* Scholarship in Late-Nguyen Vietnam: A Study of Le Van Ngu's *Chu Dich Cuu Nguyen*）探讨《易经》在日本和越南的诠释与出版；范多思（Paul George Fendos, Jr.）《韩国的〈易经〉研究》（*Book of changes* studies in Korea，1999）介绍韩国的《易经》研究、传播与诠释；司马富也在其专著《〈易经〉外传》（*The I Ching: A Biography*，2012）中研究《易经》在东亚的诠释、传播与研究状况。赖贵三也曾综论欧美《易》发展史、白晋易学思想以及卫礼贤、卫德明父子易学研究；日本佐藤一斋易学研究；朝鲜李氏王朝（1392-1910）易学研究以及韩国国旗"太极旗"与中华先天易学研究等。[14]最新的成果是吴伟明主编的《全球〈易经〉在现代

11 David R. Knechtges. The Perils and Pleasures of Translation: The Case of the Chinese Classics. *Tsing Hua Journal of Chinese Studies*, Vol. 34, No. 1, 2004, pp. 123-149.

12 [美]顾明栋，"《周易》明象与现代语言哲学及诠释学"，《中山大学学报（社会科学版）》，2009 年第 4 期，第 1-14 页。

13 [美]顾明栋，跨文化视野下的《周易》性质新论——一个独特而又开放的表征阐释系统，《厦门大学学报（哲学社会科学版）》，2018 年第 3 期，第 66-78 页。

14 赖贵三，《东西博雅道殊同一——国际汉学与易学专题研究》，台北：里仁书局，2015 年。

社会的形成：跨文化解读与互动》[15]，汇集了国际上研究《易经》世界传播的众多专家，如司马富、艾周思、郑吉雄、Stéphanie Homola（贺樊怡）、雷文德、韩子奇和黎子鹏等。

国内有关《易经》的西方诠释范式研究，表现在如下几个方面：

索隐派与《易经》诠释的问题，这一直是国内研究海外易学的一个主要观察点，成果丰硕，具体包括三个研究方向：一是从整体上研究，如王佳娣的《明末清初来华传教士对〈易经〉的译介及索隐派的汉学研究》（2010）、杨平的《耶稣会传教士〈易经〉的索隐法诠释》（2013）、张涌和张德让的《索隐派传教士对中国经典的诠译研究》（2015）、岳峰和林风的《在索隐与文本之间：鸦片战争前耶稣会会士对〈易经〉的译介》（2016）、卢怡君的《创世之道——〈易经〉索隐思想与莱布尼茨的普遍文字研究》（2017）、黎子鹏的《〈易经〉与〈圣经〉对话：论清初耶稣会会士白晋对〈蒙卦〉的诠释》（2017）等；二是研究白晋与《易经》研究，如韩琦的《白晋的〈易经〉研究和康熙时代的"西学中源"说》（1997）、《再论白晋的〈易经〉研究——从梵蒂冈教廷图书馆藏书稿分析其研究背景、目的及反响》（2004）和《科学与宗教之间：耶稣会会士白晋的〈易经〉研究》（2004）；吴伯娅的《耶稣会会士白晋对〈易经〉的研究》（2000）；陈欣雨的《易学四家论说——兼论耶〈易〉的兴起》（2015）、《白晋易学研究中的伏羲考》（2016）和《白晋易学思想研究——以梵蒂冈图书馆见存中文易学资料为基础》（2017）等；三是研究其他索隐派传教士与《易经》的研究，如陈欣雨的《傅圣泽易学思想研究——以梵蒂冈图书馆中文易学资料为参照》（2014）等。

《易经》对外传播研究，如日本易学研究：吴伟明的《易学对德川日本的影响》（2009）、《从海保渔村的〈周易校勘记举正〉看德川校勘学的特色》（2010）和《〈易经〉在近世琉球的流传概述》（2015）、王鑫的《日本近世易学研究》（2017）；韩国易学研究：林忠军的《论丁若镛"推移说"与汉宋易学——兼论朱熹、毛奇龄推移说对丁若镛的影响》（2015）、《论汉儒易象观与茶山的易象体》（2016）、《中国爻变说与韩国丁若镛爻变哲学》（2017）等。

---

15 Benjamin Wai-ming Ng. *The Making of the Global Yijing in the Modern World: Cross-cultural Interpretations and Interactions*. Singapore: Springer Nature Singapore Pte Ltd. 2021.

　　《易经》整体研究，如郑吉雄的《〈周易〉全球化：回顾与前瞻》（一、二）（2018）尝试考察 17 世纪以来《周易》一书自中国传播至域外各国的大势，从欧洲传教士的翻译，德川时期日本及朝鲜李朝时期的研究，以至于近、当代最新的研究情形，包括疑古思潮的影响、茶山《易》研究的意义，以及于美国学者近一世纪的研究成果。作者不但介绍各种重要的学者和著作，也尽量指出学者研究的渊源、路径、方法与得失，以说明《周易》一书在过去一二百年间获得历史的机遇，得以传播世界各国，而成为全球的经典。

　　《易经》在西方翻译和诠释的个案研究，如李伟荣的《理雅各英译〈易经〉及其易学思想述评》（2016）、《汉学家闵福德与〈易经〉研究》（2016）、《〈易经〉在英语文学创作中的接受与变异——以罗森菲尔德〈死与易经〉为个案》（2018）等；徐强的《海外汉学视域中的易学哲学——史华慈的〈周易〉研究》（2013）；和赵娟的《汉学视野中卫匡国父子的〈周易〉译介与研究》（2011）等。

　　《易经》西方翻译和诠释的流派（阶段）研究，如赵娟的《问题与视角：西方易学的三种研究路径》（2011）、杨平的《〈易经〉在西方翻译与诠释的流派》（2017），后者借助诠释学的理论，利用最新的易学研究成果，对《易经》在西方翻译与诠释的流派进行了梳理和分析。研究表明，自从《易经》在 17 世纪被介绍到欧洲之后，西方对它的评价和解读一直多种多样。《易经》在西方的翻译与诠释主要从宗教、历史、哲学、科学、应用等领域展开，把它当成宗教典籍、历史文献、哲学宝藏、科学著作、占卜指南等对象来研究与诠释，任何语言任何流派的《易经》翻译与诠释都不可能有定本，《易经》在当代西方的翻译与诠释更加表现出开放性和多元化的特色，更加彰显其现实意义和应用价值。吴礼敬和韩子奇的《英语世界认识〈易经〉的三个阶段》（2018）指出，从译本产生的时代、翻译和诠释的主体以及译本的主要特征来看，英语世界对《易经》的认识和理解主要经历了三个阶段：第一阶段以麦丽芝和理雅各的《易经》译本为主要标志，传教士是翻译和传播《易经》的主体，他们在比较神话学和比较宗教学的视域内，把《易经》视为独立于基督教文明之外的异教/儒教经典。第二阶段以卫礼贤—贝恩斯夫人的《易经》译本为主要标志，翻译者从传教士过渡到心理学家等知识阶层，他们在哲学和心理学的视域内，把《易经》视为西方文明可以借鉴和利用的东方"智慧"。第三阶段以夏含夷、孔士特、高厦克等人的《易经》研究和翻译为代表，这段时期以汉学家为翻译主体，他们在历史主义的视域内，把《易经》视为中国商周时期的历史文献，试图恢复和重建卦爻辞在商周时期的原始含义。从本质上说，英语世界对《易经》的认识经历了从"宗教之书"到"占卜和智慧之书"再到"历史之书"的过程，体现了英语世界对中国文化认识和理解的不断深入。

其他视角的研究，如高原的《论〈左传〉筮例中的"之卦"问题——与夏含夷先生商榷》（2013）尝试与国际知名西周史家、易学家、芝加哥大学教授夏含夷先生商榷；韩振华和赵娟的《过程哲学视域下的〈周易〉时间观念》（2012）和赵娟的博士论文《论〈周易〉的时间观念——一个文化史的视角》（2012）两篇文章尝试以"时间观念"为核心，以文化史为视角，探讨《周易》的经、传，及易学诠释视域中的时间感知模式。

由以上分析可知，《易经》在域外的诠释研究，主要分布在两大区域：欧美国家和汉文化圈国家，通过译本、书评、研究论文和专著等形式呈现。综合而言，欧美学人少对他们的易学诠释进行综述性研究，主要有卫德明（1975）、成中英（1987、2015、2020）、司马富（2008、2009、2012）、范多思（1999）等；日本近世易学的综合研究有奈良场胜（2010）。

欧美易学源于中国传统易学，但是受自身诠释的影响而呈现出不同面貌，四百余年以来各类著作汗牛充栋，其荦荦大者有如下近三十种：1. 莱布尼茨、李约瑟和数理逻辑派易学；2. 白晋、傅圣泽、马若瑟和索隐派易学；3. 孙璋和全真教派易学；4. 黑格尔和哲学史派易学；5. 哈雷兹、拉古贝里和智慧哲学派易学；6. 理雅各、顾赛芬和历史文献派易学；7. 卫礼贤和儒家哲学派易学；8. 荣格和精神分析派易学；9. 舒茨基和文本考证派易学；10. 卫德明和文化哲学派易学；11. 夏含夷等和出土简帛易学；12. 林理彰和王弼义理派易学；13. 孔士特、利策玛、裴松梅、艾周思等和本义派易学；14. 艾周思和图像派易学；15. 司马富和史事派易学；16. 克利瑞和道佛禅易学；17. Jack M. Balkin 和生命哲学派易学；18. 朱文光、Wallace A. Sherrill 和星占派易学；19. 朗宓榭和易占派易学；20. 费峣和卦变派易学；21. 汪德迈和中国思想学派易学；22. 成中英和本体诠释学易学；23. 刘达（Da Liu）、黄濬思（Alfred Huang）、Bent Nielsen 和象数派易学；24. 闵福德和折中派易学；25. 范多思和隐喻诠释性易学；26. 苏德恺、L. Michael Harrington 和心学派易学。

关于《易经》在域外的诠释，国内学者更多集中域外学者的翻译、诠释和传播三方面，著述繁多，这里只概括一些重要著作：关注欧美易学诠释综合研究的有杨宏声（1995）、张西平（1998、2006）、赵娟（2012）、刘江岩（2012）、赖贵三（2015）、杨平（2015、2017）、刘正（2017）、吴礼敬（2017）、郑吉雄（2018a、2018b）、李伟荣（2018）、林风（2018）、李丹（2020）等；个案研究的有张西平（2003、2018、2020）、岳峰（2003）、蔡郁焄（2014）、孙茜（2016）、陈欣雨（2017）、沈信甫（2017）、张丽丽（2017）、丁大刚（2017）等。

0.2　研究范围与方法

本著作既关注《周易》在英语世界中的传播（主要为译介），又强调《周易》在英语世界中的接受研究，尤其是文学方面的接受研究更是本著作关注的重点。

基于这种考虑，本著作主要研究的范围包括三大部分：一是研究英语世界的重要译本，如麦丽芝译本、理雅各译本、蒲乐道译本、孔士特译本、夏含夷译本、林理彰译本、闵福德译本、雷文德译本、范多思译本、戴维·亨顿译本、赫仁敦译本和艾周思译本等；二是研究《易经》在中国的演进和在西方世界的传播，如司马富的易学研究；三是研究《易经》在西方的接受及其对西方世界文学创作的影响，如菲利普·迪克创作的小说《高堡奇人》、李道创作的诗集《变易》，以及罗森菲尔德创作的小说《死与易经》等；四是英语世界之外的《易经》研究，例如第一章"英译之前的《易经》"以及第四章"卫礼贤与《易经》研究"。

本著作尝试采用如下方法来进行研究：翻译学、历史学、学术史、比较文学变异学、诠释学以及批评与对话等方法。

具体而言，主要从如下几个方面入手：

（1）翻译学方法。关诗珮指出，无论是传统的语际翻译还是语内翻译，侧重的都是以寻找等值翻译为首要任务的实务翻译；而事实上，翻译涉及的层面，实际远超跨语言工作所涉及的咬文嚼字、埋首字词的范围；翻译表面上是以一种语言文字转换到另一种语言文字的工作，实际上这个过程牵一发而动全身，是使用不同语言的人对不同事物的认知思维及方法间的协商；更重要的是，自有翻译工作以来，翻译工作必然涉及文化和人类认知的活动。

翻译事实上是"推手"[16]，推动着各种语言在各种文化中的穿行与融合，从而使世界文化得以相互促进。"推手"是香港已故学者张佩瑶研究翻译和翻译史的路向，她的《中国翻译话语英译选集（上册）：从最早期到佛经翻译》把中国古代因佛经翻译而形成的翻译理论及其翻译史推介到西方，从而使西方学者认识到有关翻译研究，除了西方的翻译思想和翻译史之外，中国文化中有一套完全迥异于西方的翻译史和翻译理论。因而，在她身故之后，国际学者罗宾逊（Douglas Robinson）编选了一本名为《翻译的推手及其理论：缅怀张佩瑶，1953-2013》[17]以纪念张佩瑶教授对翻译研究作出的贡献。

（2）历史学方法。包括以中西文化交流史研究为基础，掌握《易经》外传的轨迹和方式；包括以《易经》译者（或西方易学家）的历史活动为研究重点，择其代表性人物具体分析和阐释；也包括以《易经》文献的传播为线索而展开的研究。

（3）学术史方法。一方面，做好西方各个国家（尤其是英语国家）《易经》翻译史和易学研究史的学术型目录；另一方面，对重要的《易经》译者和易学家进行深入而全面的个案研究。

（4）比较文学研究方法。以比较文学变异学为切入点，研究中西"言—象—意"之间的异同关系。

（5）诠释学方法。通过考察英语世界《易经》诠释活动中"诠释者"与"文本"间的距离与互动，探究英语世界易学在思想史的变迁转移。

采取以上方法的目的，就是想让中国易学家对西方易学家的研究进行批评，并进一步与他们展开对话。首先，对西方（尤其是英语世界）易学的学术思想作批判研究；其次，对西方易学的研究方法与模式作批判研究；第三，对西方易学的研究成果作客观的评价，并与之对话。

0.3　研究意义

本著作的学术价值主要表现在：国内的易学研究非常发达，近些年来，尤其是出土文物（例如马王堆汉墓的出土）使得汉学研究飞速发展。英语世

---

16 [新]关诗珮，《译者与学者：香港与大英帝国中文知识建构》，香港：牛津大学出版社，2017 年，第 13-15 页。

17 Douglas Robinson ed. *The Pushing Hands of Translation and its Theory: In Memoriam Martha Cheung, 1953-2013*, Routledge, 2016.

界自 1876 年麦丽芝全译《易经》以来，一直没有停止对《易经》的翻译与研究，马王堆汉墓中帛书《易经》的出土更是让海外易学研究如虎添翼，例如孔士特和夏含夷的博士论文均是在此背景下做出来的。

毋庸讳言，英语世界中的《易经》研究其实在很多方面对国内易学有借鉴意义，例如成中英指出，英语世界中的《易经》研究有向纵深发展的趋势，他们充分利用中国国内以及英语世界中的易学成果，在近十个领域展开了深入而卓有成效的研究，例如文史易、哲学易、科学易、逻辑易、语言易、管理易和兵法易、医学易、宗教易、艺术易以及民俗易等[18]；从学科研究的广度来说，英语世界的研究明显多于国内以义理、象数和易图等方面研究为标志的传统易学研究的领域和范畴。从这个角度来说，研究《易经》在英语世界中的传播与接受研究，具有很大的借鉴意义。

总而言之，本著作的理论意义和现实意义体现在以下五个方面：

（1）试图对《易经》英译进行个案研究，从而系统地探究《易经》英译史研究。

（2）以《易经》在英语世界的诠释和传播为中心，加深对中华传统文化价值的认识，从《易经》与世界主要国家文化的相遇、交流和融合之中重新确定《易经》的现代意义。

（3）推动中国学术界对海外易学史的研究。总体梳理《易经》在英语世界的传播和影响，为进一步研究打下基础，推动海外易学研究领域学术进程的发展，促进国内学术界对海外易学史的关注与中西比较研究。

（4）促进中国学术界与国外汉学界的学术互动，从而推动中国学术界对中国传统文化研究的世界性思考和现代性阐释。

（5）为今后国家对外文化战略提供历史经验。通过对《易经》在域外传播和影响的研究，我们可以总结出中国文化向海外传播的基本规律、基本经验、基本方法，为国家制定全球文化战略做好前期的学术准备，为国家对中国文化向外部世界传播的宏观政策制定提供学术论证和实践基础。

---

18 [美]成中英，"国际《易经》研究：回顾与展望"，参看[美]成中英，《易学本体论》，北京：北京大学出版社，2006 年，第 290-296 页。

第一章 《易经》英译之前

中国最先为西方人（确切地说是欧洲人）所知可能是通过丝绸之路。不过，丝绸之路上往来的更多是商贾，主要目的是通过经商而获取利润，再加上那时候通两种或多种语言的人不多，因此对于中外文化交流与沟通的记载很少。那时候，西方人可能知道东方有一个文明古国，却不一定知道这个文明古国就是中国。[1]直到中世纪，才有欧洲人亲自到中国来并留下相关记载。这正是中国元朝初创时期，成吉思汗的西征扩大了中国与欧洲的交通。到忽必烈执政的时候，元朝版图更是横跨欧亚大陆，最西到达了多瑙河西岸，中西交通畅通无碍。13 世纪之后，欧洲传教士和商人就开始陆续来到中国，其中最著名者当推威尼斯人马可·波罗（Marco Polo, 1254-1324）。他的游记《马可·波罗行记》（*Marco Polo and His Travels*）[2]更是震惊欧洲乃至全世界。欧洲人（西方人）从此知道东方有一个强大帝国，这个大国幅员辽阔、物产富庶。与马可·波罗大约同时或稍后，意大利传教士鄂多立克（Odoric de Pordenone，1265-1331）也来到中国，著有《鄂多立克东游记》（*The Eastern Parts of the World Described*）。这部书可与马可·波罗的描述相互印证。这时，

1　莫东寅则认为，东西交通与文化之交流，盖远自有史以前。见莫东寅，《汉学发达史》，郑州：大象出版社，2006 年，第 1 页。

2　《马可·波罗游记》比较好的英译本当推 1938 年穆尔（A. C. Moule）与伯希和（P. Pelliot）合译的《马可波罗寰宇记》（*Marco Polo: The Description of the World*）。此书综合各种版本为一书，并于正文旁注明版本的缩写，可称为百钠本的马可·波罗书。注释本除玉尔·考狄本尚有价值外，则以伯希和的《马可波罗游记诠释》（*Notes on Marco Polo*）为精细深刻。详见江辛眉，伯希和《马可·波罗游记诠释》简介，《中国史研究》，1959 年第 2 期，收入《马可·波罗介绍与研究》中。

吸引欧洲人更多的是中国的富饶物产、奇风异俗、异国情调以及人民富庶，而非中国的典章制度、文化和文明等。因此他们对中国的了解依然处于一知半解的状态。不过，欧洲人知道了中国。在欧洲人（西方人）了解中国及其文化的历史上，这几部著作无疑具有开拓性意义。[3]

不过，随着元朝的崩溃、中西交通的隔绝，欧洲人对中国的了解也趋于停顿，时间长达近两个世纪之久。"随着明王朝的建立和中西交通的隔绝，无论是马可·波罗和鄂多立克的游记，还是欧洲传教士如蒙德高维诺（John de Monte Corvino，1247-1328）等自中国写往欧洲的信函，都逐渐被欧洲人遗忘；他们笔下的那个国家渐渐成为了传奇。"[4]

但是，后来中国怎么又被西方国家再次注意到了呢？根本原因是，资本主义生产方式的飞速发展刺激了中世纪末期西欧一些国家（首先是葡萄牙和西班牙）的欲望，他们极力寻求海外贸易，并且要扩大财源和势力范围。正因为如此，欧洲人从东、西两个方向开辟航线，最终抵临中国。当然，无论是达·伽马（Vasco da Gama，1467-1524），还是哥伦布（Christopher Columbus，1451-1506）、麦哲伦（F. de Magalhães，1480-1521）诸辈，当他们完成横渡大洋的伟业之后，并未意识到：一个孤立的、分散的世界历史即将结束，取而代之的将是一个互相联系的、完整的世界历史！在两大文明的交汇中，欧洲将走向中国，中国将走近欧洲。[5]或者说，世界将走向中国，中国也将走向世界。

许倬云对此则另有一番解释。他认为，欧洲学术界对中国及中国文化的兴趣，早在启蒙运动时代就已萌生。当时，为了摆脱天主教教会"神圣罗马帝国"的封建体制，欧洲人对东方的另一文化传统政治体制有一番向往，盼望借他山之石，作为改革的根据。[6]

---

3 吴孟雪，"前言"，见吴孟雪，《明清时期——欧洲人眼中的中国》，北京：中华书局，2000 年，第 1-2 页。

4 何兆武、何高济，"中译者序言"，见[意]利玛窦、[比]金尼阁，《利玛窦中国札记》（上、下），何高济、王遵仲、李申译，何兆武校，北京：中华书局，1983 年，第 7 页。

5 吴孟雪，"前言"，《明清时期——欧洲人眼中的中国》，北京：中华书局，2000 年，第 3 页。

6 [美]许倬云，"序"，见[美]张海惠主编，《北美中国学——研究概述与文献资源》，北京：中华书局，2010 年，第 1 页。

就这样,西方人从注意中国的富饶物产转移到了注意中国的文化和文明,其中就包括四书五经等代表中国传统智慧的结晶。具体到《易经》的西传,在其前期的研究史上,西方传教士或学者主要关注的是对《易经》本身的文字、章句和意义,亦即《易经》原典的理解和翻译上。成中英说:

> 原典研究在整个《易经》研究中是最具基础性的工作。即使是中国学者,要深入理解和把握《易经》经文亦非易事。对于西方学者,他们在刚展开《易经》研究时,既要逾越文字上的障碍,直接从中文理解原典及传统易学的各家注解,又要进一步将汉语这种象形表意文字切当地译为完全不用的拼音文字,困难是双重的。因而,早期西方《易经》研究在学术上的局限性是不足为怪的。[7]

《易经》是我国古代典籍中的早期经籍,言简义丰,其中的《周易》本经部分既有中国文学的雏形,又有古代历史的痕迹,而《易传》部分则是对《周易》的阐发,义理主要蕴涵于此。成中英指出研究《易经》要注重原典研究,无疑是深知《易经》的本原和性质的。再加上中文与欧洲语言分属不同语系,中文属于汉藏语系而欧洲语言属于印欧语系,两者互译,多有方枘圆凿之处。不宜慎乎?

宫崎市定表达过类似的观点:"《论语》的文章具有相当丰富的表现力,但不论怎么说都是几千年前的语言,单词的数量也并不丰富。用少量的词汇来表达千差万别的具体事情时,不得不使用抽象的用语和同一化的文体,但这些用语背后肯定还包含这更加具体的事实。"[8]

1.1 中西初识

西方/海外汉学研究是从 16 世纪葡萄牙人到达广州、耶稣会会士[9]抵达

---

7 [美]成中英,"国际《易经》研究:回顾与展望",2006 年,第 285 页。

8 [日]宫崎市定,《宫崎市定读〈论语〉》,王新新等译,桂林:广西师范大学出版社,2019 年,第 4 页。

9 基督教与佛教、伊斯兰教并称世界三大宗教,尊奉耶稣为救世主,包括罗马公教(在中国亦称天主教)、正教(亦称东正教)、新教(在中国通称基督教或耶稣教)三大派系和其他一些较小派系,各派系内部亦常分成一些派别或宗派。详见蒋栋元,《利玛窦与中西文化交流》,徐州:中国矿业大学出版社,2008 年,第 7 页。

中国后才开始的。[10]西方易学研究大致与此同时。易学在西方的流布传播，与汉学在西方的发展息息相关。[11]耶稣会会士在中国之所以要研究和翻译中国古代典籍，就是因为他们认为中国古代典籍对其传教的"适应政策"（accommodation）而言非常关键。

对于"适应政策"，意大利学者柯毅霖（Gianni Criveller）在其代表性著作《晚明基督论》（*Preaching Christ in Late Ming China*）中进行过归纳，他的总结如下：

> "适应政策"是利玛窦等耶稣会会士在华传教策略的关键之一。利玛窦在《基督教远征中国记》中首次使用了"适应"一词：各个宗教团体必须"依基督教的方式修正和适应"。适应政策这一精神应归功于耶稣会创立者依纳爵·罗耀拉的名言"不是要他们必须像我们而是相反"，这句话也成为首批耶稣会会士的一句格言。[12]

柯毅霖继续指出，"适应政策"由意大利籍传教士范礼安（Alessandro Valignano, 1539-1606）提出，由利玛窦（Matheo Ricci, 1552-1610）真正实施。这便是钟鸣旦（Nicolas Standaert, 1959-）所说"若无范礼安，便无利玛窦"的原因。[13]柯毅霖还指出，学者们依据类型对利玛窦的适应政策提出了不同的类型。例如贝特雷（Baeterrae）将其分为六个方面：外在、语言学、美学、社会行为、思想和宗教。而西比斯则分为四个方面：（1）生活方式，包括语言、穿着、食物、旅行、饮食方式等。（2）思想观念的翻译，使用儒家经典以及富

---

10 赖贵三，"十七至十九世纪法国易学发展史略"（上），《巴黎视野》，2011 年 6 月，第 18 页。

11 关于汉学兴起和传教士间的紧密关系现在已有多种研究，例如 David Mungello 的 *Curious Land: Jesuit Accommodation and the Origins of Sinology*（Stuttgart 1985）、Knud Lundbæk 的 *T. S. Bayer*（1694-1738）. *Pioneer Sinologist*（London - Malmo 1986）和 *Joseph de Prémare*（1666-1736），S.J. *Chinese Philology and Figurism*（Aarhus 1991）以及 Paul A. Rule 的 *K'ung-tzu or Confucius? The Jesuit Interpretation of Confucianism* 等。

12 见[意]柯毅霖，《晚明基督论》，王志成等译，成都：四川人民出版社，1999 年，第 44-46，50-51 页。英文见 Gianni Criveller, *Preaching Christ in Late Ming China*: *The Jesuits' Presentation of Christ from Matteo Ricci to Giulio Aleni*. Taipei: Taipei Ricci Institute, 1997.

13 转引自[意]柯毅霖，《晚明基督论》，王志成等译，成都：四川人民出版社，1999 年，第 50 页。

有中国文化特色的东西，如俗语、民间故事、文学典故等。（3）伦理：运用为中国人所熟知的西方道德思想，如友谊。（4）礼仪：在一定程度上，容许践行儒家文化中的各种仪式。[14]

沈定平也指出，一旦对中国国情有所认识，来华耶稣会会士便逐渐抛弃当时在基督教世界占主导地位的，把军事征服与精神征服紧密结合的传教路线。经过沙勿略（S. Francisci Xaverii，1506-1552）的初步酝酿，范礼安的具体策划，罗明坚（Michele Ruggieri, 1543-1607）的最早实践，直到利玛窦集其大成，适应中国传统文化和风俗的传教路线（适应政策），便基本形成并传承了下来。[15]

从"思想观念的翻译，使用儒家经典以及富有中国文化特色的东西，如俗语、民间故事、文学典故等"这一点，我们可以推论出：认识了中国古代典籍就有可能让他们通过中国的事物来说服中国人改信基督教。赖贵三对此同样有比较清晰的认识，他认为

> 西方人对汉学的探索，起源于十六世纪耶稣会会士开始研究中国儒家经典之时。当时在中国传教的耶稣会会士们，为了使信奉儒家学说的中国人，对耶稣及其宗教产生兴趣，便开始研究儒家经典，进而运用他们所理解的儒家概念去宣扬天主、诠释西方教义。[16]

为此目的，耶稣会会士开始研读并翻译中国典籍，尤其是儒家典籍。耶稣会会士最先翻译的是《四书》，随后才翻译《五经》。原因可能有两个：第一，宋明理学的主要代表人物是二程（程颐和程颢）、朱熹、陆九渊和王阳明，他们最重视的儒家经典是《易经》和《四书》[17]；第二，《四书》的翻译相对

---

14 转引自[意]柯毅霖，《晚明基督论》，王志成等译，成都：四川人民出版社，1999年，第44-46，50-51页。

15 详见沈定平，《明清之际中西文化交流史——明代：调适与会通》（增订本），北京：商务印书馆，2007年。在该书的"序言"、"第三、四、五、六章"集中讨论了"适应政策"。另见张国刚，第六章"适应政策与文化冲突"，《从中西初识到礼仪之争——明清传教士与中西文化交流》，北京：人民出版社，2003年，第345-356页。

16 赖贵三，"十七至十九世纪法国易学发展史略"（上），《巴黎视野》，2011年6月，第19页。

17 姜广辉，"绪论二 传统的诠释与诠释学的传统"，见姜广辉主编，《中国经学思想史》（第一卷），北京：中国社会科学出版社，2003年9月第1版，2010年11月第2次印刷，第47页。

容易一些，对刚刚来华的传教士正好可以用作双语课本。[18]

在这种背景下，位居中国文化经典之首的《易经》自然成为传教士们涉猎并深入研读的中国古籍。安文思（Gabriel de Magalhâes，1609-1677）将《易经》置于"五经"之末，认为外国人不应该接触或阅读这本书，因为它是世上最深刻、最博学和神秘的书。[19]自 16 世纪至 20 世纪中叶，来自西方世界的意大利、法国、英国、德国等国的传教士，先后对《易经》展开直接而系统地研究，他们往返于中土与欧洲之间，透过译作、信札、著作、报告等方式，诠释、阐述并传递他们对《易经》的观察体会、研究心得和成果。[20]就这样，《易经》作为中国儒经之首便随着传教士的汉学西传而得以在西方世界传播。

系统研究这一时期的中学西传，对于我们目前"走出去"的文化强国战略而言无疑是非常有意义的。早在 70 多年前方豪对此就有清醒的认识，他认为："西人之研究我国经籍，虽始于十六世纪，但研究而稍有眉目，则在十七世纪初，翻译初具规模，则更迟至十七世纪末。在欧洲产生影响，则尤为十八世纪之盛事。故我国文化之西被，要以十七十八两世纪为重要关键，谈近代中西文化交流者，决不能忽略此一时期。"[21]

具体到易学研究，则是利玛窦、金尼阁（Nicolas Trigault, 1577-1628）师生首开风气之先。利玛窦是明末来中国的意大利耶稣会传教士，字西泰。利玛窦在 1582 年（万历十年）抵达中国，1601 年来到北京。为了适应中国的社会风俗，利玛窦等耶稣会会士最先是剪去头发，身着僧衣，自称西僧。在中国居住了十来年之后，利玛窦深感僧人在中国的地位远不如儒生。于是，他向范礼安建议弃僧服，着儒服，戴儒帽，走附儒合儒之道，因为这样做更便于耶稣会会士结交儒生、官员、士大夫，力图通过影响儒生、官员、士大夫，吸引他们信教，从而吸引更多的普通百姓信教，以达到传教目的。利玛窦等来华耶稣会会士在中西交通史的影响和意义主要在两个方面，一是"西学东

---

18 Claudia von Collani. "The First Encounter of the West with the *Yijing*: Introduction to and Edition of Letters and Latin Translations by French Jesuits from the 18th Century", *Monumenta Serica*, 55（2007），p. 232.

19 详见[葡]安文思，《中国新史》，何高济、李申译，郑州：大象出版社，2004 年，第 61-62 页。

20 赖贵三，"十七至十九世纪法国易学发展史略"（上），《巴黎视野》，2011 年 6 月，第 19 页。

21 方豪，"十七八世纪来华西人对中国经籍之研究"，见方豪，《中国天主教史论丛》（甲集），重庆：商务印书馆，1944 年（1947 年上海重印），第 80 页。

渐"，将西方的科学著作传入中国，直接影响了中国近代思想的演进；二是
"中学西传"，将中国典籍所代表的中国文化传入西方。22

　　对于利玛窦及其著作在中西交通史上的地位，方豪曾有过较为详细的论
述，他指出：

　　　　近人多以意大利教士利玛窦为明末天主教教士东渡之祖，实则
　　早于利玛窦者不知有若干人，即有著述遗于后世者，利玛窦亦不得
　　独先。罗明坚之《圣教实录》刊印于万历十二年（1584），正利玛窦
　　入中国后一年也。惟罗明坚之书为纯教理之作，于我国之儒家思想，
　　不独不能引证比较，且无一言提及。及利玛窦于万历二十三年
　　（1595）在南昌梓行《天学实义》，（后更名为《天主实义》），二十
　　九年（1601）在北平、三十三年（1605）在杭州，俱有重印本，其
　　他再版者尚有多处，不暇缕述。其书为利玛窦与我国文人学士辩难
　　析疑之作，一时风行全国，影响于明末士大夫心理者至巨。读其书
　　者，即可知利玛窦于我国儒学浸馈甚深，而行文亦大致尚称畅达，
　　其书实为利玛窦手稿，盖当初版时，教中先贤徐光启、李子藻辈尚
　　未领洗入教，未必肯为润色其书也。23

　　方豪继续指出，利玛窦的这部著作不仅影响中国学者，而且还对东亚的
其他国家也有很大的影响，例如1604年（万历三十二年）被译为日文，在日
本刊印两次；后来范礼安又在澳门将这部著作重印；1630年（崇祯二年）越
南亦有重刻本，此后更有高丽译本及法译本。利玛窦的这部著作实为第一部
中西思想混合之巨著，流传远东，及于西欧，影响巨大。24

　　利玛窦为了能在中国顺利传教并推广天主教义，弃僧服而改穿儒服、习
汉语来接近当时的知识分子阶层是他采用的一种有效的方法；另一种方法则
是利用科学来传教并积极研读中国典籍，目的旨在从《中庸》《诗经》《周易》

22　详见陈登，"利玛窦伦理思想研究——兼论利玛窦对中国文化的会通"，湖南师
　　范大学出版社2002年伦理学博士论文，未出版，第2-4页。张西平，《中国和欧
　　洲早期思想交流史》，北京：北京大学出版社，2021年。（该书是修订版，原来的
　　版本信息如下：张西平，《中国与欧洲早期宗教和哲学交流史》，北京：东方出版
　　社，2001年。）

23　方豪，"十七八世纪来华西人对中国经籍之研究"，见方豪，《中国天主教史论丛》
　　（甲集），重庆：商务印书馆，1944年（1947年上海重印），第81页。

24　方豪，"十七八世纪来华西人对中国经籍之研究"，见方豪，《中国天主教史论
　　丛》（甲集），重庆：商务印书馆，1944年（1947年上海重印），第81页。

《尚书》等中国典籍中寻找"上帝"的教义，以宣扬天主、传播教义。例如他在其著作《天主实义》中曾有十二处引用中国古典著作中"上帝"的用语，并最终得出结论：上帝与天主特异以名也。[25]其论证如下：

> 吾国天主，即华言上帝，与道家所塑玄帝玉皇之像不同。彼不过一人，修居武当山，俱人类耳，人恶得为天帝皇耶？

> 吾天主，乃经书所称上帝也。《中庸》引孔子曰："郊社之礼，以事上帝也……"《周颂》曰："执竞武王，无竞维烈，不显成康，上帝是皇"；又曰"于皇来牟，将受厥明，明明昭上帝"。《商颂》云"圣敬日跻，昭假迟迟，上帝是祗"。《雅》云"维此文王，小心翼翼，昭示上帝"。《易》曰"帝出乎震，夫帝也者，非天之谓。苍天者抱八方，何能出于一乎"？《礼》云"五者备当，上帝其飨"，又云"天子亲耕，粢盛秬鬯，以事上帝"。《汤誓》曰"夏氏有罪，予畏上帝，不敢不正"，又曰"惟皇上帝降衷于下民，若有恒性，克绥厥猷惟后。"《金滕》周公曰"乃命于帝庭，敷佑四方"，上帝有庭，则不以苍天为上帝，可知。历观古书，而知上帝与天主，特异以名也。[26]

他在1594年（万历二十二年）刻印《四书》（*Tetrabiblion Sinense de Moribus*）的拉丁文译本，该译本除中文原文、拉丁文译文外，利玛窦还加上了必要的注释。他将这部译作寄回意大利，作为传教士日后到中国传教的参考。[27]学术界有部分学者认为利玛窦的这本拉丁文版《中国四书》是儒家经典的第一部西方译本（已亡佚）。不过，根据赖贵三的论证，现存中国儒家文献的拉丁文译本，是罗明坚回意大利后，于1593年（万历二十一年）在罗马刊印发行的《百科精选》（*Bibliotheca Selecta qua agitur de ratione studiorum in historia, in disciplinis, in salute omnium procurand*，直译为《历史、科学、救世研讨丛书选编》）中的《大学》第一章；此外，罗明坚还曾用拉丁文译《孟子》，是《孟子》最早的欧洲语言译本，但没有刊行，稿本现存意大利国家图书馆。张西

---

25 [意]利玛窦，《天主实义》，见朱维铮主编，《利玛窦中文著译集》（原版于香港城市大学出版社），上海：复旦大学出版社，2001 年，第 22 页。

26 [意]利玛窦，《天主实义》，见朱维铮主编，《利玛窦中文著译集》（原版于香港城市大学出版社），上海：复旦大学出版社，2001 年，第 22 页。

27 赖贵三，"十七至十九世纪法国易学发展史略"（上），《巴黎视野》，2011 年 6 月，第 19 页。

平通过考证，也认为罗明坚比利玛窦更早从事中国文献的西译活动。他明确指出：

> 罗明坚是来华传教士中最早从事中国古典文献西译的人。在利玛窦之前，罗明坚就已经于 1581 年底到 1582 年间曾将某种中文文献（可能是《三字经》）译成拉丁文，并在 1582 年将其寄回欧洲；1589 年，在回到欧洲之后，罗明坚又把《四书》中《大学》的部分内容译成拉丁文，后来于 1593 年正式刊印。可见，罗明坚比利玛窦更早从事中国文献的西译活动，而他的《大学》拉丁文译文也要比利玛窦的《四书》拉丁文译本要更早问世，可谓中国儒学经典的第一种西文译本。[28]

高源更是指出，罗明坚不仅在译介时间上早于高母羡（Juan Cobo, 1546-1592），而且对利玛窦在肇庆所从事的四书翻译工作也产生了竞争性的影响，因此罗明坚为东学西渐的先驱、儒学西传的奠基人与西方汉学的实际开拓者。[29]不过，由于利玛窦"适应政策"的重大历史影响，学术界一般认为，正是因为利玛窦用儒学来附会天主教义，才使孔子思想在 16 世纪末传入意大利，所以他被称作"基督教的孔子"。尽管利玛窦不是第一个将中国典籍翻译成西方语言的人，但是利玛窦却是有记载的西方最早读《易经》的人之一，也可能是西方世界第一个接触《易经》的人。[30]在 1595 年（万历二十三年）出版的《天主实义》[31]中，利玛窦曾多处提及对《易经》的看法。书中以"天"、"上帝"、"后帝"、"皇天"等名词称"造物主"。而为了论证天主教的"天主"就是中国儒教崇拜的"上帝"，利玛窦还引用《周易·说卦传》（第四章）"帝出乎震，齐乎巽，相见乎离，致役乎坤，说言乎兑，战乎乾，劳乎坎，成言乎艮。……万物出乎震，震东方也。……"[32]

---

28 张西平，"西方汉学的奠基人罗明坚"，《历史研究》，2001（3）：101-115。另见岳峰等，"西方汉学先驱罗明坚的生平与著译成就考察"，《东方论坛》，2010（3）：26-32。

29 高源，"儒家典籍在欧洲首次译介考辨"，《历史研究》，2021 年第 1 期，第 207-216 页。

30 林金水，"《易经》传入西方史略"，《文史》（第二十九辑），1988 年，第 367 页。

31 《天主实义》又名《天学实义》，是利玛窦为新来的同会神父讲授中国经书的内容，1595 年（万历二十三年）初刻于南昌，1611 年（万历三十九年）校正重刻于北京，共二卷。

32 [意]利玛窦，《天主实义》，见朱维铮主编，《利玛窦中文著译集》（原版于香港城市大学出版社），上海：复旦大学出版社，2001 年，第 22 页。

利玛窦认为《易经》所言的"帝"就是《圣经》中的"天主",名异而实同。后来白晋(Joachim Bouvet, 1656-1730)《天学本义》之说,与此如出一辙。此外,在《天主实义》中,利玛窦也屡次驳斥宋儒自周敦颐(1017-1073)以降,易学体系的基本理论之一——太极说,其原因是利玛窦将上帝而非"太极"视为宇宙的推动力。利玛窦虽援引《易经》之义来论述天主,但在《天主实义》中所引用的中国古籍,以《四书》及五经中的《书经》比率较高,可见此时《易经》并未受到重视。但无论如何,身为第一批到中国的耶稣会会士之一,利玛窦为达到传教目的所采取的"适应政策",及其企图从中国古代典籍中证明上帝教义,以调和中国古经和天主教义的作法,对后来的耶稣会会士产生萧规曹随的示范作用,可谓开启了"传教式"易学研究的先河。[33]他对中国经籍的这种方法和态度,首先就影响到了他的学生金尼阁。

金尼阁,字四表,比利时人,1577 年生于(今法国的)杜埃城,当时位于比利时佛兰德斯境内,于 1610 年和 1620 年两次来华传教;传教之余,悉心研究中国经籍,并将部分经籍译成拉丁文。在利玛窦所译《四书》基础上,金尼阁翻译了"五经",于 1626 年在杭州印行了拉丁文《中国五经》(*Pentabiblion Sinense*)一册。此书包含《易经》《书经》《诗经》《礼经》与《春秋经》,除拉丁文译文外还附有注解。可惜的是,这部著作也已散佚。否则,我们可以看到金尼阁具体是如何翻译的,翻译了哪些篇目。

据目前所见的资料,《中国五经》是最早在中国本土刊印的中国古经外语译本,其中翻译了《易经》的一部分,是世界上第一次将《易经》译为外文。金尼阁用拉丁文翻译的《易经》尽管已经遗佚,但对后来耶稣会会士翻译《易经》产生了一定影响,后来的传教士尤其是索隐派因为要在《易经》中寻找"上帝"的痕迹,不断地研究和翻译《易经》。从这一意义而言,金尼阁可以说是揭橥了西方易学研究的序幕。金尼阁的另一贡献,是他在罗马时,曾将利玛窦用意大利语撰写的《中国传教史》译为拉丁文,并加入两章专门记载利玛窦逝世及殡葬情形,书名为《基督教远征中国记》(*De Christiana Expeditione apud Sinas*),是欧洲人第一部系统叙述中国情形的书,亦可说是第一部可称之为"汉学"的著作。1615 年 2 月 15 日出版。[34]

---

33 张西平,"《易经》在西方的早期传播",见张西平,《传教士汉学研究》,郑州:大象出版社,2005 年,第 129-130 页。

34 方豪,《中国天主教史人物传》(上),北京:中华书局,1988 年,第 80 页。

在明朝，利玛窦之后名声卓著的汉学家为数不多，曾德昭（Alvarus de Semedo, 1585-1658）可算其一。曾德昭，葡萄牙人，1613 年来到中国，曾用汉名谢务禄，先后在南京、杭州、嘉定、西安、江西等地传教，1658 年 7 月殁于广州。曾德昭著有《大中国志》[35]。曾德昭认为，伏羲、神农和黄帝这三位皇帝最早使用神秘方式，通过奇偶数及其他图符阐述他们的道德和伦理科学，为他们的臣民制定法规；直到始于公元前 1123 年的周朝，文王及其幼子周公公布了这些数字和符号，并刊行一本有关的书，名叫《易经》（Yechim），其中有许多道德训诫和有关这个国家的文献和法令。之所以这样，是因为他们的主要目的就是寻求一条最好的统治之道。[36]因此，在曾德昭看来，《易经》是一部政治哲学或是治国方略之书。不过，曾德昭对《易经》可能不是非常了解，有些讨论则前后矛盾。从上面我们可以看出，他认为周文王及其子周公刊行了《易经》。其后，他提到孔夫子，认为他著了几部经书，其中第一部就是《易经》。他说：

> 现在回过来谈谈他（孔子——引者注）的书。这些书的第一部叫做《易经》，论述自然哲学，及事物的盛衰，也谈到命运，即从这样和那样的事情作出的预测，还有自然法则；用数字、图像和符号表示哲理，把这些用于德行和善政。[37]

前文提到的"奇偶数及其他图符"，可能是指构成《易经》卦象的"阳"（连续的线条）、"阴"（断开的线条）符号，也可能是指在商代（约公元前 1500-前 1050 年）甲骨和周代（约 1050-前 256 年）青铜器及钱币上发现的其他数字样式。这些样式称为"算筹"，因为这些算筹是用来在一块平板上记

---

35 根据吴孟雪、曾丽雅在《明代欧洲汉学史》的记述，曾德昭 1636 年以中国副教区会计员身份被遣往罗马，请求增派教士来华，途中根据自己在华传教 22 年的经历，开始撰写《中国及其附近地区宣教史》（Relacao de propagacao de fé regno da China e outros adjacentes），1638 年在果阿完成，1641 年在马德里、1642 年在里斯本以葡文出版，书名改为《大中国志》（Imperio de la China），后被译为意大利文（Relatione della grande Monarchia della Cina，1643）、法文（1645）、英文（1655）。1998 年，我国学者何高济先生以英译本为蓝本，参考意大利文本和最新的葡文版，将此书译成中文，书名为《大中国志》，为中国学者研究明末欧洲汉学提供了很大便利。

36 [葡]曾德昭，《大中国志》，何高济译，李申校，上海：上海古籍出版社，1998 年，第 58 页。

37 [葡]曾德昭，《大中国志》，何高济译，李申校，上海：上海古籍出版社，1998 年，第 59 页。

数的。这几位先王创制了法规，曾德昭说，这些法规在后来的一代代帝王中得到了直接传承。这种从古人那里直接传承的观念后来经过宋代新儒学的阐述形成了"道统"学说，即将自己看作古代先贤学说的直接传人。据曾德昭说，这种古代学说代代相传的传统在周朝的时候终结。他将周朝开始的时间定在传统上公认的公元前 1123 年，而不是现代历史学上的公元前 1050 年。在那一年，周朝的建立者文王和周公（曾德昭说周公是文王的孙子）通过《易经》对这些数字和图符进行了解释。[38]

据目前的资料而言，张西平认为，是曾德昭最早向西方介绍《易经》，当然他也提到鉴于有大量文献仍未出版，这个结论很可能被推翻；而且曾德昭最早注意到北宋的新儒家对《易经》的研究，他说"新儒家正是通过对《易经》的重新解释，来恢复他们所谓的'道统'"。[39]

随后对《易经》有过较深入研究并在其著作中对《易经》进行评述的是意大利耶稣会会士卫匡国（Martino Martini, 1614-1661）。他于 1643 年到中国传教，著有《中国上古史》[40]，将中国由盘古开天辟地到（汉）哀帝元寿二年（公元前 1 年）的那段上古史介绍给西方世界。在该书第一卷中，卫匡国向西方介绍了中国的最早经书《易经》，其中包括阴阳的定义、太极八卦的演化过程（太极生两仪、两仪生四象、四象生八卦）[41]；把"易"之义翻译成等同

---

38 David Mungello, *Curious Land*: David E. Mungello, *Curious Land: Jesuit Accommodation and the Origins of Sinology*, Stuttgart: Franz Steiner Verlag, 1985, pp. 74-75.

39 David Mungello, 1985, p. 83.另见张西平，"《易经》在西方的早期传播"，见张西平，《传教士汉学研究》，2005 年，第 127 页。原载《中国文化研究》，1999 年冬之卷。关于宋代新儒学"道统"观念的研究，见 Julia Ching, "The Confucian Way（Tao）and its Transmission（Tao-t'ung）", *Journal of History of Ideas*. 35（1974）. pp. 371-389; Wing-tsit Chan, "Chu Hsi's Completion of Neo-Confucianism", ed. François Aubin, *Sung Studies, Memoriam Étienne Balazs*（2nd Series）. 1（1973）. pp. 73-81.

40 1658 年首版于慕尼黑，四开本，共 362 页；第二年在阿姆斯特丹再版；1692 年则出版了法文版。该书全名为《中国历史初编十卷，从人类诞生到基督降世的远方亚洲，或中华大帝国周邻记事》（*Sinicae historiae decas prima res à gentis origine ad Christum natum in extrema Asia, sive Magno Sinarum Imperio gestas complexa*）。

41 在《中国上古史》中，卫匡国将"儒学的"译为"Cumfucium"，阴阳分别译为"Yn"、"Yang"，《易经》译为"Yeking"，这些为后来英语译名中的 Confucian、Yin、Yang、Y-King 和 Yi-king 等提供了参照。从书影我们可以看到卫匡国对阴阳的定义及太极八卦的演化过程：*Yn occultum seu imperfectum sonat; Yang vero patens sive perfectum. Nos duo principia dicemus. Ex his autem in se ductis imagines sive signa*

于"Philosophy"之义的拉丁文"Philosophantur",并把《易经》与西方哲学相比,将伏羲比拟成毕达哥拉斯(Pythagoras,公元前580-公元前500)。

针对《易经》,卫匡国曾说:

> 中国人经常提及一本叫《易经》的书,他们很信服里面那些对隐藏了奥秘符号的解释。某些迹象表明,这门哲学与毕达哥拉斯学派有些联系,尽管它出现在比毕达哥拉斯早好几个世纪的伏羲统治时代。这部作品涉及的大多是关于生死、命运、占星学、自然规律,但是这些理论大都基于很表面和肤浅的证据……同时,他们很好地利用了上述符号,以助他们维持统治,建立对他们有利的思想秩序。直到今天,中国人还是将它用于卜筮,他们或许忽略了那些符号的真实意思,也或许不知道它们的解释,然而不管怎样,他们对这部晦涩的著作是如此盲目地信任,总是相信能从中找到隐藏的真理,以预知未来。[42]

尽管这是一个中国断代史书,卫匡国在其中也穿插了一些中国经典文学典籍的内容;他对儒家思想的强调和阐述与利玛窦的适应政策如出一辙。[43]在

---

quatuor, inde octo formas aut symbola prodiisse. 文中的"Yn"为阴,"Yang"为阳,"principia"为两仪,"signa quatuor"为四象,"octo formas"为八卦。

42 原文如下:Les Chinois font aussi beaucoup d'etat d'un livre appelle *Yeking*, compose seulement pour l'explication de ces figures, à cause des secrets misteres dont ils sont persuadez qu'il est rempli. Il y a quelque apparence que cette Philosophie a du rapport avec celle des Pythagoriciens, quoiqu'elle ait été enseignée plusieurs siecles avant Pythagore sous la regne de Fohius .... Cet Ouvrage traite amplement de la Generation & de la Corruption, du Destin, de l'Astrologie judiciaire & de quelques principes des choses naturelles; mais cette doctrine est appuiée sur des preuves tres superficielles ... . Ils se servent aussi des figures ci-dessus pour bien regler l'administration de l'Empire & pour maintenir l'ordre et la discipline suivant les maximes de leur Morale; ils se servent neanmoins beaucoup audjourd'hui pour des divinations & des sortileges, soit qu'ils aïent negligé leur veritable sens ou qu'ils en ignorent l'explication: ils ont cependant une confiance si aveugle en cet obscure ouvrage, qu'ils se promettent d'y trouver l'éclaircissement des choses les plus cachées, & de pénétrer dans la connoissance de l'avenir. 见 Martini 卫匡国 1692, pp. 13f.; *id.* 1658, p. 6; cf. Mungello 1985, pp. 128f. 转引自 Collani, Claudia von 柯兰霓. "The First Encounter of the West with the Yijing: Introduction to and Edition of Letters and Latin Translations by French Jesuits from the 18th Century", *Monumenta Serica*《华裔学志》, 55(2007), pp. 235-236.

43 Giorgio Melisa, "Chinese Philosophy and Classics in the Works of Martino Martini, S. J.(1614-1661)." *International Symposium on Chinese-Western Cultural Interchange*, Taipei, September 1983, pp. 473-513.

这部书中，卫匡国向西方介绍了中国的最早经书《易经》。张西平认为卫匡国在易学西传中有两个重要贡献：一是他第一次向西方指出伏羲是《易经》最早的作者，二是他初步介绍了《易经》的基本内容。他指出卦图中最基本的符号是"阴""阳"，"阴"代表着隐蔽的、不完全的事物；"阳"代表着公开的、完全的事物，两者相生相灭，可以组成八个"经卦"（trigrams），分别代表着天、地、水、火、雷、山、泽、风八种自然现象。这八个符号两两相重又产生六十四种"复卦"（hexagram），它们分别象征和预示着自然和社会的各种变化与发展。在该书中，卫匡国将"儒学的"译为"Cumfucium"，将阴阳分别译为"Yn"、"Yang"，将《易经》译为"Yeking"，这些为后来英语译名中的 Confucian、Yin、Yang、Y-King 和 Yi-king 等提供了参照。在该书中，卫匡国第一次向欧洲公布了六十四卦图，从而使西方人对《易经》有了直观理解。更重要的是，这个图比 1687 年柏应理等人在《中国哲学家孔子》（*Confucius Sinarum Philosophus*，1687）一书中所发表的六十四卦图要早 27 年，所不同的是，柏应理书中的六十四卦中每一卦都标出了卦名。

卫匡国虽然忠实记载了自人类起源开始到耶稣降世这段时间中国上古历史，但卫匡国认为事涉盘古的那段历史并非史实，中国的信史应从伏羲在公元前 2959 年即位开始算起。卫匡国的著作使西方人发现《易经》的纪年时间，竟然比《旧约圣经》的历史纪年还更久，引发人们思考中国最早的历史年代与旧约《圣经》中所说的人类祖先起始年代是否相符的问题。这个问题后来成为欧洲启蒙前期，西方人对中国研究的一个重点。[44]

欧洲早期的汉学著作，几乎都出自于耶稣会会士，除在华耶稣会会士著书立说外，在欧洲的耶稣会会士也出力颇多。最有意义的是，耶稣会会士从翻译《尚书》《易经》开始，进而发展到系统而全面地向欧洲介绍儒家思想。至此，中国文化才真正和西方发生直接关系。[45]

安文思（Gabriel de Magalhães，1609-1677）也介绍过《易经》。他说：

> 他们有五部名著，总称"五经"（*V Kim*），即五部经典著作，犹如我们之《圣经》。……第五部书中有一种叫做《易经》（*Ye Kim*），

---

44 赖贵三，"十七至十九世纪法国易学发展史略"（上），《巴黎视野》，2011 年 6 月，第 19-21 页。

45 吴孟雪、曾丽雅，《明代欧洲汉学史》（张西平、方鸣主编），北京：东方出版社，2000 年。

据认为它比其余的书（指五经中的其他四经，即诗、书、礼、春秋
——引者注）更古老，因为中国人认为这是他们的第一位帝王伏羲
撰写的。这部书确实值得一读和应受重视，因为它包含警句和道德
格言。我认为这部书记录的良好箴言是伏羲帝撰写的，但其余部分
则是另一些人以这位著名帝王之名义，来表达自己的观点所增添
的。不管怎样，可以确定的是，中国人对这部书格外尊崇，把它视
为世上最深刻、最博学和神秘的书，基于同样的理由，他们认为几
乎不可理解，而外国人不应读它或接触它。[46]

安文思还在本章的文后作了补释：这部书的主题和原则，不过是 64 个图
符，每个图符包括六画，每画由一条直线"━━"和两条断线"━ ━"组成。
中国人认为这些图符是由第一位帝王伏羲作出来的，但没有人能说明著者所
表示的涵义。不管怎样，可以确定的是约公元前 1200 年，第三个朝代的创建
者武王之父文王以及文王次子周公，对这个神秘的图符曾作出阐述，五百年
后哲学家孔夫子则对这两位王公的阐述作出注释。但这三个阐释者对这一题
目的论述，仅仅是从基本原理及其他自然事物的一致性和变异，得出政治和
道德的警句和结论，还有对王公及其居民有益的格言。而这一图符的有害之
处在于，所谓道士、和尚的教徒及算卦者，误把它用来作为迷信和算命等的
依据，编造各种变化，而且他们在其中掺杂了许多其他东西：无穷的数字组
合、空虚和不恰当的引喻，因此他们自吹能预言人的吉凶。关于伏羲图表早
期注释者的情况，可详细参看新近出版的孔夫子书的前言，以及其他几部作
者在有关章节内提到的有关中国主要典籍的一些细节。[47]

激励耶稣会会士向欧洲传播中国思想文化的原因，当然并不是因为这些泰
西诸子对孔子有什么天生的爱好。我们要知道，他们的身份和使命是来华送
"经"而不是东来取"经"，他们的真正本意是要引经籍以阐道，在中国古籍

46 [葡]安文思，《中国新史》（国家清史编纂委员会·编译丛刊），何高济、李申译，
郑州：大象出版社，2004 年，第 57-62 页。该书 1688 年以法文出版于巴黎，书
名为《中国新志》（*Nouvelle Relation de la Chine*），1689 年有人自法文译为英文，
刊于伦敦，书名题为《中国新史》（*A New History of China*）。1957 年澳门又出版
一个自法文译出的新葡文本《中国新志》（*Nova Relaçã da China*）。该书最初的名
字为《中国的十二特点》或《中国十二绝》。

47 [葡]安文思，《中国新史》（国家清史编纂委员会·编译丛刊），何高济、李申译，
郑州：大象出版社，2004 年，第 63 页。

和圣人语录中，挖掘有利于传教的理论、历史根据，然后一方面向中国人论证他们带来的"天学"在古代中国早已有之；另一方面，又向朝廷和同会报告，以此证明在中国传教实属必要，亦有可能，以求获得教中上层人士对赴华传教的各种支持，所以他们群起研究中国的历史与文化，竞相翻译中国的经史古籍，以各种方式（如信件、报告、著述、日记等）向欧洲介绍中国文化的方方面面。

基于此，以利玛窦为代表的耶稣会会士，创立了欧洲传统汉学的模式，即掌握多种语言文字，钻研中国文献经籍，进行文化比较研究，力图恢复历史原貌，[48]以便于他们向中国人传教。

但是，耶稣会会士向西方介绍的中国文化，也产生了一个他们意想不到的结果。他们翻经译典，介绍中国历史、儒家学说，本意是想证明中国古代的先贤就敬"天"、敬"上帝"，为在华宣教寻找理论根据。然而，耶稣会会士的这些努力，不但没有起到维护欧洲宗教统治的目的，反而使《圣经》的创世说受到严重的打击。例如卫匡国的《中国历史初编十卷》就产生了这种意想不到的作用。[49]

不过，我们在研究西方人将中国典籍传入西方的过程中，不能因为我们祖先所创造的文化在西方受到如此高程度的重视而妄自尊大，自认了不起。许明龙坦陈："中国文化西传欧洲后，掀起了波澜壮阔的'中国热'，……产生了广泛而深远的影响。……这些条件并不是中国人为他们送上门去的，而是欧洲人自己主动创造的。"[50]

可以确定的是，耶稣会会士们以孔子为中心展开了用欧洲语言（确切地说是拉丁文）翻译中国经典尤其是儒家经典的工作。[51]早期的《易经》介绍者和译者还包括柏应理、白晋等。

---

48 吴孟雪、曾丽雅，《明代欧洲汉学史》（张西平、方鸣主编），北京：东方出版社，2000 年。

49 吴孟雪、曾丽雅，《明代欧洲汉学史》（张西平、方鸣主编），北京：东方出版社，2000 年，第 34-36 页。

50 许明龙，"前言"，《欧洲十八世纪中国热》，北京：外语教学与研究出版社，2007 年。

51 参见 Lionel M. Jensen, *Manufacturing Confucianism: Chinese Traditions and Universal Civilization*（Durham: Duke University Press, 1997）一书的第一、二章。对 Jensen 该书的批评，见 Nicolas Standaert, "The Jesuits Did Not Manufacture 'Confucianism'," *East Asian Science*（16）: 115-132。另见 David R. Knechtges, "The Perils and Pleasures of Translation: The Case of the Chinese Classics", *Tsing Hua Journal of Chinese Studies*, vol. 34, No. 1, 2004 年 6 月，第 3 页。

1.2 法国传教士与《易经》

在《易经》西传的过程中，法国传教士曾作出过卓越的贡献。

1684 年（康熙二十三年），"太阳王"（Le Roi Soleil）路易十四（Louis XIV，1638-1715）选派白晋、刘应（Claude de Visdelou，1656-1737）、李明（Louis le Comte，1655-1728）、张诚（Jean F. Gerbillon，1654-1707）、洪约翰（Joannes de Fontaney，1643-1710）、塔夏尔（Guy Tachard，1648-1712）等六位传教士出使中国，行前赋予"国王数学家"称号。1685 年，使团自布勒斯特（Brest）起航，途径暹罗（今泰国）时，塔夏尔被暹罗王留用。其余五人于康熙二十六年（1687）抵达浙江宁波，1688 年入北京，白晋与张诚二人为康熙赏识，随侍宫中；其余三人则分散至中国各地传教。

法国从 17 世纪起，就在汉学西传史上扮演着重要角色，巴黎更是从 17 世纪到 20 世纪初，一直都是欧洲汉学的学术研究中心。在这三百多年间，1687 年（康熙二十六年）《易经》的第一本西方译本（附刻在柏应理所编辑的《中国哲学家孔子》这一部书中）正式在巴黎刊出，同年白晋抵达中国，白晋与其所创立的索隐派（Figurism）积极鼓吹《易经》研究，对《易经》在欧陆的流行和发展起到了相当重要的作用。

柏应理（Philippe Couplet，1623-1693）是比利时耶稣会会士，字信末，受到刚从中国传教回来的卫匡国的影响，也要求前往中国传教。柏应理在 1659 年（永历十三年）抵达中国，在上海、苏州、镇江、淮安等地传教，达 23 年之久。

与柏应理一起，意大利耶稣会会士殷铎泽（Prosper Intercetta，1625-1696）、比利时耶稣会会士鲁日满（François de Rougemont，1624-1677）、奥地利耶稣会会士恩理格（Christian Herdtricht，1624-1684）等，奉法国国王路易十四敕令，合作翻译《西文四书直讲》，将《大学》《中庸》《论语》（缺《孟子》）译成拉丁文，拉丁书名为 *Confucius Sinarum philosophus*（中文一般译为《中国哲学家孔子》）。

这部书共 412 页，包括四个部分：（1）柏应理致法国国王路易十四的献辞；（2）导言：论《四书》、《五经》的历史、要义、宋明理学等，历朝历代对《四书》、《五经》的重要注疏，佛老和儒学之间的区别，《易经》六十四卦和卦图之意义；（3）《孔子传》，开卷即是孔子的全身像，为殷铎泽所著；（4）《大学》、《中庸》与《论语》的译文，分别为 39 页、69 页和 180 页，三书皆附注疏。最后附有柏应理编的《中国皇朝编年史》（*Tabula Chronologcia Monarchiae Sinicae*），以及柏应理绘制的中国 15 省省图、115 座大城市，以及耶稣会会士建立的近 200 处教堂。

书中还附有柏应理以拉丁文翻译的《易经》六十四卦和卦义，不过柏应理的译文用字十分冗长，例如他用 44 个拉丁文字来解释《易经·谦卦》第二爻 6 个字的爻辞："六二，鸣谦贞吉。"[52] 美国华盛顿大学教授、汉学家和汉赋研究专家康达维（David R. Knechtges）认为，首次将《易经》翻译为西方语言的是《中国哲学家孔子》，译文是拉丁文。[53]

《中国哲学家孔子》一书于 1687 年（康熙二十六年）在巴黎正式出版；在 1688 年（康熙二十七年）出版法文节译本《孔子的道德》；1689 年（康熙二十八年）再出版另一本法文节译本《孔子与中国道德》。其中，《孔子的道德》于 1691 年（康熙三十年）在英国出版英文节译本。

不过，由于柏应理编这部书的目的是为了能在中国传教，并为"礼仪之争"问题辩护，所以他在书中把中国描写成完美无缺的文明先进，是值得模仿的理想国家。这本书使欧洲人开始注意中国文明，引发欧洲掀起一股"中国热"。像莱布尼茨（Gottfried Wilhelm Leibniz，1646-1716）在写给友人的信中，便提到："今年巴黎曾发行孔子的著述，彼可称为中国哲学之王者。"莱布尼茨后来发现《易经》二进位原理时，也曾提到柏应理的这部著作。柏应理这部在巴黎出版的《易经》拉丁文译本，与金尼阁在杭州印行的拉丁译本，相去四十年，这是第一本在西方世界出版的《易经》外语译本，因此柏应理也成为最早向西方介绍《易经》的耶稣会传教士之一[54]

---

52 赖贵三，"十七至十九世纪法国易学发展史。略（下）"，《巴黎视野》，2011 年 9 月，第 20-21 页。拉丁文译文如下：*Sinarium secundum designat hominem cujus iam patescit ac sermonibus hominum celebrari incipit humilitas; quae si pura et sincera fuerit, ut lucem hanc et famam non sectetur nec expectat, tum quidem praeclare agetur cum illo.* 转引自 Richard Ruttt, *The Book of Changes（Zhouyi）A Bronze Age Document Translated with Introduction and Notes.* Richmond, Surrey: Curzon Press, 1996, p. 61.

53 David R. Knechtges, "The Perils and Pleasures of Translation: The Case of the Chinese Classics", Tsing Hua Journal of Chinese Studies, vol. 34, No. 1, 2004 年 6 月，第 5 页。

54 赖贵三， "十七至十九世纪法国易学发展史略（下）"，《巴黎视野》，2011 年 9 月，第 20-21 页。

对《易经》研究最为深入的是白晋及与他相关的索隐派（Figurism）。[55]康熙皇帝曾下旨让白晋研究《易经》，并将傅圣泽（Jean-François Foucquet, 1663-1739）从江西调来与白晋一起研究《易经》。[56] 由于白晋对《易经》很着迷，所以那些为其索隐理论所激怒的耶稣会会士称他为易经主义者（Yikingiste）。[57]易经主义者也可写为 I Chingist，或中国索隐派（China Figurist），主要代表是 17 世纪下半叶尤其是 17 世纪末来华的一批耶稣会会士，如白晋、傅圣泽、刘应、马若瑟（Joseph-Henri-Marie de Prémare，1666-1736）等。[58]白晋认为《易经》是伏牺（伏羲）所撰，是世界上最老的书籍。[59] 他也考虑到《易经》卦画"蕴涵着一片将这个世界的所有现象还原为数字、重量和度量所代表的定量因素的钥匙"。[60]

1699 年（康熙三十八年），傅圣泽和白晋一起抵达北京后，开始被分配至福建和江西传教，1711 年（康熙五十年）被康熙召至北京，协助白晋进行《易经》的翻译和系统而全面的研究，撰有《易经稿》。傅圣泽在中国生活 22 年（其中有 10 年在康熙身边），博览中国古籍，和白晋一样相信在《易经》和《书经》等中国经典中，可以找到天主的启示。傅圣泽认为中国古籍中的

---

55 张西平，"《易经》在西方的早期传播"，见张西平，《传教士汉学研究》，郑州：大象出版社，2005 年，第 126-134 页。

56 详情可参张西平，"中西文化的一次对话：清初传教士与《易经》研究"；"《易经》在西方早期的传播"；韩琦，"白晋（Joachim Bouvet）的《易经》研究和康熙时代的「西学中源」说"，《汉学研究》，第 16 卷第 1 期，1998 年 6 月，第 185-201 页；吴丽达，"白晋（Joachim Bouvet）研究《易经》史事稽考"，《汉学研究》，第 15 卷第 1 期，1997 年 6 月，第 173-185 页；吴伯娅，"耶稣会士白晋对《易经》的研究"，见中国中外关系史学会编，《中西初识二编——明清之际中国和西方国家的文化交流之二》，2000 年，第 44-66 页等。外文资料请参见《耶稣会士傅圣泽神甫传：索隐派思想在中国及欧洲》：John W. Witek, *Controversial Ideas in China and in Europe: A Biography of Jean-Franois Foucquet, S.J.,*（1665-1741）（*Bibliotheca Instituti Historici S.I., Vol. XLIII.*）*. Rome:* Institutum Historicum S.I., 1982.

57 David R. Knechtges，"The Perils and Pleasures of Translation: The Case of the Chinese Classics"，载 Tsing Hua Journal of Chinese Studies，vol. 34. No. 1. 2004 年 6 月，第 123-149。另见郑吉雄，《东亚传世汉籍文献的译解方法初探》，2004 年，第 1-38 页。

58 参见 Knud Lundbæk, *Joseph de Prémare*，Aarhus University Press，1991，第 13-16 页。

59 David E. Mungello, *Curious Land: Jesuit Accommodation and the Origins of Sinology*, Stuttgart: Franz Steiner Verlag, 1985: 315.

60 David E. Mungello, *Curious Land: Jesuit Accommodation and the Origins of Sinology*, Stuttgart: Franz Steiner Verlag, 1985: 315.

"道"和"太极"就是基督信仰中所崇拜的真神，而《易经》就是真神传给中国人的玄秘经典。傅圣泽在 1720 年（康熙五十九年）离开中国时，携带了近四千（种）册中国古籍返回法国，全部捐给法国皇家图书馆，为法国及欧洲学者研究中国古典经籍带来极大的便利。[61]

关于"索隐派"，傅圣泽的三条原则是：一、汉文典籍具有神性起源，即它们均来自于"天"；二、汉文典籍中的"道"指天主教徒们所崇仰的"天主"；三、汉文典籍中的"太极"的确切之义一般也指"道"，相当于"上帝"或"天"。根据这些原则，傅圣泽发展了他自己的"索隐派"研究办法，实际上已经与白晋那种完全依靠《易经》的办法有所不同。傅圣泽的目的，正是为了研究在汉文典籍中的"天"和"上帝"等术语是否等同于天主教中的天主。[62]

马若瑟（Joseph-Henry Marie de Prémare，1666-1736）是白晋邀请来的 10 名法籍耶稣会传教士之一，也是法国汉学家先驱之一。马若瑟于 1699 年（康熙三十八年），随白晋来到中国后，便一直待在中国，在江西饶州、建县、南昌、九江等地传教，长达 25 年。1724 年（雍正二年），基督教在中国被禁，马若瑟离开江西而去广州；1733 年（雍正十一年）迁居澳门，1736 年（乾隆元年）在澳门去世。

马若瑟精研中国学术经典，曾用汉语著《经传议论》十二篇，《易经》是其中一篇。此外，马若瑟编写《汉语劄记》（*Notitia Linguae Sinicae*，1729），此书不是一般的文法书，而是一本帮助欧洲人利用学习汉语来研读中国经典的入门书。至于研读中国经典的目的，当然是寻找隐藏在经典中的真理。马若瑟另著有法文本《易经入门注释》（*Notes critiques pour enter dans l'intelligence de l'Y King*），编号为 2720。该书详细介绍其治易过程，第一章分两部分，各有四篇文章，分别论述"乾"与"坤"；并对《易经》各卦分别进行论述，十分详细。在此书中，附有马若瑟 1728 年（雍正六年）写给法国汉学家始祖傅尔蒙（Etienne Fourmont，1683-1745）的一封信。信中说到，他曾将一篇关于《易经》长篇手稿寄给了傅尔蒙。有人认为这一长篇手稿即为此书。马若瑟曾自述道：

---

61 赖贵三，"十七至十九世纪法国易学发展史略（下）"，《巴黎视野》，2011 年 9 月，第 21-23 页。

62 [美]魏若望，"法国入华耶稣会士傅圣泽对中国的研究"，见[法]谢和耐、[法]戴密微等著，《明清间耶稣会士入华与中西汇通》，耿昇译，北京：东方出版社，2011 年，第 328-329 页。

　　我之所以要不顾一切写这个注解，其最终目的，假如我能够的话，无非是使世人了解到天主教和人类历史是同样悠久的，而且这个创造象形文字和编写"经书"的中国人对成为人的天主（Godman）认识最为清楚。我亲爱的朋友，这就是三十多年来一直在支持我和鼓励我钻研的唯一动机，舍此就毫无意义可言。[63]

　　由上述文字中，可以强烈感受到马若瑟研读汉学背后那股强烈而坚定的宗教热忱。这些索隐派成员们为了从中国古籍中发掘天主教教义，努力钻研中国古籍和语言文字的作法，终于引起其他耶稣会会士的批评。因为这些耶稣会会士认为，索隐派所作未免有些本末倒置，甚至太牵强附会。最后法国教会及罗马教廷对这些索隐派会士对中国经典的研究，尤其是鼓吹《易经》的做法感到反感，说他们是"着了《易经》的魔。"索隐派的《易经》研究于是被迫终止。虽然索隐派的《易经》研究画下了休止符，但是他们所撒播的种子，却使欧洲学人对《易经》的兴趣和喜好，得以绵延不绝地继续发展。白晋及其索隐派对西方易学的传播和发展，亦可谓功不可没。除白晋及索隐派外，尚有其他耶稣会会士对《易经》作了若干研究[64]，刘应、钱德明、汤尚贤（Pierre de Tartre，1669-1724）、雷孝思（Jean-Baptiste Régis，1663-1738）等便是其中的佼佼者。

　　首先值得一提的是，有关康熙第七皇子胤祄与白晋、刘应和洪若翰三位法国传教士的一次会面。当洪若翰与刘应于 1693 年 6 月抵达北京觐见康熙时，因康熙身体不适而未获接见，但胤祄会见了他们。当饱读经史子集的胤祄得知刘应在中国典籍方面进步飞速时，他考问了刘应，发现刘应对中国典籍的知识非常完备，为此他惊讶不已；故转而与刘应讨论起"五经"并引用一些篇章让刘应解释。刘应快速而准确的解释让胤祄断言，刘应是目今为止来中国的欧洲人中最有才华的一位。胤祄问到关于儒教宏旨与基督宗教原则是否相去甚远的问题时，刘应回答说，儒教宏旨非但不与基督宗教原则对立反而恰相吻合；惟一的例外是《易经》，因为《易经》纯粹是迷信之作。对此，胤祄认为这是因为尚无人完全领悟这部作品的真谛。[65]

---

63 赖贵三，"十七至十九世纪法国易学发展史略（下）"，《巴黎视野》，2011 年 9 月，第 23-24 页。

64 赖贵三，"十七至十九世纪法国易学发展史略（下）"，《巴黎视野》，2011 年 9 月，第 23-24 页。

65 [法]白晋，《旅行日记》，慕尼黑国家图书馆，加利卡斯手稿 711 号，第 17-20 页。

这次会面一方面显示出刘应在中国文献方面的才华以及刘应对中国文献从单纯接受正规的解释开始发展出自己的意见；另一方面，白晋在自己的报告中，为他本人的索隐主义的基本原理写下了第一笔，即中国人长期以来已经失落了《易经》的真义。从此，白晋本人踏上了一条既不同于他的同僚们也不同于好友刘应的道路。这便是法国耶稣会会士深入探查中国文献史和思想史之发轫。[66]

1687 年（康熙二十六年），刘应抵达中国。他是与白晋一同抵达中国的第一批法国耶稣会会士，曾先后在北京、南京、广州、陕西等地传教。刘应精通汉语，广泛涉猎中国古籍，对《易经》《诗经》《礼记》都有研究。刘应在 1728 年（雍正六年）曾作《易经概说》（*Notice sur le Livre Chinois I-King*），是最早对《易经》进行注释的耶稣会会士之一。刘应的《易经》译本附刻于宋君荣的《书经》之后刊行，在其中的页码是从 399 页至 436 页。该书 1770 年（乾隆三十五年）刊行，后来被辑入（东方圣书）（*Livres Sacrés de l'Orient*）。[67]该文对卦作了各种不同的解释，认为卦的符号是伏羲所作，由于时代和作者不同，所以过去许多著作对卦的符号有不同阐释。[68]

康达维认为刘应的贡献是将经卦译为 trigram 和别卦译为 hexagram，被后来的译者所沿袭。而且一般认为，第一位将《易经》译为西方语言的就是刘应。[69]据雷慕莎的记述，刘应掌握中文口笔语的能力令清廷大官要员震惊，

这次会见白晋在其《中国皇帝的历史画像》中也有简略叙述（第 146-147 页）。洪若翰 1703 年 2 月 15 日致拉雪兹的信中也有所提及，见《耶稣会士书简集》第 3 卷，第 106 页。这些刊布材料均未评论刘应关于《易经》的观点。转引自 John W. Witek, S. J. *Controversial Ideas in China and in Europe: A Bibliography of Jean-François Foucquet, S. J.*（*1665-1741*）. Institutum Historicum S.I., Roma, 1982. p. 60.

66 转引自 John W. Witek, S. J.. *Controversial Ideas in China and in Europe: A Bibliography of Jean-François Foucquet, S. J.*（*1665-1741*）. Institutum Historicum S.I., Roma, 1982. p. 61.

67 赖贵三，"十七至十九世纪法国易学发展史略（下）"，《巴黎视野》，2011 年 9 月，第 24 页。

68 Claude de Visdelou, "Notice du livre chinois nommé Y-king", in Antoine Gaubil, Joseph de Guignes, Joseph Henri Prémare, Claude de Visdelou, *Le Chou-king: Un des Livres Sacrés des Chinois, Qui Renferme les Fondements de Leur Ancienne Histoire, les Principes de Leur Gouvernement & de Leur Morale*. Paris: N. M. Tillard, 1770. pp. 399-436.

69 David R. Knechtges, "The Perils and Pleasures of Translation: The Case of the Chinese Classics", *Tsing Hua Journal of Chinese Studies*, vol. 34. No. 1. 2004 年 6 月，第 123-149。另见郑吉雄，《东亚传世汉籍文献的译解方法初探》，2004 年，第 1-38 页。

其中还包括一位康熙皇帝的皇子。[70]他翻译了《易经》第十五卦《谦卦》。与柏应理译本相比，刘应的语言更简洁，如他将《谦卦》的"九二"爻辞"鸣谦，贞吉"翻译为"L'humilité éclatante（deviant）justement fortune"相当于英文的"Dazzling humility（becomes）justly fortunate"。[71]

钱德明，字若瑟，法国传教士，1718 年（康熙五十七年）2 月 8 日生于法国土伦；1737 年（乾隆二年）9 月 27 日，在阿维尼翁进入耶稣会修道院；1749 年（乾隆十四年）12 月 29 日，从洛里昂乘船出发赴华。1750 年（乾隆十五年）7 月 27 日，到达广州；翌年（1751 年）8 月 22 日，晋京。钱德明通晓满、汉文，学识渊博。

钱德明本人为天文学家和作家，1761 年（乾隆二十六年），任法国在华传教区的司库；1779 年（乾隆四十四年）10 月 9 日，逝于北京。钱德明能用汉文、法文以及满文、蒙文等文字著书立说，是入华耶稣会会士中的最后一位大汉学家。钱德明对《易经》颇感兴趣，曾考证《易经》卦爻辞史料，断定中国纪年体古史比其他各国历史的可信度高。钱德明通满汉文，其精审与宋君荣不相伯仲，而渊博则过之。著有多部论述中国的著作，其中的《中国古史实证》（L'antiquité des Chinois prouvée par les monuments），1775 年（乾隆四十年）撰于北京，所依据的材料主要为原始启示、《易经》之卦、《诗经》及《春秋》《史记》，其结论为中国纪年体古史较其他各国历史为可信，应受学者重视。[72]钱德明另著有《满蒙文法满法字典》《汉满蒙藏法吾国文字字汇》《中国学说历代典籍》等，是一位罕见的多才多艺的传教士汉学家。[73]

汤尚贤，字宾斋，"宾"字出于《易经》："观国之光，尚宾也"。汤尚贤亦研究《易经》，雷孝思译《易经》，颇利用其资料。[74]雷孝思用拉丁文全译了《易经》，1736 年完成，1834 年和 1839 年由莫耳（Julius Mohl）编辑后才

70 See Abel-Rémusat, *Norveaux Mélanges asiatiques*, Paris, 1929, p. 245.

71 Claude Visdelou, "Notice du Livre Chinois Nommé *Y-King, Livre Canonique des Changemens*, avec des Notes. in Gaubil et al. *Le Chou-King, un des Livres Sacrés des Chinois, Qui renferme les Fondements de leur ancienne Historie, les Principes de leur Gouvernement & de leur Morale; Ouvrage Recueilli par Confucius.* ed. M. de Guines. Paris: N. M. Tilliard. 1770. p. 422.

72 方豪，《中国天主教史人物传》（下），北京：中华书局，1988 年，第 85 页。

73 赖贵三，"十七至十九世纪法国易学发展史略（下）"，《巴黎视野》，2011 年 9 月，第 25 页。

74 方豪，《中国天主教史人物传》（中），北京：中华书局，1988 年，第 304 页。

出版。需要说明的是，龙伯格认为雷孝思是在 1708 年到 1723 年在冯秉正和汤尚贤的帮助下，翻译这部经书的。[75]

宋君荣，字奇英，法国传教士人，于 1722 年（康熙六十一年）来华传教，1759 年（乾隆二十四年）逝于北京。在传教过程中，对《周易》作了深入研究，并将之译成法文，编著有法译本《易经》（*I Ching*）等六部汉学著作。汉学家雷慕莎（Jean Pierre Abel Rémusat，1788-1832）认为：宋君荣是当时欧洲最精通中文之人，盛赞他是"18 世纪最伟大的汉学家"。宋君荣《书经》译本完成于 1740 年代，但并未出版，1770 年（乾隆三十五年）才由法国学者德经（Joseph de Guignes，1721-1800）增删后出版。[76]

《易经》最初之所以在欧洲学界具有很高的声誉，关键在于莱布尼茨所发明的二进制与《易经》之卦有着极为类似的关系，其中白晋又与莱布尼茨就《易经》多次通信，故而白晋与莱布尼茨在《易经》西传史上留下了不可磨灭的地位与影响。

1.3 白晋、莱布尼茨与《易经》

法国传教士中，对《易经》在西方的传播贡献最大的无疑是白晋。柯兰霓指出，法国传教士白晋属于少数深入探究《易经》的传教士之一。[77]

尽管白晋不像利玛窦那样被视为非常伟大的传教士，但是在他那个时代，他却因奉行"索隐主义"（Figurism）而名闻宗教界。"索隐主义"指的是一种注疏（exegesis）方法。该方法由白晋首创，受康熙帝的鼓励和资助。索隐派的方法是经由考据、索隐的方式企图从中国古代典籍、尤其是《易经》中寻找《圣经》的神谕、预言、教义以证明《易经》和基督教教义一致，其目的就是通过注释中国经典（主要是儒家和道家经典）而在中国传教，这被当时的欧洲被学者称为索隐派（Figurist，或称符象论、尊经派、易经派），

---

75 Knud Lundbæk, "The First European Translations of Chinese Historical and Philosophical Works", in Thomas H. C. Lee, *China and Europe: images and influences in sixteenth to eighteenth centuries*. Shatin, N. T., Hong Kong: The Chinese University of Hong Kong, 1991, pp. 40-41.

76 赖贵三，"十七至十九世纪法国易学发展史略（下）"，《巴黎视野》，2011 年 9 月，第 24 页。

77 Claudia von Collani. "The First Encounter of the West with the Yijing: Introduction to and Edition of Letters and Latin Translations by French Jesuits from the 18th Century", *Monumenta Serica*》, 55（2007），p. 239.

而白晋就是索隐派的鼻祖。为了反驳白晋等人的观点，另一群法国传教士则努力将《易经》翻译成或更好地意译（paraphrasis）成拉丁语。《易经》在西方的解释、翻译与传播，藉此得到广泛地发展。不幸的是，礼仪之争时期"索隐主义"被禁止，其结果就是"索隐主义"的方法逐渐被废弃。[78]

白晋是十七、八世纪间向欧洲学界大力鼓吹《易经》的西方易学家，称得上是西方真正深入研究《易经》的研究者，是西方易学先驱之一，也是易学在西方的出色传播者。白晋在《易经》的西传史上，扮演着承前启后、继往开来的关键性角色，对在西方传播易学的贡献居功厥伟。

白晋（又译"鲍威特"），字明远，在中国传教 36 年。1687 年（康熙二十六年），即柏应理在巴黎出版《西文四书直讲》的同一年，抵达中国传教；翌年，抵达北京，深获康熙皇帝喜爱，更奉康熙之命，在 1693-1699 年间（康熙三十二至三十八年之间），返回法国招募更多耶稣会会士到中国。白晋第一次对《易经》表示兴趣是 1697 年（康熙三十六年）。这一年，他在巴黎枫丹白露（Fontainebleau）写的一封信透露了这一点。白晋在信中表示，尽管大部分耶稣会会士认为《易经》这本书充斥着迷信的东西，但他相信《易经》中存在中国哲学的合法原则——这些原则与柏拉图或亚里士多德的哲学同样完美。[79]据法国耶稣会会士裴化行（Henri Bernhard, 1889-1975）的说法，回法国

---

78 Claudia von Collani,. 2007, p. 231.关于"Figurism"的论述，详见 Claudia von Collani ed. *Eine wissenschaftliche Akademie jar China. Briefe des Chinamissionars Joachim Bouvet S.J. an Gottfried Wilhelm Leibniz und Jean-Paul Bignon iiber die Erforschung der chinesischen Kultur, Sprache und Geschichte*（Studia Leibnitiana, Sonderheft 18），Stuttgart, 1989.

79 Claudia von Collani. "The First Encounter of the West with the Yijing: Introduction to and Edition of Letters and Latin Translations by French Jesuits from the 18th Century", *Monumenta Serica*, 55（2007），pp. 240-241.原文为：In spite of the fact that many missionaries thought the *Yijing* to be a book full of superstition, he believed that he had developed a method to find in the *Yijing* the legitimate principles of Chinese philosophy - which he thought were as good as those of Platon or Aristotele.关于这一点，杨宏声的说法与 Claudia von Collani 的不一致，杨宏声认为白晋就《易经》于 1697 年在巴黎作了一次讲座。笔者查阅了相关西文文献，没有找到类似的说法。而杨宏声的注释中表明他引自方豪《中国天主教史人物传》中的《白晋、傅圣泽》，笔者查阅了该书也没见到类似说法。详见杨宏声，"明清之际在华耶稣会之《易》说"，《周易研究》，2003 年第 6 期，第 41-51、58 页；方豪，《中国天主教史人物传》（中），北京：中华书局，1988 年，第 278-287 页。经核实，杨宏声此处的引文转引自林金水，"《易经》传入西方史略"，《文史》（第二十九辑），北京：中华书局，1988 年，第 367 页。

期间白晋曾在 1697 年（康熙三十六年），在巴黎作了一次有关《易经》的专题演讲，白晋在演讲中说：

> 虽然（我）这个主张不能被认为是我们耶稣会传教士的观点，这是因为大部分耶稣会会士至今认为《易经》这本书充斥着迷信的东西，其学说没有丝毫牢靠的基础……。中国哲学是合理的，至少同柏拉图或亚里斯多德的哲学同样完美。……再说，除了中国了解我们的宗教同他们那古代合理的哲学独创多么一致外（因为我承认其现代哲学不是完美的），我不相信在这个世界还有什么方法更能促使中国人的思想及心灵去理解我们神圣的宗教。所以我要着手几篇关于这个问题的论文。[80]

在这段话中，显然白晋一方面推崇《易经》，认为《易经》与柏拉图（Plato，约公元前 427-347 年）哲学、亚里士多德（Aristotle，公元前 384-322 年）哲学一样是合理而完美的哲学。另一方面，白晋认为《易经》的义理与天主教的教义一致，这是打开中国人的思想及心灵并让他们理解天主的唯一方面。在《康熙皇帝》一书中，白晋也说："虽说康熙皇帝是个政治家，但他如果对天主教和儒教的一致性稍有怀疑，就决不会许可天主教的存在。"[81]换言之，只要能证明中国古经与天主教义的内容一致，就可以让康熙信仰天主教；康熙若能信仰天主教，那全中国都可以纳入天主教的版图。

柯兰霓指出，在中国耶稣会会士涉足中国古代典籍，是因为他们认为这是施行"适应政策"的关键，"适应政策"的根本目的就是借助中国本身的事物来传教，从而使中国人改宗基督教。[82]

---

80 Henri Bernhard. *Sagesse chinoise et philosophie chrétienne essai sur leurs relations historiques*, Procure de la Mission de Sienshien, Tientsin, 1935, p. 145.转引自林金水，"《易经》传入西方史略"，《文史》（第二十九辑），北京：中华书局，1988 年，第 367 页。

81 Joachim Bouvet, *Portrait historique de l'Empereur de la Chine, Paris*, 1697.中译本作《康熙皇帝》，赵晨译，哈尔滨：黑龙江人民出版社，1981 年，第 57 页。

82 Claudia von Collani. "The First Encounter of the West with the Yijing: Introduction to and Edition of Letters and Latin Translations by French Jesuits from the 18th Century", *Monumenta Serica*, 55（2007），p. 232.另见 Henri Cordier. *L'imprimerie Sino-Europeenne en Chine. Bibliographie des ouvrages publics en Chine par les Europeens au XVII et au XVIII siècle*, Paris, 1901, p. 39 和 "Die Chinamission von 1520-1630," in M. Venard und H. Smolinsky, *Die Geschichie des Christentums: Religion Politik, Kultur*. Bd. 8: *Die Zeit der Konfessionen*, Freiburg, 1992, p. 944.

在这种信念的推动下，白晋一生都努力在上古时代的中国典籍中寻找《圣经》教义。另一方面，作为一位数学家，白晋对易卦也颇为感兴趣。[83]白晋知道康熙皇帝喜好科学，便投其所好，用数学方法解释《易经》，再从《易经》中寻找天主。白晋企图通过揭示"数学中的神秘"，以证明中国祖先所遗留下来的圣典——《易经》，其实与希腊、埃及犹太哲学中的神秘数学相呼应。白晋认为"在八卦中可以看出创世及三位一体之奥秘"，并认为"世上没有比研究那包含真理而又如此难解的《易经》更能显示中国人的心神是如何契合于基督教义了"。

白晋这种传教方式显然是利玛窦"适应政策"的一种运用，带着无限浓烈热忱的宗教情怀作后盾。如白晋在 1700 年 11 月 8 日写给莱布尼茨的信中说：

> 今年我曾经应用同样的方法继续对中国古籍进行研究，幸而有些新的发现。……几乎完整的一套圣教体系，即在其中……。极大的神秘，如圣子的降生，救世主的身世与受死，以及他宣教的圣功（对世人）所起的重大作用，这类似预言性的表现，在珍贵的古代中国哲学巨著中，亦隐约有迹可寻。当你看到这无非是联篇累牍的虚无与象征的词语，或者真理新定律的识语时，你的惊奇程度当不在我下。[84]

白晋等之所以从中国经籍入手来在中国传教，而且取得了不菲的成绩，其原因当然是多方面的，其中中国士大夫对学经与传教之间的关系无疑直接启发了白晋等"索隐派"耶稣会会士。例如夏大常就认为，传教士必须先熟读中国的典籍，方可识透中国的本性，惟有如此，在中国宣教才有可能成功。他在《礼记祭礼泡制》中指出：

> 若要免人妄证，须先明透中国本性之情；若要明透中国本性之情，须先博览中国之书籍。中国之书籍，即为中国之本性也，未有

---

83 Claudia von Collani. "The First Encounter of the West with the Yijing: Introduction to and Edition of Letters and Latin Translations by French Jesuits from the 18th Century", *Monumenta Serica*, 55（2007），p. 240.

84 Henri Bernhard. *Sagesse chinoise et philosophie chrétienne essai sur leurs relations historiques*, Procure de la Mission de Sienshien, Tientsin, 1935, p. 149.转引自林金水，"《易经》传入西方史略"，《文史》（第二十九辑），北京：中华书局，1988 年，第 368 页。

> 不读中国之书籍，而能识中国之本性者，亦未有不能识透中国之本
> 性，而能阐扬超性之理于中国者。

他还进一步强调在对中国的士大夫传教时，必须利用中国的典籍。他说：

> 若对中国读书之人讲道解经，开口便要博引中国古书为证。若
> 是能引中国书籍，出自何经，载在何典，他便低首下心，无不心悦
> 诚服，若不详引中国书籍，辨析他心，纵有千言万语，他心不服，
> 纵谈超性妙理，他心亦不能知，他或纵然当面奉承，背地尚加毁谤
> 矣！必须多读中国书籍，方能开引人心矣![85]

由此可见，要让中国人尤其是中国士大夫心悦诚服地皈依基督教，传教士首先就得熟读中国典籍，而且在与中国士大夫的交往中要善于引用中国典籍。

关于白晋、莱布尼茨和《易经》之间的关系，学术界一致诉讼纷纭，至今没有定论。

有学者认为白晋对《易经》的研究直接影响了莱布尼茨，他们二人至迟从1701 年开始就在书信往返中讨论到伏羲、八卦及二进位的问题；白晋曾寄给莱布尼茨两幅"易图"：一幅是 Segregation-table，即《伏羲六十四卦次序图》；另一幅是 Square and Circular Arrangement，即《伏羲六十四卦方位图》，这幅图可能是从卫匡国那里得到的；而卫匡国的易图，则可能是采自朱熹（1130-1200）《周易本义》所录邵雍（1011-1077）之卦图。此外，白晋也与其他法国索隐派耶稣会会士如傅圣泽、马若瑟、郭中传（Jean-Alexis de Gollet，1664-1741）等人在通信时谈论《易经》，并留下不少中文、拉丁文手稿，成为西方易学研究的珍贵史料。至今在罗马梵蒂冈教廷图书馆中仍保存着白晋的大量《易经》研究手稿，包括1711 年的《周易原旨探》《易鑰》《易经总论稿》《易考》《易引（原稿）》《易稿》《易学外篇》《大易原义内篇》《易学总说》《天学本义》《太极略说》等。总体来说，这批手稿大体可分为两类，一类主要讨论《易经》和《圣经》的关系，一类主要讨论《易经》所包含的数学内容。[86]

---

85 夏大常，《礼记祭礼泡制》，法国巴黎国家图书馆藏本，第9 页。转引自黄一农，"被忽略的声音——介绍中国天主教徒对'礼仪问题'态度的文献"，载台湾《清华大学学报》，1995 年6 月，第137-160 页。

86 韩琦，"再论白晋的《易经》研究——从梵蒂冈教廷图书馆所藏手稿分析其研究背景、目的及反响"，载荣新江、李孝聪主编，《中外关系史：新史料与新问题》，北京：科学出版社，2004 年，第316-317 页。其中的《易鑰》，张西平写作《易论》《易纶》或《易轮》等，详见张西平，"梵蒂冈图书馆藏白晋读《易经》文献初探"，《文献》（季刊），2003 年第3 期，第20-21 页。因未见到原文件，无法

　　莱布尼茨与白晋和《易经》的关系，其焦点就是他所发现的二进制是否受到了《易经》的启发。一般认为，首先是白晋将六十四卦图寄给莱布尼茨，莱布尼茨随之受到六十四卦图的影响，然后才发现了二进制。20世纪初，欧洲汉学家们就莱布尼茨二进制算术是否受到《易经》的影响，开始公开争论。争论之始作俑者是阿瑟·韦利（Arthur Waley），他在英国的一个杂志上发表文章，认为莱布尼茨二进制与《易经》有关。[87]随后激起很多讨论，例如伯希和（Paul Pelliot）便反对韦利的这种说法[88]，李约瑟（Joseph Needham）也支持伯希和的意见[89]，艾田蒲（Rene Etiemble）也持类似观点[90]。这是反对的一方，这一方对国内的研究有着持久影响。

　　另一方则认为《易经》，尤其是"八卦图"和"六十四卦图"对莱布尼茨发现二进制具有较大的影响，主要代表分别是 Donald F. Lach[91]、孟德卫[92]（David E. Mungello）、J. A. Ryan[93]和 Frank J. Swetz[94]等。

　　国内基本上也分两派，一派认为莱布尼茨发现二进制便是因为受到《易经》中卦图的启发，以孙小礼等为代表；而另一派则持否定意见，以陈乐民、胡阳和李长铎等为代表。

　　孙小礼认为《易经》的卦图与莱布尼茨的二进制数表是一致的。[95]她在文中还转引了日本学者五来欣造的话来佐证自己的观点，说"莱布尼茨以 0 与

做出判断哪种写法是对的。

87　Arthur Waley, "Leibniz and Fu Hsi", *Bulletin of the School of Oriental and African Studies*, Volume 2, Issue 1, February 1921, pp. 165-167.

88　Paul Pelliot, A Review on Arthur Waley's "Leibniz and Fu His", *T'oung Pao*, 21（1922）, pp. 90-91.

89　Joseph Needham, "Addendum on the *Book of Changes* and the Binary Arithmetic of Leibnitz", in Joseph Needham, *Science and Civilisation*, Vol. II, *History of Scientific Thought*, Cambridge: Cambridge University Press, 1956, p. 432.值得注意的是，李约瑟在文章中引用《易经》时，使用的是卫礼贤-贝恩斯的《易经》译本。

90　Rene Etiemble, *L'Europe Chinoise*, Paris: Gallimard, 1988, pp. 370-428.

91　Donald F. Lach, "Leibniz and China", *Journal of the History of Ideas*, Vol. 6, No. 4 （Oct., 1945）, pp. 436-455.

92　David E. Mungello, "Leibniz's Interpretation of Neo-Confucianism", *Philosophy East and West*, Vol. 21, No. 1 （Jan., 1971）, pp. 3-22.

93　J. A. Ryan. "Leibniz' Binary System and Shao Yong's *Yijing*". *Philosophy East and West*, 46（1）: 59-90, 1996.

94　Frank J. Swetz, "Leibniz, the *Yijing*, and the Religious Conversion of the Chinese", *Mathematics Magazine*, Vol. 76, No. 4 （Oct., 2003）, pp. 276-291.

95　孙小礼，"莱布尼茨与中西文化交流"，《自然辩证法研究》，1993年，第9卷第12期，第7页。

1 表示一切数,《易经》以阴和阳显示天地万有,都是天才的闪烁。这东西方的两大天才,藉着数学的普遍直觉的方法,互相接触,互相认识,互相理解,以至于互相携手。在这一点上,莱布尼茨把东西两大文明拉紧了。他的二进制算术和《易》就是象征东西两大文明相契合的两只手掌。"[96]

不过,随着自己研究的深入,孙小礼对自己关于《易经》卦图与莱布尼茨发现二进制的关系进行了修正。在 1999 年的一篇文中中,她明确提出,莱布尼茨在 1703 年研究《易》图之前已经发明了二进制算术。[97]

陈乐民认为,莱布尼茨发明数学二进位制是有长期的丰富数学素养作为基础的。更何况莱布尼茨的这些发明在前,得到"八卦图"在后,只凭这点"时间差",就绝说不上他是在《易经》的启发下创造了"二进位制"。[98]与陈乐民持类似看法的还有胡阳和李长铎的著作《莱布尼茨二进制与伏羲八卦图考》[99],为了说明问题他们还制作了一份"莱布尼茨与伏羲八卦图历史年表"。[100]

韩琦则认为,这是"西学中源"说的一个新佐证。他认为白晋研究《易经》和莱布尼茨研究二进制是同时进行的,有关莱布尼茨二进制受到白晋的影响这种说法是错误的;不过,他又肯定是白晋的《易经》研究促使了莱布尼茨把二进制和卦爻结合起来,可以作为"西学中源"的一个新佐证。[101]

最近,有学者撰文说:"就数制而言,若说先天易具有二进制的优先权,于理勉强可通。就算术而言,若说先天易就是二进制算术,否定莱布尼茨的

96 转引自孙小礼,"莱布尼茨与中西文化交流",《自然辩证法研究》,1993 年,第 9 卷第 12 期,第 72 页。另见刘百闵,"莱布尼茨的周易学——与白进往复讨论的几封信"(译自日本五来欣造博士著《儒教对于德意志政治思想的影响》书中莱布尼茨对于《周易》新解释的一篇),载于李证刚等编著,《易学讨论集》,商务印书馆,1941 年,第 99-113 页。

97 孙小礼,"关于莱布尼茨的一个误传与他对中国易图的解释和猜想",《自然辩证法通讯》,1999 年第 2 期,第 52-54 页。孙小礼的莱布尼茨研究最后集大成为《莱布尼茨与中国》一书中,详见孙小礼,《莱布尼茨与中国》,北京:首都师范大学出版社,2006 年。

98 陈乐民,"莱布尼茨与中国——兼及'儒学'与欧洲启蒙时期",《开放时代》,2000 年第 5 期,第 16 页。

99 胡阳、李长铎,《莱布尼茨二进制与伏羲八卦图考》,上海:世纪出版集团,2006。

100 胡阳、李长铎,《莱布尼茨二进制与伏羲八卦图考》,上海:世纪出版集团,2006。

101 韩琦,"白晋的《易经》研究和康熙时代的'西学中源'说",《汉学研究》,第 16 卷第 1 期,1998 年 6 月,第 198 页。

创造之功，实在牵强。此外，莱布尼茨还有功于二进制的传播与应用。"[102]
这段话肯定了莱布尼茨对二进制的创造之功。不过，该文作者继续说：

> 正如《易经》对莱布尼茨二进制算术的影响不容置疑一样，莱
> 布尼茨在二进制算术上的创造性贡献，以及在传播方面所做的努
> 力，亦不容置疑。这样评价并不有损《易经》的尊严和价值，因为
> 它在文化上的影响已逾数千年，而且在二进制算术中又继续着它的
> 影响。接受美学有一个说法：最好的作品就是带来启迪最多的作品。
> 即使《易经》没有二进制算术的优先权，但由于对二进制算术有"启
> 发、促成"等作用，也足以说明它的伟大贡献。此外，就莱布尼茨
> 而言，他的贡献不仅是创立了二进制算术，并促进其传播，而且丰
> 富了《易经》的科学内涵，打破了把易学等同迷信的谬见，促进了
> 易学数理研究的发展。[103]

这事实上试图调和两种极端说法：一种说法认为《易经》对莱布尼茨创
立二进制算术根本没有影响；另一种则否定了莱布尼茨的创造性贡献，认为
《易经》或先天易才具有"优先权。其目的无非是想说明，尽管莱布尼茨在
见到"八卦图"和"六十四卦图"之前就已发现二进制，但是，《易经》对莱
布尼茨创立二进制算术确实起到了重要的影响。[104]

以上讨论也许只是国人的一面之词，我们可以看看西方学者对此的看法。
莱布尼茨无疑是一位举世罕见的通才式人物，除牛顿和达·芬奇外历史上罕
有人能与其比肩。他对中国的了解以及对中国学术的理解在他那个时代是无
与伦比的。尽管他未到过中国，但是他对中国的理解，就连那些在中国传教
的耶稣会会士都比不上。新加坡南洋理工大学和美国芝加哥德保罗大学教授
方岚生（Franklin Perkins）曾说，莱布尼茨拥有关于中国最博学的知识，他对
孔子思想的诠释尽管有严重缺陷，但仍远高出其同时代人。[105]孟德卫也曾说，

---

102 朱新春，朱光耀，"《易经》的'影响'与莱布尼茨的'优先权'"，《长春理
工大学学报》（社会科学版），2011年第5期，第22页。

103 朱新春，朱光耀，"《易经》的'影响'与莱布尼茨的'优先权'"，《长春理
工大学学报》（社会科学版），2011年第5期，第23页。

104 朱新春，朱光耀，"《易经》的'影响'与莱布尼茨的'优先权'"，《长春理
工大学学报》（社会科学版），2011年第5期，第21-23页。

105 Franklin Perkins, *Leibniz and China: A Commerce of Light*, Cambridge: Cambridge
University Press, 2004, p. 108.

莱布尼茨或许读过或熟悉任何论述中国的重要书籍。[106]

莱布尼茨第一次提到中国是 1666 年他出版的著作《论组合术》（*De Arte Combinatoria*）中，当时他 20 岁。[107]从这里我们可以看出，莱布尼茨很早就对中国的事物感兴趣，而且也熟悉中国的一些事物。自 1687 年开始，莱布尼茨与罗马的耶稣会会士闵明我（Claudio Filippo Grimaldi，1638-1712）取得联系。此后，莱布尼茨积极地与在中国传教的耶稣会会士进行通信。最有名的要算他与当时在北京传教的闵明我和白晋间的通信。这些通信后来大部分收集在莱布尼茨的著作《中国近事》（*Novissima Sinica*）里。关于《易经》，莱布尼茨认为《易经》的卦图是古代的二进算术（binary arithmetic）。就这一问题，他曾与多位数学家和智者（intellectual）进行通信讨论，其中包括法国著名学者卡兹（Cesar Caze，1641-1720）和他的好友、德国学者坦泽尔（Wilhelm E. Tentzel，1659-1707）等[108]。

我们前面曾提到过，莱布尼茨与白晋和《易经》的关系，其焦点就是他所发现的二进制是否受到了《易经》的启发。方岚生的研究显示[109]，莱布尼茨觉得自己发现的二进制可能有利于传教士在中国的传教，便于 1697 年和 1701 年分别给闵明我和白晋去信说明这一发现；白晋恰好也在研究《易经》，看到莱布尼茨的来信，觉得莱布尼茨信中所描述的二进制与他看到的六十四卦图非常类似，所以就将自己的看法寄回给莱布尼茨；莱布尼茨得到确认后，便于 1703 年将自己的论文《二进制算术的阐释》（Explication de l'arithmetique Binaire）[110]投给巴黎科学院（Paris Academy）。

---

106 David Mungello, "Die Quellen für das Chinabild Leibnizens", *Studia Leibnitziana*, 14（1982），pp. 233-43.

107 Franklin Perkins, *Leibniz and China: A Commerce of Light*, Cambridge: Cambridge University Press, 2004, p. 109.

108 Hans Zacher, *Die Hauptschriften zur Dyadik von G. W. Leibniz*, Frankfurt am Main: V. Klostermann, 1973.

109 Franklin Perkins, *Leibniz and China: A Commerce of Light*, Cambridge: Cambridge University Press, 2004, pp. 116-118.

110 G. W. Leibniz, 1703, Explication de l'arithmetique binaire, avec des remarques sur son utilite, et sur ce qu'elle donne le sens des annciennes figures Chinoises de Fohy, *Memoires de l'Academic Royale des Science*, vol. 3, 85-89. [德]莱布尼茨，"关于只用两记记号 0 和 1 的二进制算术的阐释——和对它的用途以及它所给出的中国古代伏羲图的意义的评注"，孙永平译，载朱伯昆主编《国际易学研究》（第五辑），华夏出版社，1999 年，第 201-206 页。

瑞恩（James A. Ryan）在一篇有关莱布尼茨与邵雍的文章中下过一个结论，意思是说，莱布尼茨六十四卦图是科学的，但是如果莱布尼茨能够研究邵雍的话，那么他就会发现自己所宣称这一理论发现是错误的；其原因就在于，邵雍的系统只相当于原始科学（proto-science），其中的卦图并不是数字系统。[111]显然，莱布尼茨的算术二进制却是一种数字系统，后来广泛地应用于计算机科学。

对于《易经》等在西方的早期传播与影响，许倬云的评论是：一些学者，包括莱布尼茨、伏尔泰（原名 François-Marie Arouet，笔名 Voltaire，1694-1778）等人，从来华耶稣会教士寄往欧洲的报告中，择取资讯，建构了理想化的东方。这一番努力毋宁是为了发抒自己理想的郢书燕说，难免有失真之处。[112]笔者认为，许倬云所说的，不失为历史真实的一面。

小结

本章主要探析了以《易经》为代表的中国典籍早期传入欧洲的基本状况，包括主要的译介者、译介动机以及这些典籍传入西方后所产生的影响。

早期的译介者以传教士为主，包括利玛窦、金尼阁以及以白晋为代表的法国传教士；其中使《易经》在西方具有广泛影响的人物却非传教士，而是一位通才式的科学家莱布尼茨。

传教士们翻译《易经》等中国典籍，是希望从中国典籍中找到能使中国人很快改宗基督教的基础，正如利玛窦从中国典籍尤其是《易经》等典籍中证明出"天主与上帝特异以名"而已，这便为利玛窦所代表耶稣会传教士的"适应政策"和白晋所代表的"索隐派"提供了理论基础。

莱布尼茨研究《易经》则主要出于两方面的原因：一方面他为中国文化所吸引，呼吁中西方的文化交流，呼吁欧洲必须中国学习，提倡中西方的优势互补[113]；另一方面则是《易经》的六十四卦图类似于他所发现的算术二进制。

111 James A. Ryan, "Leibniz' Binary System and Shao Yong's 'Yijing'", *Philosophy East and West*, Vol. 46, No. 1（Jan., 1996）, p. 82.

112 [美]许倬云，"序"，见[美]张海惠主编，《北美中国学——研究概述与文献资源》，北京：中华书局，2010年，第1页。

113 Franklin Perkins, *Leibniz and China: A Commerce of Light*, Cambridge: Cambridge University Press, 2004, p. 114.

对于中学西渐而言，耶稣会传教士对于《易经》翻译的最大意义就是对于后来的《易经》英译是一种借鉴。由于已有耶稣会传教士的拉丁语、法语等翻译的先驱工作，19 世纪中叶以后开始的《易经》英译一开始便进入了比较成熟的阶段。

第二章　麦丽芝与《易经》研究

引言

前文已述及，《易经》在西方的翻译、研究及其传播始于 16 世纪前后，而在英语世界的翻译、研究及其传播则迟至 19 世纪中叶才开始。较早对《易经》进行较为深入而系统翻译和研究的是理雅各（James Legge, 1819-1891），不过英语世界第一部公开出版的《易经》译本的译者则是麦丽芝（Thomas McClatchie, 1812-1885）[1]，出版于 1876 年，比理雅各的《易经》译本早出版 6 年。

因为麦丽芝在宗教界和学术界的地位均不是特别突出，所以他的这一部译著并未得到学术界和宗教界的重视；国内外几乎都没有专门的文章对他的学术进行研究。事实上，麦丽芝在汉学界具有一定的地位，他不仅是《易经》英译的第一人，同时也是英语世界朱子学的先驱，近期有学者开始关注[2]；而且他还翻译过《礼记》，可惜未译完，也未出版。

1　McClatchie 的中文名有多种，如有麦丽芝、麦克拉奇、麦克开拉启；散见于国内学术期刊的文章，有些称其为麦丽芝，有些则称其为麦丽芝，称其为麦丽芝的居多。不过他的中文名字根据香港圣公会《公祷书》第 408 页而取汉文名字为麦丽芝，依此则本文也取"麦丽芝"之名。另见 Nicolas Standaert ed., *Handbook of Christianity in China 2*, Leiden: Brill, 2001, p. 160。

2　详见田莎、朱健平，"朱学英语译介二百年"，《外语教学与研究》，2020 年第 2 期，第 296-308、321 页；田莎、朱健平，"被神学化的朱子理气论——麦丽芝英译《御纂朱子全书》研究"，《中国文化研究》，2020 年第 4 期，第 150-160 页；田莎、朱健平，《十九世纪朱子太极观英译的发起与演进》，《中国翻译》，2021 年第 2 期，第 37-46、189 页。

本章主要从《教务杂志》(*The Chinese Recorder and Missionary Journal*)、《中国评论》(*The China review: or Notes & queries on the Far East*)、《皇家亚洲文会北华支会会报》(*Journal of the North China Branch of the Royal Asiatic Society*)、《皇家亚洲文会中国支会会报》(*Journal of the China Branch of the Royal Asiatic Society*)、《中国丛报》(*Chinese Repository*) 和《爱丁堡评论》(*Edinburg Review*) 等期刊中蒐集与麦丽芝及其与著作相关的文献，并对麦丽芝翻译的《易经》进行必要分析，以期评价麦丽芝在早期英国汉学史中的学术地位。

2.1 麦丽芝其人及其著作

麦丽芝牧师是英国圣公会海外差会 (Church Missionary Society)[3] 的一名传教士，1814 年出生[4]，1844 年被派到香港[5]，1845 年被派到中国上海传教，1885 年辞世。

对于麦丽芝牧师的生平，并无详尽的史籍记载，而大部分大型的史籍或百科全书均无收录[6]，即便是颇具影响的《英国圣公会史》[7]也只简略记述了他在中国传教的行止。稍微详尽的记载则出自金斯密 (Thomas. W. Kingsmill,

---

3 据《福声》"社言"（第 31 期，1933 年 10 月 1 日出版，第 2 页），我们知道中华圣公会为成立之前，"在北方称为安立甘，上海、长江则称为圣公会，在南方称为安立间，也有称为宗古圣教会。"

4 麦丽芝牧师的生平未见详尽的史籍记载，对于他的出生年月说法不一，有说出生于 1813，有说出生于 1814，本章根据与麦丽芝牧师同时代的金斯密 (Thomas W. Kingsmill) 在麦丽芝牧师逝世时所写的《追思麦丽芝牧师》(In Memoriam "Rev. Thos McClatchie") 而将麦丽芝牧师的生年确定为 1812 年。

5 Rosemary Keen, "Editorial Introduction" in *Church Missionary Society Archive* 上有简略的记载，详见其网页 http://www.ampltd.co.uk/digital_guides/church_missionary_society_archive_general/editorial%20introduction%20by%20rosemary%20keen.aspx。

6 笔者查阅了 A History of Christianity in Asia, Africa, and Latin Ameirca, 145-1990: A Documentary Sourcebook, A History of Christianity in Asia, Encyclopedia of Christianity, Encyclopaedia of Britannica, Handbook of Christianity in China, The Blackwell Dictionary of Eastern Christianity 和 Scott Sunquist; John Hiang Chea Chew, and David Chusing Wu eds., *A Dictionary of Asian Christianity*, Grand Rapids, MI : W.B. Eerdmans, 2001，均无关于麦丽芝牧师的记录。

7 Eugene Stock. *The History of the Church Missionary Society: Its Environments, Its Men and Its Work*（3 vols），London: Church Missionary Society, 1899, Vol. I: 376, 476; Vol. II: 67, 293, 587, 597; Vol. III: 223, 230, 560..

1837-1910）之手。[8]

　　根据相关资料，我们大致知道麦丽芝牧师的生平事迹：麦丽芝牧师 1814 年
出生于都柏林，在都柏林大学（Dublin University）的圣三一学院（Trinity College）
接受教育，并获硕士学位；1844 年加入英国圣公会海外差会后，旋即被派遣到
香港传教，任香港圣约翰座堂（St. John's Cathedral）法政牧师（Canon）[9]；翌
年又被派往上海传教，任上海圣三一座堂（Cathedral of the Holy Trinity）法政
牧师，直至 1854 年因健康原因而返回英国；1863 年再度来华，来到北京，除
传教外，还担任英国公使馆（British Legation）专职牧师（Chaplain）；1865 年
改任设于杭州的英国领馆（British Consular）牧师；1870 年，他再次与英国圣
公会海外差会取得联系，居住上海担任英国圣公会海外差会干事（Secretary），
直至 1882 年退休。之后他返回英国定居，直至 1885 年辞世，享年 70 岁。[10]麦
丽芝神父（英文一般称为 Rev. Thos McClatchie）与四美神父（Rev. George Smith）
是最早来华的两位英国圣公会海外差会传教士。[11]

　　麦丽芝牧师为了配合传教，写了大量的文章和翻译了多部著作，最早的
一篇文章是 1856 年的《希纳尔平原上的中国人，或中国人通过神学与其他国
家的联系》（The Chinese on the Plain of Shinar: or, a Connection Established
between the Chinese and All Other Nations through their Theology）。他的文章中
最有影响的便是关于《易经》的文章和译著。麦丽芝撰写的文章主要发表在
《教务杂志》和《中国评论》上。发表在《中国评论》上的有 1872 年第一卷
第三期的《易经之象征》（The Symbols of the *Yih King*），1875 年第四卷第二
期的《儒家的宇宙起源论》（Confucian Cosmogony）和 1876 年第四卷第四期

8　Thomas W. Kingsmill. "In Memoriam"（of Rev. Canon McClatchie）, *Journal of the
China Branch of the Royal Asiatic Society*, Vol. 20, 1885, p. 100.

9　在圣公宗的传统中，在座堂工作的牧师大多数是由座堂议会（Cathedral Chapter）
委任为法政牧师（Canon），与座堂主任（Dean 或 Provost）组成座堂议会，一起
策划崇拜、牧民、教导和管理等工作。

10　详参 Thomas W. Kingsmill. "In Memoriam"（of Rev. Canon McClatchie）, *Journal of
the China Branch of the Royal Asiatic Society*, Vol. 20, 1885, pp. 99-100.另见 John T.
P. Lai. "Doctrinal Dispute within Interdenominational Missions: The Shanghai Tract
Committee in the 1840s", *Journal of the Royal Asiatic Society of Great Britain &
Ireland*, 2010, Vol. 20 Issue 03, p. 309.

11　"Statistics of the Church Missionary Society's Mission", *The Chinese Recorder and
Missionary Journal*, vol. 8, No. 1, 1877, p. 43. George Smith 的译名也有多种，如施
美夫、史密夫、四美和司蔑等。

的《生殖器崇拜》(Phallic Worship)；发表在《教务杂志》上的主要有《异教信仰》(Paganism)，共 5 部分，分别发表于第四卷、第七卷和第八卷上，《上帝之名》(The Term for God)和《中文上帝之名》(The Term for "God" in Chinese)发表在第七卷上，《上帝》(God κατ' ἐξοχήν)发表于第八卷上；而其译著则主要在美华书馆(American Presbyterian Mission Press)出版，分别是《易经》(*A Translation of the Confucian I Ching or the "Classic of Changes" with Notes and Appendixx*)和《英译朱子性理合璧》(*Confucian Cosmogony-A Translation of Section Forty-nine of the Complete Works of the Philosopher Choo-foo-tsze, with Explanatory Notes*)[12]。

除此之外，麦丽芝在《日本亚洲会报年刊》(*Transactions of the Asiatic Society of Japan*)发表多篇关于日本的论文，分别有《日本之剑：历史和传统》(The Sword of Japan: Its History and Traditions, vol. 2, 1874, 50-56)、《日本纹章学》(Japanese Heraldry, vol.5, Part I, 1877, 1-23)《江户城堡》(The Castle of Yedo, Vol. 5, Part I, 1877, 119-154)、《最近在茨城县发现的人类残骸之说明》(Note of a Recent Discovery of Human Remains in the Ibaraki Ken, Vol. 7, Part II, Yokohama, 1879, pp. 91-95)、《江户的封建公馆》(The Feudal Mansions of Yedo, vol. 7, Part III, Yokohama, 1879)；他另著有用英语韵文写成的《日本戏剧》(*Japanese Plays (Versified), with illustrations drawn and engraved by Japanese artists*) 1879 年出版于横滨(Yokohama)的 "日本每日先驱报" ("Japan Daily Herald" Office)。

2.2 麦丽芝的《易经》译本

英语世界里最先翻译《易经》的可能是理雅各，始于 1854 年[13]；不过第一部公开出版的《易经》英文全译本则出自麦丽芝之手。

---

12 这个译名来自 Advertisement 上，详见 *The Chinese Recorder and Missionary Journal*, vol. 30 (1899), pp. 414, 464, 516, 631.

13 有关理雅各翻译《易经》的情况，见 Lauren F. Pfister. *Striving for "the Whole Duty of Man": James Legge and the Scottish Protestant Encounter with China, Assessing Confluences in Scottish Nonconformism, Chinese Missionary Scholarship, Victorian Sinology, and Chinese Protestantism*. New York: Peter Lang, 2004 和 Norman J. Girardot. *The Victorian Translation of China: James Legge's Oriental Pilgrimage*. University of California Press. 2002.

麦丽芝的译著有两部。第一部译著是 1874 年出版的《英译朱子性理合璧》，讨论中国哲学的宇宙论问题，征引了《易经》及儒道诸子的许多著作；该译本的底本为朱熹所著，在《御纂朱子全书》中属于第四十九卷。麦丽芝翻译了其中的"理气"（Fate and Air）、"太极"（The Great Extreme）、"天地"（Heaven and Earth）、"阴阳、五行、时令"（Light and Darkness etc.）等篇，即《朱子语类》中的卷一、二、三，在篇后另附注释。据麦丽芝自述，他翻译《朱子语类》一方面是因为朱熹在儒学中的地位仅次于孔子，在诠释和传播儒家学说方面具有最权威的地位；另一方面是因为麦都思（Walter Henry Medhurst，1796-1857）曾撰文说，研究朱熹对"四书五经"的撰述就更容易理解中国人的"鬼神"观。[14]当然，这是"术语问题"所导致的结果。麦丽芝估计接受了麦都思的这一观点。

"术语问题"曾将耶稣会会士分成相互敌对的阵营，他们争论中国基督徒对 God 这一术语而言，是该用 shen（神）还是该用 shangdi（上帝）。在关于"术语问题"这一旷日持久的辩论上，湛约翰（John Chalmers，1825-1900）与麦丽芝意见完全相左，他针对麦丽芝的《英译朱子性理合璧》撰写了长篇评论文章，发表在《中国评论》上，对他的批评非常严厉。[15]1875 年 9 月，《中国评论》路德教派编辑欧德理（Ernest Eitel，1838-1908）非常勉强地发表了麦丽芝对湛约翰的机敏回应。

第二部译著是 1876 年出版的《易经》，附有注释和解说，在上海由美华书馆（American Presbyterian Mission Press）出版，不久又在伦敦的出版社 Messrs. Trüber & Co.重版。

麦丽芝《易经》译本在出版前还有一个小插曲。为了避免批评，麦丽芝在出版《易经》译本之前撰写了一篇题名为"生殖器崇拜"（Phallic Workship）的文章。1876 年 1 月，欧德理在《中国评论》上勉强地发表了麦丽芝的这篇

14 Thomas McClatchie. "Life of Choo-Foo-Tzse", in Thomas McClatchie trans., *Confucian Cosmogony-A Translation of Section Forty-nine of the Complete Works of the Philosopher Choo-foo-tsze, with Explanatory Notes*, Shanghai: American Presbyterian Mission Press and London: Trübner, 1874, p. iii.另见 Walter H. Medhurst. *A Dissertation on the Theology of the Chinese with a View to the Elucidation of the Most Appropriate Term for Expressing the Deity*, Shanghai: American Presbyterian Mission Press, 1847, p. 162.

15 John Chalmers. A Review on Thomas McClatchie's *Confucian Cosmogony*, in *China Review*, 1874.

文章。文章还附上了编辑的按语，表示发表这篇文章只为有人对此提出反驳。结果，最终无人反驳。因此，几个月后，麦丽芝的《易经》英译本就在上海顺利正式出版了。

麦丽芝所译《易经》的体例如下：一是"序言"（Preface）；二是"图"（Plates），图一为"乾或天和人的品质"（The Virtus of Khëen or Heaven and Man），图二、三为"八卦"（The Eight Diagrams），前者是"伏羲卦序"（Fuh-he's Arrangement），后者为"文王卦序"（Wǎn Wang's Arrangement），图四为"五色"（The Five Colours），图五为"世界的承继"（The Succession of Worlds），图六展示六十四卦如何还原为八卦，图七展示十二生肖与六十四卦的关系；三是"导论"（Introduction）；四是译本正文，英汉对照，前一页为中文，后一页为英文；五是"系辞传"（Commentary by Confucius），分上、下两传；六是"说卦传"（A Treatise on the Diagrams）；七是"序卦传"（The Order of the Diagrams）；八是"杂卦传"（Miscellaneous Explanations）；九是"附录"（Appendix），包括八个注释，注释 A 讨论"乾卦"，注释 B 讨论"坤卦"，注释 C 讨论"圣人"（The First Man），注释 D 讨论"宇宙"（The Kosmos），注释 E 讨论"易数"（The Numbers on the *Yih King*），注释 F 讨论"神或上帝"（神 or God κατ' ἐξοχήν），注释 G 讨论"变易"（transmutations），注释 H 讨论"复卦"（The Fǔh Diagram）；最后是勘误表（Errata）。

目前的《易经》通行本包括《周易》和《易传》。《周易》分上、下经。《易传》共有七种十篇，篇名分别为《彖传》《象传》《系辞传》《文言传》《说卦传》《序卦传》《杂卦传》，其中的《彖传》《象传》和《系辞传》都分上、下篇，总共十篇，故称"十翼"。

最初，《周易》和《易传》的内容都是独立成篇的。但在流传的过程中，古人将解释卦辞和爻辞的《彖传》、《象传》的内容割裂，分别插入到各个相应的卦辞和爻辞之下。"《易经》二篇、《传》十篇，在古元不相混。费直、王弼乃以传附经，而程子从之。"[16]《文言》因为专门用来解释乾、坤二卦，所以也被插入乾、坤两卦之后，起总论作用的《系辞传》《说卦传》《序卦传》和《杂卦传》则列于《易经》的全书之末。这就是目前通行本《易经》一书的体例。

---

16 康熙，"《御制周易折中》凡例"，见李光地主纂，刘大钧整理：《御制周易折中》，成都：巴蜀书社，2010 年，第 8 页。

　　麦丽芝所译《易经》即按通行本《易经》的顺序翻译,《彖传》《象传》和《文言传》分别插入到了每一卦的卦辞和爻辞之下。麦丽芝将"彖曰"译作"文王说"（Wăn Wang says）,把"文言"译作"孔子说"（Confucius says）,把"系辞"译作"孔子评论"（Commentary by Confucius）,把"卦"译作"diagram",例如"说卦"译作"A Treatise on the Diagrams",显然接受了中国传统易学观点,即认为伏羲创易,文王作八卦,而孔子作十翼。

　　习惯上,一般把卦辞下面所附的《象传》称为"大象",用来解释卦辞,每卦只有一条;而将爻辞后面所附的《象传》称为"小象",用来解释爻辞,每卦有六条。麦丽芝并未对此进行区分,而将所有的《象传》都译作"周公曰"（Chou Kung says）。

　　麦丽芝将《易经》意译为"*Classic of Changes*"（在正文中,麦丽芝将《易经》译作"*Book of Changes*"）。这两个译名至今仍在使用,可说是麦丽芝对此的一个贡献。

2.3　麦丽芝《易经》译本的评论及其影响

　　麦丽芝的《易经》译本甫一出版便受到了公众和学界的广泛关注。一方面是对麦丽芝的批评,因为麦丽芝诠释《易经》时的独特视角,例如湛约翰、欧德理和理雅各等均对麦丽芝的《易经》持较为严厉的批评态度;而另一方面则是对麦丽芝《易经》译本和《英译朱子性理合璧》译本的赞扬,因为这两部书非常难懂,对译者而言无疑是障碍重重,理雅各和儒莲（Stanislas Julien, 1797-1873）均曾尝试翻译却因为太难而先置于一旁以俟日后翻译,如此一来麦丽芝的译著就着了先鞭,打开了英国人的视野,让他们能够深入到中国的思想世界。[17]金斯密对麦丽芝的《易经》翻译持肯定态度,他认为如果不考虑麦丽芝译本中的一些古怪因素（antiquarianism）,那么他的翻译是《易经》这部难解之书在西方迄今最学术、最通顺（the most scholarly and idiomatic）的译本。[18]

17　Anonymous. "The Philosopher Choo-foo-tsze", *Edinburg Review or Critical Journal*, Vol. 146, 1877, p. 317.这一篇文章主要讨论了麦丽芝翻译的《易经》和《英译朱子性理合璧》以及欧德理的《风水》（*Feng-shui, or the Rudiments of Natural Science in China*）,全文没有标题,只是在文章的页眉部标示"The Philosopher Choo-foo-tsze"。

18　Thomas W. Kingsmill. "In Memoriam"（of Rev. Canon McClatchie）, *Journal of the China Branch of the Royal Asiatic Society*, Vol. 20, 1885, p. 100.

　　麦丽芝在翻译《易经》前对《易经》和中国典籍已有一定研究，他自称曾研究《易经》和其他中国典籍达 25 年多之久[19]，并撰有论文《〈易经〉之符号》（The Symbols of the *Yih King*）、《生殖器崇拜》（Phallic Worship）和译著《英译朱子性理合璧》等，其易学思想集中体现在《易经》英译本中的"序言"、"导论"和译文后的 8 个注释及其相关易学论文里。他认为《易经》是反映异教徒哲学家（Pagan Philosophers）的作品，而要翻译和解释这一类作品绝非易事。[20]在研究异教徒的哲学系统时，尤其要注意探明异教徒哲学家们赋予在重要术语上的思想；稍有不慎，译者就易于将基督教的意义赋予在这些术语之上，即"以西律中"。传教士在翻译中国典籍时尤其容易犯这种错误，即尝试将异教徒（指中国）的经典基督化，因为他们急切地想在这些著作中找到一些关于 God 的信息。[21]麦丽芝认为，如果没有任何神话学知识而想翻译《易经》或别的儒家典籍，无异于毫无神话学知识而去翻译古希腊荷马（Homer）、古罗马诗人维吉尔（Virgil）或希腊诗人赫西奥德（Hesiod）。纯粹翻译《易经》不是毫无困难，但是要译解（decipher）其中的系统（system），如果没有异教徒（指中国）系统的相关知识，那是毫无可能的。只要中国学生继续忽视比较神话学（Comparative Mythology），那么《易经》对他们而言依然是未知的（sealed）。他因此认为这是用于解开这本有趣典籍之奥秘的关键所在。[22]

　　在"导论"部分，麦丽芝开篇即说，《易经》不仅是中国的最古典籍，而且还是知识的矿藏，如果能够彻底理解的话，那么预言家就能预言未来的所有事件。随后他提到《易经》的创作、《易经》的象征意义、《易经》的构成以

19　Thomas McClatchie. "Preface", in Thomas McClatchie trans., *A Translation of the Confucian 易經 or the "Classic of Change" with Notes and Appendix*, Shanghai: American Presbyterian Mission Press and Lodnon: Trübner, 1876. p. vi.

20　Thomas McClatchie, "Preface", in Thomas McClatchie trans., *A Translation of the Confucian 易經 or the "Classic of Change" with Notes and Appendix*, Shanghai: American Presbyterian Mission Press and Lodnon: Trübner, 1876. p. iii.

21　Thomas McClatchie, "Preface", in Thomas McClatchie trans., *A Translation of the Confucian 易經 or the "Classic of Change" with Notes and Appendix*, Shanghai: American Presbyterian Mission Press and Lodnon: Messrs. Trübner & Co., 1876. p. iv.

22　Thomas McClatchie, "Preface", in Thomas McClatchie trans., *A Translation of the Confucian 易經 or the "Classic of Changes" with Notes and Appendix*. Shanghai: American Presbyterian Mission Press and London: Messrs. Trübner & Co., 1876. pp. iv-v.

及《易经》的传说等[23]，例如"河图洛书"[24]。

麦丽芝研究《易经》和中国典籍的目的之一，就是从这些典籍找到宇宙起源的证据。[25]而这一切又都是与"术语问题"息息相关。他认为六十四卦排列成圆形，不仅代表永恒、无限之气的恒常演化，而且象征着整个宇宙（Universe）来源于"太极"（Great Extreme）或"太一"（Great Monad，或 *Ovum Mundi*）。

麦丽芝的《易经》译文不是很可靠，加上他有关《易经》这本书的起源和性质的奇怪理论，因此招致了同时代人的强烈批评。根据麦丽芝的理论，《易经》起源于《圣经》所记载的大洪水时期，因此他认为这本书是从大洪水中抢救出来的，对古巴比伦人而言是非常重要的文本。[26]他的译文引起争议的原因主要在于他试图揭示《易经》某些章节中的生殖器象征。例如，《系辞传》云"乾，阳物也；坤，阴物也"，麦丽芝将其翻译为"Khien is the *membrum virile*, and Khwǎn is the *pudendum muliebre*[27]。"就因为这一类的解释性翻译，使得理雅各宣称"读到这样的译文，几乎不可能不大声宣称真丢

23　Thomas McClatchie, "Introduction", in Thomas McClatchie trans., *A Translation of the Confucian* 易經 *or the "Classic of Changes" with Notes and Appendix*. Shanghai: American Presbyterian Mission Press and London: Messrs. Trübner & Co., 1876. pp. i-ix.

24　原文为 His（Feh-he's）virtue was the same as that of Heaven and Earth, so Heaven gave him the marks on Birds and Beasts（to invent writing）, and Earth gave him the Yellow River delineation（Yih King）, and the Book of the River Lŏh（Shoo King）. See Thomas McClatchie, "Introduction", Thomas McClatchie trans., *A Translation of the Confucian* 易經 *or the "Classic of Changes" with Notes and Appendix*. Shanghai: American Presbyterian Mission Press and London: Messrs. Trübner & Co., 1876. p. ix.

25　Thomas McClatchie trans., *A Translation of the Confucian* 易經 *or the "Classic of Changes" with Notes and Appendix*. Shanghai: American Presbyterian Mission Press and London: Messrs. Trübner & Co., 1876. pp. ix-xvii, 415-429, 433-453.和 Thomas McClatchie, *Confucian Cosmogony; a Translation of Section Forty-nine of the Complete Works of the Philosopher Choo-Foo-Tsze, with Explanatory Notes*, London, 1875.

26　Thomas McClatchie trans., *A Translation of the Confucian I Ching or the Classic of Changes with Notes and Appendix*. Shanghai: American Presbyterian Mission Press and London: Messrs. Trübner & Co., 1876.

27　James Legge trans., *The Yi King* in Part II of *The Texts of Confucianism*, Oxford: Clarendon Press, 1882, p. 396. *membrum virile* 拉丁文"阴茎"之意，理雅各给出的英文是 male member；*pudendum muliebre* 拉丁文"女阴"之意，理雅各给出的英文是 female private part。这是西方学者在处理类似问题时的惯常做法，即遇到情色类的描述时，使用拉丁文来掩饰。

人（proh pudor）！"[28]

不过，麦丽芝认为乾坤代表阴阳、男女的看法与中国著名史学大家郭沫若等专家学者的意见类似。郭沫若认为，从八卦的根柢我们可以非常鲜明地看出，八卦是古代生殖崇拜遗留下来的：画"一"用来象征男性生殖器（男根），将其分而为二用来象征女性生殖器（女阴），由此我们再演化出男女、父母、阴阳、刚柔、天地等等观念。由此，八卦得到了两重秘密：第一重是生殖器秘密，第二重就是数学秘密。[29]

蔡尚思指出郭沫若明确认定八卦是生殖器的秘密，在他之前有钱玄同，在他之后有嵇文甫等。[30]美国当代著名易学家夏含夷也撰文提出类似看法。夏含夷认为，在中国思想史上，《系辞传》实处在过渡阶段，一边为《周易》注疏，将卦和经文所用的象征抽象化；一边本身为经典，后来易学家又将其自身之象征抽象化，并举《系辞上传》第六章为例来说明他读此象时，知其近取诸身，确为具体象征。乾为纯阳，于身上即阳物之象；坤为纯阴，于身上实为阴户之象。阳物安静未激之前，其形乃弯曲，故曰"其静也专"；激动欲交之时，其形乃直立，故曰"其动也直"。阴户安静未激之时，其外阴部乃翕合，故曰"其静也翕"；激动欲交之时，其外阴部乃辟开，故曰"其动也辟"。乾坤相交，大广生焉，亦即阳物阴户相接，万物生焉。"一阴一阳之谓道……百姓日用而不知"，非指此更有何宜乎！此外，夏含夷还指出，宋朝的朱熹《周易本义》早已暗示两性交接的说法。[31]以此说明，他的观点由来有自。

对于这个故事，更有意味的是，用陶土做的阳具在河南被发现，代表的是龙山时期（公元三千年前）的文化，而其中与祖先相关的书写文字的雏形也通常被视为阴茎图（phallic graph）。[32]李约瑟曾将乾坤二卦解释为生殖器

28 David R. Knechtges, "The Perils and Pleasures of Translation: The Case of the Chinese Classics"，郑吉雄、张宝三编，《东亚传世汉籍文献译解方法初探》，台北市：台大出版中心，2005 年，第 7-8 页。

29 郭沫若，"《周易》时代的社会生活"，见蔡尚思主编：《十家论易》，上海：上海人民出版社，2006 年，第 5-6 页。

30 蔡尚思，"郭沫若《周易》论著序"，见蔡尚思主编：《十家论易》，2006 年，第 2 页。

31 [美]夏含夷，"说乾专直，坤翕辟象意"，《文史》（第三十辑），1988 年，第 24 页。

32 K. C. Chang, *Art, Myth and Ritual: The Path to Political Authority in Ancient China*, Cambridge: Harvard University Press, 1983, pp. 116, 118.

形符（phallic pictogram），并且说"这样的解释完全是古代中国的思维风格。"[33]

而且，麦丽芝的思想体现了他对两位英国学者的崇拜：一是剑桥的柏拉图主义者卡德华（Ralph Cudworth，1617-1688），其哲学理念与《系辞传》（the Great Treatise）完全吻合；一是布兰特（Jacob Bryant，1715-1804），他有关比较神学的著作促发了当时根植于东亚的人类文化中的流行理论。这些主题就是麦丽芝1876年所出版的《易经》译文的核心。他在乾坤两卦中讨论了阴阳理论。要不是他在阴阳理论中发现了生殖器要素而招致蔑视和鄙弃的话，这部英译《易经》本应该让人愉快地接受。他简要地提及为拉丁文所优雅掩饰的性器官时，大大激怒了长老会教士理雅各，后者大喊真丢人（Proh pudor）！并且宣称麦丽芝的译本毫无用处。[34]理雅各过分拘谨的言论可能导致了德国汉学家卫礼贤（Richard Wilhelm）高傲地对麦丽芝的《易经》英译不予理会，称其译文"怪异、外行。"牛津大学的中文教授苏慧廉（William Edward Soothill，1861-1935）是少数几位提到麦丽芝时不带蔑视的学者。[35]

麦丽芝将"别卦"（即六画卦）称作"diagram"，而将"经卦"（即三画卦）称作"低一级的卦"（lesser diagram）。这是否说明他并未见到刘应（Claude de Visdelou，1656-1727）的《易经》译本？因为康达维（David R. Knechtges）认为刘应的贡献之一就是将经卦（三画卦）译为 trigram 和别卦（六画卦）译为 hexagram。[36]相比而言，麦丽芝的《易经》翻译比较繁复，可以查看他翻译的《易经·谦卦》：

> The Khëen diagram implies luxuriance. The Model Man obtains（the advantage of）it throughout his life.
>
> First-Six.（Represents）the extreme humility of the Model Man, is useful in wading through great streams and is lucky.

33　Joseph Needham, *Science and Civilisation in China*, vol. II, Cambridge: Cambridge University Press, 1956, p. 310.

34　James Legge trans., *The Yih King*, pp. xvii, 224n and 396.

35　W. E. Soothill. *The Hall of Light: A Study of Early Chinese Kingship*, NY: Philosophical Library 1952, p. 3.

36　David R. Knechtges. "The Perils and Pleasures of Translation: The Case of the Chinese Classics", *Tsing Hua Journal of Chinese Studies*, vol. 34. No. 1. 2004 年 6 月，第 123-149。另见郑吉雄、张宝三编，《东亚传世汉籍文献的译解方法初探》，上海：华东师范大学出版社，2004 年，第 1-38 页。

Second-Six.（Represents humility expressed and brings good luck in completion.

Third-Nine.（Represents）the laborious and humble Model man, who possesses good luck throughout his life.

Fourth-Six. Is the exhibition of humility and is in every way advantageous.

Fifth-Six. Is employing the neighbors, though not rich; inflicting punishments is now profitable, and every advantage may now be obtained.

Sixth-Six. Is the cry of humility; it is now advantageous to mobilize the army and subdue one's own State.[37]

比较而言，刘应的翻译比麦丽芝更为简洁，例如刘应将《谦卦》的"九二"爻辞"鸣谦，贞吉"翻译为"L'humilité éclatante（deviant）justement fortune"[38]，相当于英文的"Dazzling humility（becomes）justly fortunate"。

麦丽芝的《易经》译文出版后尽管有部分学者对其表示肯定，但是随着时间的流逝，其影响只维持了几年。其中的原因当然是多方面的：其一是因为麦丽芝理解《易经》的方式不符合中国的注疏和思维传统；其二，更为重要的原因是他的译文很快就被理雅各的《易经》译文所取代，因为理雅各的译文比他的更准确、更具学术意味。茹特（Richard Rutt）就明确表示，麦丽芝的《易经》译本出版六年后，理雅各的《易经》译本在伦敦出版，很快就使麦丽芝的《易经》译本黯然失色。[39]

理雅各对麦丽芝的《易经》英译的评论也不高，他表示他曾逐字逐句逐段地考察麦丽芝神父的《易经》译文，却发现没有什么可供他翻译《易经》时

---

37 Rev. Canon McClatchie trans. *A Translation of the Confucian* 易經 *or the "Classic of Chane" with Notes and Appendix.* Shanghai: American Presbyterian Mission Press & London: Messrs. Trübner & Co. 1876. pp. 82, 84.

38 Claude Visdelou, "Notice du Livre Chinois Nommé *Y-King, Livre Canonique des Changemens,* avec des Notes. in Gaubil et al. *Le Chou-King, un des Livres Sacrés des Chinois, Qui renferme les Fondements de leur ancienne Historie, les Principes de leur Gouvernement & de leur Morale; Ouvrage Recueilli par Confucius.* ed. M. de Guines. Paris: N. M. Tilliard. 1770. p. 422.

39 Richard Rutt, *The book of changes（Zhouyi）: a Bronze Age document,* London: RoutledgeCurzon, 2002, pp. 66-68.

参考。[40]尽管如此，如果我们细读理雅各的《易经》译本，可以发现麦丽芝的《易经》译本对他的翻译具有很大的启发，至少让他避免了与麦丽芝的一样的误译问题。

麦丽芝的两部译著出版后，未能得到汉学家的重视，又加上他的翻译中渗入他本人的一些私人之见，例如他将乾坤分别看做阳物（male organ of generation）和阴物（female organ of generation）[41]，因此遭到某些西方评论家贬斥，如欧德理（E. J. Eitel）便认为麦丽芝对《易经》所作惊人的、神秘的分析，试图荒谬地证明"整个《易经》"不过是"在巴别塔上建立起来的"生殖崇拜的唯物主义体系的一部中国抄本而已。[42]当然，对于欧德理的批评，麦丽芝在《教务杂志》上也撰文进行了回应。首先他指出之所以未能如欧德理所愿的那样，将李光地奉康熙钦命而主纂的《御纂周易折中》全部翻译出来，其主要原因是因为经费不足。然后在这封通信中，麦丽芝分七点条分缕析地回答了欧德理对其《易经》译本的指责。最后，麦丽芝总结指出，欧德理之所以会批评他的译著，主要原因是欧德理对中国典籍及其文化不熟悉。[43]

小结

综上所述，在《易经》传入英语世界的过程中，麦丽芝牧师无疑起到了举足轻重的地位。首先，他是英语世界第一位翻译朱熹《朱子语类》的，尽管他仅翻译了其中的第四十九节；不过，正是他从朱熹这一部著作中找到了理解《易经》的一种途径，这种首创之功是不可忽视的。其次，他英译的《易经》是英语世界第一部公开出版的全译本，尽管后来由于理雅各和卫礼贤所译的《易经》译本比他的译本更为准确而失去了读者，尽管他的《易经》译本和易学成就并不高，在学术界没有产生积极的反响，但他在英国《易经》研

40　James Legge, "Preface", in James Legge trans., *The Yih King*, F. Max Müller ed., *Sacred Books of the East*, vol. xvi, London: The Clarendon Press, 1882: xvii.

41　Thomas McClatchie, *Confucian Cosmogony: A Translation of Section Forty-Nine of the "Complete Works" of Philosopher Choo Foo-tze, with Explanatory Notes*, Shanghai: American Presbyterian Mission Press & London: Trübner, 1874, p. 152.

42　转引自 Norman J. Girardot, *The Victorian Translation of Chian: James Legge's Oriental Pilgrimage*, Berkeley, Los Angeles, and London: University of California Press, 2002, p. 155.

43　Thomas McClatchie, "The Yih King"（A Correspondence）, *Chinese Recorder and Missionary Journal*, vol. 7, 1876, pp. 447-449.

究的学术史上占有一席之地。尤其是他的《易经》译本是《易经》英译史上的第一部全译本，这无人能否认。

而且，作为 19 世纪英、法传教士和汉学家的《易经》翻译工作的一部分，麦丽芝为《易经》译本在西方进一步传播和《易经》的学术研究奠定了坚实的基础。[44]20 世纪前后两位翻译《中国经典》的巨擘理雅各和卫礼贤[45]的《易经》翻译均从 18、19 世纪西方对《中国经典》的翻译和研究中受益匪浅。再者，19 世纪的《易经》的翻译和研究，从属于西方的汉学系统。尽管这一时期几乎所有的《易经》翻译者都是神职人员，可他们对《易经》所发生的浓厚兴趣和研究动机不完全出于神学的目的，而逐渐带有较浓的学术性。与前一阶段耶稣会会士的《易经》研究者一样，他们也会基于论证基督教教义与儒家思想一致性而阐释《易经》，但是他们已经开始注意《易经》中某些显然独特的方面，这与西方思想很不一样，这些研究者和翻译者开始试图从中国文化传统的形成和发展的历史背景上来加以分析和推论，这从他们大量征引中国典籍来进行翻译和研究这一点可以得到印证。当然，19 世纪的《易经》翻译依然具有一些令人遗憾的缺陷，例如麦丽芝从他自己构建的宇宙起源论来研究和翻译《易经》，拉古贝里（Terrien de Lacouperie, 1845-1894）[46]则从《易经》中寻找"中国文化西来说"的依据，但是无法否认，这一时代的《易经》研究和翻译已经具备自身鲜明的特色，在《易经》英译史上可说是《易经》英译的发轫期，它为理雅各和卫礼贤等更为成熟的《易经》研究和翻译奠定了坚实的基础。

---

44 杨宏声，《本土与域外：超越的周易文化》，上海：上海社会科学院出版社，1995 年，第 196-198 页。

45 [美]费乐仁，"攀登汉学中喜马拉雅山的巨擘——从比较理雅各（1815-1897）和尉礼贤（1873-1930）翻译及诠释儒教古典经文中所得之启迪"，陈京英译，《中国文哲研究通讯》，第 15 卷第 2 期，第 21-57 页。

46 许多著述均认为拉古贝里翻译了《易经》，其实不然，他只是撰写了一篇关于《易经》的论文而已，详参 Terrien de LaCouperie, "The Oldest Book of the Chinese（the Yh-King）and Its Authors", *Journal of the Royal Asiatic Society of Great Britain and Ireland*, New Series. 14: 4（1882）. pp. 781-815, and 15:3（1883）. pp. 237-289.。

第三章　理雅各与《易经》研究

引言

　　理雅各英译的《易经》自问世以来，一直被英语世界奉为圭臬。尽管如此，这一译本也有瑕疵，不过瑕不掩瑜。近些年来，我国学者也开始对国外汉学家所翻译的中国典籍进行整理和批评。对于《易经》翻译，有多位学者予以关注，并指出了其译文质量所存在的不同方面和不同程度的问题，例如蓝仁哲的《〈易经〉在欧洲的传播》一文对理雅各和卫礼贤的译本均进行了评论[1]、凡木（即徐梵澄）的《〈周易〉西行：关于〈周易〉的德译与英译》[2]、岳峰的论文《〈易经〉英译风格探微》《试析〈周易〉英译的失与误》和专著《架设东西方的桥梁——英国汉学家理雅各研究》[3]、管恩森的《传教士视阈下的汉籍传译：以理雅各英译〈周易〉为例》[4]、吴钧的《论〈易经〉的英译

---

1 蓝仁哲，"《易经》在欧洲的传播：兼评利雅格和卫礼贤的《易经》译本"，《四川外国语学院学报》，1991 年，第 2 期，第 4-8 页。

2 凡木，《周易》西行：关于《周易》的德译与英译"，《读书》，1992 年，第 1 期，第 137-143 页。

3 岳峰，"《易经》英译风格探微"，《湖南大学学报》（社会科学版），2001 年，第 2 期，第 70-75 页；"试析《周易》英译的失与误"，《山东科技大学学报》，2001 年，第 3 期，第 86-89 页，"架设东西方的桥梁——英国汉学家理雅各研究"，福建师范大学博士学位论文，2003 年。

4 管恩森，"传教士视阈下的汉籍传译：以理雅各英译《周易》为例"，《周易研究》，2012 年，第 3 期，第 58-65 页。

与世界传播》和《理雅各的〈易经〉英译》[5]、李伟荣的《理雅各英译〈易经〉及其易学思想述评》[6]和沈信甫的《理雅各与卫礼贤英译〈易〉学比较研究》[7]等文。

上述研究中，大都是从宏观的视角来讨论理雅各《易经》译本在汉籍西传的意义，少部分从微观的层面具体讨论了理雅各《易经》英译本中的一些问题。本章拟从经文辩读的视角对"师"卦和《说卦传》中的两个句子的翻译进行具体而微的语文学解读，试图指出理雅各《易经》英译本的瑕疵，为未来更好的《易经》英译本提供一个可供参考的视角。

3.1 理雅各英译《易经》之翻译体例及其翻译特点

在英语世界，第一部具有权威和典范意义的《易经》译本是由英国传教士、著名汉学家理雅各完成的。理雅各将中国经典《易经》等翻译为英语，并以《中国经典》（*Chinese Classics*）为总题而出版。他认为，这种经典是理解中国人心灵的钥匙，并通过种种努力来对其进行系统"破译"，从而将中国经典"呈现为整个人类文化遗产的一部分"。为了翻译《易经》，理雅各前前后后共花费了整整 27 年的时间。理雅各第一次翻译《易经》是在 1854 年，次年译竣。不过，这一次翻译出来的译本，理雅各并不满意，因为他自己认为还没找到理解《易经》的线索。理雅各自述，1854 年第一次翻译《易经》时他希望自己翻译时所用的英语就如汉语般简洁，但是译完之后发现，他自己翻译出来的（英文）文字没有句法上的联系，而他自己这样做是因为他追随了雷孝思（Jea-Baptiste Régis, 1663-1738）及其助理将《易经》译为拉丁文的做法；不过，他们的译本几乎无法理解，而我的也同样如此；一直到我发现解释的线索之前，怎样克服这个困难不断地萦怀在我脑际；我在翻译所有其他中国典籍时都在无意识地实践了一个事实，即汉字不是文字的表征，而是思想的符号，它们的组合，并非代表作者之所说，而是代表着作者

5 吴钧，"论《易经》的英译与世界传播"，《周易研究》，2011 年，第 1 期，第 89-95 页；"理雅各的《易经》英译"，《湖南大学学报》（社会科学版），2013 年，第 1 期，第 135-139 页。

6 李伟荣，"理雅各英译《易经》及其易学思想述评"，《湖南大学学报（社会科学版）》，2016 年第 2 期，第 126-132 页。

7 沈信甫，理雅各与卫礼贤英译《易》学比较研究，台北：台湾师范大学国文系博士论文，2017 年。

之所想。[8]理雅各翻译的《春秋左传》于 1872 年出版，据他所言他只花了一年时间就完成了这一部著作的翻译[9]，那么他翻译《春秋左传》就是 1871 年前后。联系到《春秋左传》中一个著名的思想就是"春秋笔法"，也就是我们通常所说的"一字以褒贬"、"微言大义"等，所以可以猜想《春秋左传》的翻译对于理雅各获得理解《易经》的线索是非常有帮助的。

理雅各第二次动手翻译《易经》是在返回英格兰后，得到了中国学者王韬的帮助。1867 年，理雅各请长假回英格兰，邀请王韬同行。在这之前，他已译完了《论语》《孟子》《大学》《中庸》《书经》和《诗经》等，并已着手翻译《春秋左传》，那是他翻译整部《十三经》宏大计划的一部分。王韬在《漫游随录》中说："余至香海，与西儒理君雅各译'十三经'。旋理君以事返国，临行约余往游泰西。佐辑群书"[10]。十五年后，理雅各才将《易经》翻译完毕。1882 年，《易经》收入由英籍德国学者缪勒主编的《东方圣典》[11]由牛津克拉来登公司出版。

《易经》的书名，理雅各取音译，为"The Yi-king"。之所以取音译，跟理雅各所信奉的翻译原则息息相关。理雅各信奉直译的原则是：他将大部分富含中国文化特质的词汇进行直译，以保留译文的异质性。当时他这样做对他所翻译出版的译本在异域的接受可能制造了些许困难，但是从现在的状况来看，这种方式却是我们应该大力提倡的；因为只有这样，中国文化的异质性才能为西方人所知悉，才能为世界知识的生产贡献中华民族的智慧。

理雅各翻译《易经》在辞义和卦爻原理的理解和阐释上，主要依循宋朝理学家的易注，但从他对"经"、"传"关系的处理看，他有自己的见解。他将"经"译作"Text"，将"传"译作"Appendix"。在理解和翻译《易经》

8　James Legge, "Introduction", in James James ed., *The I Ching*（2nd Edition）, London: Clarendon Press, 1899, p. xv.

9　James Legge, "Preface", in James Legge trans. *The Ch'un Ts'ew, with Tso Chuen*（Vol. V of *The Chinese Classics*）. Hong Kong: Hong Kong University Press. 1960. p. v.

10　王韬，"新埠停桡"，见王韬等：《漫游随录·环游地球新录·西洋杂志·欧游杂录》（钟叔河主编的《走向世界丛书》之一），长沙：岳麓书社，1985 年，第 70 页。

11　该书收入穆勒主编的《东方圣典》丛书（*Sacred Books of the East* series）的第 16 卷；在这部丛书中，《中国典籍》（Chinese Classics）则又被称之为《中国圣典》（*The Sacred Books of China*），而理雅各所翻译的《易经》则是其中的第二部。详见 Norman J. Girardot, "Preface", in Norman J. Girardot, *The Victorian Translation of China: James Legge's Oriental Pilgrimage*. Berkeley and Los Angeles: University of California Press. 2002, p. xvi.

时，他是将"经"与"传"分开，强调如果不把"经"与"传"看成各自独立的两部分，要正确理解《易经》是困难的。这里说的将"传"与"经"分开，并不是将其截然分离；相反，"经"和"传"构成了《易经》的全部，只是不能将"传"合到"经"中去。"经"是"经"，"传"是"传"，两者是一个事物的两个组成部分，缺一不可。[12]而不像中国传统中所说的"依经附传"或"经传分离"。

为了更好地说明理雅各的英译《易经》，有必要先对其《易经》英译本进行说明。理雅各的《易经》译本体例如下：

表 3-1 理雅各的《易经》译本体例及内容

标　题	内　容
一、序言（Preface）	"序言"部分提到他首次翻译《易经》是在 1854 年，1855 年译完，译完后因自己感觉没有把握住《易经》的精髓而搁置；1874 年第二次翻译《易经》。这一次，他理解到"经"与"传"要分开；而且，也注意到汉语的言简义丰、微言大义，这是正确理解《易经》的第一步。在这一部分，他提到他主要参考的中文文献是《御制周易折中》和《御制日讲易经解义》以及朱熹和孔子的著作，西文文献（《易经》译文）是雷孝思、麦丽芝、晁德莅、拉古贝里等人的《易经》译作。
二、前言（Introduction）	"前言"部分共分三章，第一章论述《易经》的著作年代；第二章论述"经"的主题，包括《易经》的作者及其编纂等；第三章论述"传"，主要包括"传"的性质、"传"的作者及其编纂等。
三、经（The Text）	"经"按中国易学传统分为两部分，上经始于乾卦终于离卦；下经始于咸卦终于未济卦。
四、传（The Appendixes）	"传"部分共分七章，第一章是《彖传》，第二章是《象传》，第三章是《系辞传》，第四章是《文言》，第五章是《说卦》，第六章是《序卦》，第七章是《杂卦》。在中国的易学研究中，传统上通常将《彖传》上下、《象传》上下和《文言》上下分别附在每一卦的后面，但是理雅各却觉得不妥，他认为如果我们这样做，那么我们就无法正确理解《易经》。

---

12 James Legge, "Preface", pp. xiii-xv, xix.

理雅各英译《易经》的特点可以归纳为如下几点：

第一，他将"经""传"分开，排斥分传附经。他认为，因为他以前没有抓住理解《易经》的线索，所以他之前二十年（1854-1874）的辛勤劳动完全无用。尽管如此，他一直认为总有一天，他能抓住一个理解《易经》的线索，这条线索能引导他理解《易经》这样一部神秘的经典。到1874年，他第二次开始翻译《易经》时，他理解到《易经》的"经""传"不作于同时。他认为"经"乃文王及其子周公所作，而"传"则应归功于孔子，两者的主题常常不一致。而文王与孔子之间的时间则相差约700年。因此，他认为，如果我们要正确理解《易经》，那么第一步就需要单独来研究"经"，把"经"本身看作一个完整的整体[13]。理雅各之所以能按这种方式理解《易经》，是因为他阅读到的《御制周易折中》就是将"经""传"分开的。而他认为这样分开是有道理，因此基本上直接接受了这部书的观点。其次，他也认识到了古汉语的特点：言简义丰、微言大义，这对于他翻译《易经》等中国典籍具有非常重要的意义。

二是学术性注释。吉瑞德（Norman J. Girardot）曾指出，理雅各《易经》译本中许多页面约三分之二的篇幅都是随文附注（running commentary）[14]，除此之外，理雅各还将自己的理解放在括号中，以方便读者更好地理解文义；

三是西方知识背景对于理雅各翻译中国典籍所产生的重要影响[15]；

四是按中文文本本身的表现和思路去理解《易经》的原意[16]；

五是曾得到包括王韬在内中国学者的诸多襄助；但对中国学者的理解不是全盘接受，而是有他自己的评价、判断和选择；[17]

---

13 James Legge, "Preface", p. xiii.

14 Girardot, Norman. *The Victorian Translation of China: James Legge's Oriental Pilgrimage*. Berkeley and Los Angeles: University of California Press. 2002. p. 371.该书被称为有史以来用英语出版的最杰出的西方汉学研究著作之一，另一部著作则是费乐仁的 *Striving for "the Whole Duty of Man": James Legge and the Scottish Protestant Encounter with China, Assessing Confluences in Scottish Nonconformism, Chinese Missionary Scholarship, Victorian Sinology, and Chinese Protestantism*（《力争"人所当尽的本分"》）.

15 详见 Girardot, Norman J., 2002, p. 140.

16 详见 Girardot, Norman J., 2002, p. 60, pp. 66-68.

17 例如他对王韬解经的意见就不是全盘接受。详见岳峰，"架设东西方的桥梁——英国汉学家理雅各研究"，福建师范大学博士学位论文，2003年，第156页。

六是他仔细研究了在他之前和与他同时代的西方《易经》翻译，合理的借为己有，不合理的则直接舍弃。有一种情况我们必须注意，那就是，即使理雅各觉得麦丽芝和拉古贝里的理论古怪，从而使得他们的译文让人读起来觉得一无是处，但是如果我们通读理雅各的《易经》英译本，我们这些读者依然时时刻刻能感受到他对这两位译者的深刻理解和尊重，即他有着自己的"理解的同情"。在理雅各《易经》英译本的评注中，我们随处可见的是他将麦丽芝的译文与自己的理解进行比较，从而得出他自己认为合理的翻译。理雅各对雷孝思的译本推崇备至，认为是他所见过的最好的译本，是他重点参考的译本。

3.2 理雅各《易经》英译的评析

《易经》之难是众所周知的。对于理雅各的《易经》英译之难，可以看看他的夫子自道：

> 找到解《易》之义的线索后，还存在翻译的困难。因为《易经》文本的风格独特，所以所有儒家典籍的翻译中，它是最难的了。我想，至少在一段时间里，肯定有汉学家坚持认为《易经》的作者或作者们，无论是谁，均仅视其为一部卜筮之书；当然，这些占卜语言都被有意地涵蕴在神秘的用语中。……在中国的古代典籍中，几乎没有哪一部典籍比《易经》更难翻译。[18]

别说是在理雅各的时代，即便是现在，要完全理解《易经》也绝非易事。在理雅各的译本正式出版之前，西方已有两部全译本，一是雷孝思 1736 年翻译的拉丁语《易经》译本，1834-1839 年才由东方学家莫耳（Julius Mohl）编辑出版；二是麦丽芝 1876 年翻译出版的英译《易经》。即使是有着上述两个译本可供参考，理雅各在翻译时仍然感觉到困难重重，主要体现在如下三个方面：

第一，在他之前，《易经》西语译本不多，仅有拉丁文和英语两种译本，可以让他翻译时用作参考的译本少之又少。

第二，对于如何理解《易经》仍然存在着许许多多的问题。例如《易经》的经和传是不是一个完整的体系，经和传是否有区别，《易经》是怎样生成的，

---

18 James Legge, "Preface", pp. xiv-xv.

这一类问题直至现在依然没有定论。并且，经学家或者易学家通常都只解释他自己能够理解的处方，而极力回避他们自己无法理解的地方，或者把尚无法解决的问题留给后来的学者去解决。而对理雅各而言，既然他要翻译《易经》的经和传这整部书，那么他无法回避所有这些问题，他都必须尽量将这些问题一一予以解决。

第三，那时也没有规范的译法来翻译那些关键性的术语，例如书名翻译，卦名翻译等等都是如此，这些问题理雅各不得不一一予以解决。熊文华曾在论理雅各的文章中提到过类似问题，他说"中外译经历史表明：在经典文献的翻译中，重要概念的含义不能只靠查阅辞典或孤立地从某个句子本身来分析判断，而应该从辞源、文本、历史语境和译文语境等方面进行综合考察，况且儒家典籍最早的成书时间相距理雅各时代已经两千多年。较好的办法无疑是通读史书，不吝时日与（各）学科领域的专家共同探讨。从这个意义上说，儒家典籍中许多基本语汇的译法定位是有原创性的，这也是翻译的困难所在。"[19]

理雅各的《中国经典》问世后，不断得到学界的肯定。理雅各逝世后，其教友艾约瑟（Joseph Edkins）在《北华捷报》（*North China Herald*）[20]曾这样评价理雅各的译著《中国经典》："他的目的是要揭示中国人的思想，展示人民的道德、社会和政治生活的基础。这样的工程实为罕见，也许一个世纪内是绝无仅有的。……对于一个渴望了解中国文献的人来说，接触理雅各的译本是最实在的事，学成了就是一大荣耀。……他长期苦心经营的这些译著里有丰富的事实，欧美人可以从中正确地评判中国，因为这里有流行的格言，有统治了文人墨客和市井百姓的思想，还有通过各个省份影响了每个圈子的原则。"[21]湛约翰曾在《中国评论》（*China Review*）上撰文评论说："理雅各所翻译的《中国经典》——《四书五经》——始于近 30 年前，标志着汉学史的一个新纪元。"[22]

19　熊文华，"汉籍翻译大师理雅各"，见熊文华：《英国汉学史》，北京：学苑出版社，2007 年，第 57 页。

20　《北华捷报》是《字林西报》（*North China Daily News*）的前身。

21　Joseph Edkins, "Dr. James Legge", *North China Herald*, 1898-04-12.

22　John Chalmes, "The Sacred Books of the East", *China Review*, 15: 1（1886），p. 1.原文为"The completion of the translation of the Chinese Classics - The Four Books and the Five *Ching* - commenced nearly thirty years ago, by Dr. Legge, marks an epoch in the history of Sinology."

他翻译一些中国典籍时的主要助手之一，中国学者王韬对他的评价颇具代表性：

> 先生（指理雅各）于诸西儒中年最少，学识品诣卓然异人。……泰西各儒，无不延揽名流，留心典籍。如慕维廉、禅治文之地志，艾约瑟之重学，伟烈亚力之天算，合信氏之医学，玛高温之电气学，丁韪良之律学，后先并出，竞美一时。然此特通西学于中国，而未及以中国经籍之精微通之于西国也。先生独不惮其难，注全力于十三经，贯串考核，讨流溯源，别具见解，不随凡俗。其言经也，不主一家，不专一说，博采旁涉，务极其通，大抵取材于孔、郑而折衷于程、朱，于汉、宋之学两无偏袒，译有《四子书》、《尚书》两种。书出，西儒见之，咸叹其详明该洽，奉为南针。[23]

理雅各之所以如此胜任这一项翻译工作绝非偶然，其原因当然是多方面。不过，其中最主要的是四点。其一，他的特殊教育背景决定了他能勇敢地面对理解上的困难，以及其严肃的学术态度对待翻译过程中所面临的问题，这与他早年曾在《圣经》注释方面下过比较深的工夫是分不开的。[24]其二，理雅各选定《御纂周易折中》和《御制易经日讲经义释义》为基本参考书，在遇到疑难时能够广泛参考各类中外文文献，以求得出一种较为通达的解释和译文。在这层意义上说，理雅各的翻译早已脱离了所谓"格义"的色彩，而进入了系统译经的殿堂。[25]其三，理雅各此前二十来年的《中国经典》翻译让他能够较好地把握《易经》的英译。其四，自1854年他第一次翻译《易经》到1874年他第二次翻译《易经》，他感觉自己掌握了理解《易经》的线索（clue）。这些对他推出一部成功的《易经》英译本而言，均是非常重要的因素。

---

23 王韬，"送西儒理雅各回国序"，见王韬：《弢园文录外编》（近世文献丛刊），上海：上海书店出版社，2002年，第181页。

24 关于理雅各的圣经学训练和宗教思想背景，详见 Lauren F. Pfister, "The Legecy of James Legge", *International Bulletin of Missionary Research*, Vol. 22. No. 2（April 1998). pp. 77-82.另见 Girardot, Norman J.吉瑞德 *The Victorian Translation of China: James Legge's Oriental Pilgrimage*. University of California Press. 2002. pp. 66-68.

25 刘家和、邵东方，"理雅各英译《书经》及《竹书纪年》析论"，《中央研究院历史语言研究所集刊》（第71本第3分），2000年，第710页。另刘家和、邵东方，"理雅各英译《书经》及《竹书纪年》"，见刘家和：《史学、经学与思想——在世界史背景下对于中国古代历史文化的思考》，北京：北京师范大学出版社，2005年，第130-131页。

　　理雅各的《易经》译文中当然有一些值得我们商榷的地方，就如理雅各的《尚书》翻译一样。我国著名史学家刘家和与美籍华裔学者邵东方认为，因为理雅各还没完全理解《尚书》，所以他的译文难免存在一些问题。他们将这些问题归纳为两类来讨论：第一类是因误解经文或旧注而产生的问题；第二类是因接受中国传统注释中的错误而重复其误解。[26]岳峰认为刘家和与邵东方的分析和归纳是合理的，但是他将他们的观点分成了三种情况：（1）原文本身很难理解；（2）理雅各对原文或注释的语言的理解有失误；（3）理雅各接受中国学者的一些错误注释。[27]这三方面的原因同样适用于理雅各的《易经》翻译，也就是说，在这些方面，理雅各《易经》英译本也同样存在一些可以商榷、可以完善的地方。

3.3 理雅各《易经》译文指瑕

　　刘家和与邵东方尽管是通过研究理雅各的《书经》与《竹书纪年》而归纳出理雅各翻译时误译的原因。以此为基础，岳峰归纳出来的三个原因在《易经》的翻译上无疑同样具有适用性。接下来我们试着来举例说明，如果必要，我们也可能把理雅各的译文与其他译者的译文并置在一起，然后比较，主要目的就是为了确实能够说明问题、解决问题。

　　例一：师卦

表3-2　理雅各《师卦》翻译（中英对照）

原　　文	理雅各译文
7 师。贞丈人吉。无咎。 初六　师出以律。否藏，凶。	VII. The Shi Hexagram Shi indicates how, in the case which it supposes, with firmness and correctness, and（a leader of）age and experience, there will be good fortune and no error.

---

26 刘家和、邵东方，"理雅各英译《书经》及《竹书纪年》"，见刘家和，《史学、经学与思想——在世界史背景下对于中国古代历史文化的思考》，北京：北京师范大学出版社，2005年，第132-140页。另见刘家和、邵东方，"理雅各英译《书经》及《竹书纪年》析论"，《中央研究院历史语言研究所集刊》（第71本第3分），2000年，第712-719页。

27 岳峰，"架设东西方的桥梁——英国汉学家理雅各研究"，福建师范大学博士学位论文，2003年，第172页。

九二 在师中。吉。无咎。王三锡命。 六三 师或舆尸。凶。 六四 师左次。无咎。 六五 田有禽，利执言。无咎。长子帅师，弟子舆尸。贞凶。 上九：大君有命，开国承家。小人勿用。	1. The first line, divided, shows <u>the host</u> going forth according to the rules（for such a movement）. If these be not good, there will be evil. 2. The second line, undivided, shows（the leader）in the midst of the host. There will be good fortune and no error. The king has thrice conveyed to him the orders（of his favour）. 3. The third line, divided, shows how <u>the host may, possibly, have many inefficient leaders</u>. There will be evil. 4. The fourth line, divided, shows the host in retreat. There is no error. 5. The fifth line, divided, shows <u>birds in the fields</u>, which <u>it will be advantageous to seize（and destroy）</u>. In that case there will be no error. If <u>the oldest son</u> leads the host, and <u>younger men（idly occupy offices assigned to them）</u>, however firm and correct he may be, there will be evil. 6. The topmost line, divided, shows <u>the great ruler</u> delivering his charges（to the men who have distinguished themselves）, appointing some to be rulers of states, and others to be chiefs of clans. But <u>small men</u> should not be employed（in such position）.[28]

关于这一卦的翻译，有几个问题值得讨论。

第一，"师"字的翻译。我们从表 3-2 中的译文可以看出，译者先是采用音译而将"师"直接用拼音"Shi"来表示，因此"师卦"也翻译成了"The Shi Hexagram"；然而，译者却将正文中的"师"翻译成"The host"。"host"在英语中有"army"（即"军队"）之意[29]，因为"师"在本卦中大都训为"众"，如朱熹《周易本义》说："师"，兵众也[30]；而成语中也有"兴师动众"之说。

第二，"贞"字的翻译。"贞"这个字无论是在卦辞中还是爻辞中，其出现的频率都非常高,因此如何理解好"贞"这个字无疑是如何更好地理解《周易》卦辞和爻辞的关键之一。并且，如何翻译好"贞"这个字的问题在各种译本中都多多少少存在。一般而言，西方易学家通常采纳《御纂周易折中》中的解释，接受其中所蕴含的易学思想，尤其是朱熹的易学思想，因此，大部分都把"贞"这个字训作"正"或者"正固"[31]，从而把"贞"这个字

---

28 James Legge, p. 71-72.

29 见 http://www.merriam-webster.com/dictionary/host, accessed on 2012.3.1.

30 朱熹，《周易本义》，见李光地主纂，刘大钧整理：《周易折中》，成都：巴蜀书社，2010 年，第 38 页。

31 朱熹，《周易本义》，李光地主纂，刘大钧整理：《周易折中》，成都：巴蜀书社，2010 年，第 16 页。

翻译成"firmness and correctness"[32]，理雅各即作如是处理。不过，有些学者觉得，"贞"字的本义应该是"卜问"之意，著名易学家李镜池极力支持这一说法。[33]他用大量的例子来说明这个观点，而且他归纳了卦辞和爻辞中所载的事情而得出结论说，《易经》中贞问范围通常有下列4种结果。第一，贞问而吉的，如"贞吉"、"贞吉亨"、"元亨、利贞"、"利永贞"、"可贞"之类。第二，贞而不全吉的，如"贞吉，悔亡，无不利，无初有终"、"贞厉、终吉"、"贞厉，无咎"、"贞吉，无咎，贞吝"、"元亨、利贞，悔亡"之类。第三，指定一种范围的贞问，如"贞大人吉"是贞大人；"贞妇人吉，夫子凶"是贞妇人及夫子；"小贞吉，大贞凶"，有大小事之分；"居贞吉"，限于居；"不可疾贞"，及"贞疾恒不死"，专指疾病之贞而说。第四，贞问而凶的，如"贞凶"、"贞厉"、"贞吝"、"不可贞"之类。[34]并且，他另外列举了著名古文字学家罗振玉的名著《殷墟书契考释》中"贞"字这一词条中，他特别称赞许慎《说文解字》的言辞："古经注贞皆训正，惟许书有卜问之训。古谊古说，赖许书而仅存者，此其一也。"[35]

第三，"师或舆尸"的翻译。黄寿祺、张善文两位易学家用白话文将这一句翻译为"兵众时而载运尸体归来"，这句话中的"或"有"有时或然之辞"之意，"舆尸"则有"以车载尸，喻兵败"之意。[36]无独有偶，著名易学家李镜池也把"舆尸"训作"运送伤亡者"。[37]知名易学家高亨则把"舆"训作"以车载之也"，"尸"就是"屍"，有"筮遇此爻，军队出征，或载屍而归，是凶也"[38]之意。就这一句话，理雅各的翻译是"the host may, possibly, have many inefficient leaders"，这应该受到了北宋著名易学家程颐的影响。这

---

32 例如理雅各即将"元亨利贞"译为"great and originating, penetrating, advantageous, correct and firm"，见 James Legge, p. 57.

33 李镜池，"周易筮辞考"，见李镜池:《周易探源》，北京: 中华书局，1978 年（2007 年第 4 此印刷），第 26-34 页。

34 李镜池，"周易筮辞考"，见李镜池:《周易探源》，北京: 中华书局，1978 年（2007 年第 4 此印刷），第 26-31 页。

35 转引自韩高年，"《周易》卦爻辞所见商代贞人考"，《广州大学学报（社会科学版）》，2008 年第 10 期，第 63 页。

36 黄寿祺、张善文，《周易译注》，上海: 上海古籍出版社，2007 年，第 54 页。

37 李镜池，《周易通义》，北京: 中华书局，1981 年（2007 年第 6 次印刷），第 18 页。

38 高亨，《周易大传今注》，济南: 齐鲁书社，1998 年（2008 年第 6 次印刷），第 94 页。

从《程氏易传》中程颐把"舆尸"训作"众主也"就可以直接看出。[39]综上所论，可以看到理雅各的翻译是错误的，错误的根源就在于理雅各参考了程颐的注本，而程颐没有正确理解好这句话，也就直接导致了理雅各的翻译错误。

第四，"田有禽，利执言"的翻译。理雅各将这句话翻译成"birds in the fields, which it will be advantageous to seize（and destroy）"。这个翻译与黄寿祺、张善文的理解是最接近的，他们的白话文译文是"田中有禽兽，利于捕捉"[40]。值得注意的是，在黄寿祺、张善文看来，这里的"禽"应该泛指"禽兽"，但是理雅各却觉得"禽"只是指"飞禽"而已。"言"字在理雅各、黄寿祺和张善文看来都是语气助词。对高亨而言，解释又不一样，他把"田"训作"猎"、"有"训作"得"、"禽"是"鸟兽之总名"，而"执言"则根据荀爽的解释直接将其训作"执行其言"。由此一来，此处的爻辞可以解释为"筮遇此爻，田猎得禽兽；利于执行其言"。[41]不过，在《周易古经今注》中，高亨又认为"言疑借为焉，二字古通用"，并引《诗经·大东》："睠言顾之"和《荀子·宥坐》篇引言作焉来证明自己的推测，再举《说文》："焉，焉鸟也，黄色，出于江淮"而说明这里的"言"即"焉"，也就是焉鸟，而且不限于江淮。这样一来，执言即执焉，也就是捕焉鸟了。[42]

李镜池将"田有禽"解释为"田猎获得禽兽"，而"言"则按闻一多的意见当读"讯"[43]，闻一多分别从音义和制度上对此进行了解释，颇为中肯。从音义上闻一多说："言从辛，辛辛古同字，而辛卂音同，《说文》枏读若莘，《尔雅·释地》'东陵枏'，钱大昕谓即《左传》成二年之莘。是古音言讯亦近。音近则义通，故讯问之讯谓之言，俘讯之讯亦谓之言。……'执言'犹执讯也。"从制度上闻一多又指出："古者田猎军战本为一事。观军战断耳以计功，田猎亦断耳以计功，而未获之前，田物谓之醜，敌众亦谓之醜；既获之后，田物谓之禽，敌众亦谓之禽，是古人视田猎所逐之兽，与战时所攻之敌无异。禽与敌等视，则田而获禽，犹之战而执讯矣。《易》言'田有禽，

39 程颐，《程氏易传》，梁韦弦导读，济南：齐鲁书社，2003 年，第 86 页。

40 黄寿祺、张善文，《周易译注》，上海：上海古籍出版社，2007 年，第 54 页。

41 高亨，《周易大传今注》，济南：齐鲁书社，1998 年（2008 年第 6 次印刷），第 94 页。

42 高亨，《周易古经今注》，北京：清华大学出版社，2010 年，第 143 页。

43 李镜池，《周易通义》，北京：中华书局，1981 年（2007 年第 6 次印刷），第 18 页。

利执言'者，意谓田事多获，如军中杀敌致果之象。"[44]

第五，"长子帅师，弟子舆尸"的翻译。李镜池认为"长子：犹言长官，是指挥作战的；弟子：犹言副官，是管后勤的，负责指挥运送伤亡者。"[45]高亨则认为弟子即次子，与长子相对，因此这句话的意思是"长子为主将，帅师出征，次子战败，以车载尸，是任用亲人，贻误戎机。"[46]另在《周易古经今注》中的解释也类似。他认为"弟，次也。通作第。《小尔雅·广诂》：第，次也。然则弟子犹言次子矣。长子为主将，而次子丧其军，是用其亲而致败绩也。"[47]黄寿祺、张善文则认为这句话的意思是"委任刚正长者可以统帅兵众，委任无德小子必将载尸败归。"[48]

而理雅各在这里将"长子帅师，弟子舆尸"译为"If the oldest son leads the host, and younger men（idly occupy offices assigned to them）"。在这里，理雅各的问题主要在两方面：第一，"舆尸"的翻译不正确；第二，"长子"与"弟子"在理雅各的翻译中含混不清，完全不像国内易学家高亨、李镜池、黄寿祺等专家解释得清晰、明确。

第六，"大君"、"小人"的翻译。根据国内著名易学家高亨、李镜池、黄寿祺和张善文等人的解释，"大君"就是我们一般所说的"国君"或"天子"。在本句中，"开国承家"就是表示国君对臣子有所赏赐，功劳大的人就可以拥有自己的封地而成为诸侯，而功劳小的人也可以受邑而成为卿或者大夫等等。这样一来，大君就跟我们平时所说的"king""sovereign"或"emperor"比较类似，而不能翻译为"the great ruler"。同理，此处"小人"也不能翻译为"the small men"，其原因就在于"the small men"就是指"小个子的人"，其内涵和外延都根本无法将这个词的深层意义完美地表达出来。

一般而言，语言学家或文化学者都认为语言既有表层意义，同样也蕴含着深层意义。作为外国人，理雅各有时难以深入到中文的深层结构从而将深层意义发掘出来，其根本原因就可能在于他不能完全脱离字面的束缚而挖掘出恰当的翻译，而只能生成出看似帽合实则神离的浅层次翻译。此处"大

---

44 闻一多，《周易与庄子研究》，成都：巴蜀书社，2003 年，第 14 页。

45 李镜池，《周易通义》，1981 年（2007 年第 6 次印刷），第 18 页。

46 高亨，《周易大传今注》，济南：齐鲁书社，1998 年（2008 年第 6 次印刷），第 94 页。

47 高亨，《周易古经今注》，北京：清华大学出版社，2010 年，第 143 页。

48 黄寿祺、张善文，《周易译注》，上海：上海古籍出版社，2007 年，第 55 页。

君"和"小人"的翻译, 体现的就是这种问题。从表面上看, "the great ruler"和"the small men"看似很合理; 但是这种翻译只译出了表层的字面意义, 而深层意义根本就没有被翻译出来。事实上, "大君"既然指是"君主"或"国王", 那么就可以将其译为"king""sovereign"或"emperor"; 于此相应, "小人"则是社会最底层的人, 在部队就是"士兵"或"低等的小军官", 而在普通社会里就只是"老百姓"。总而言之, 此处"小人"指的就是出于社会底层的人。

这一类问题对大部分译者都或多或少存在, 例如孔士特也将此译为"a small man"[49]; 夏含夷则将其译为"the little man"。相对来说, 卫礼贤-贝恩斯译本将"大君"译为"the great prince", 将"小人"译为"inferior people"[50],林理彰将"大君"译为"the great sovereign", 而将"小人"译为"a petty man"[51], 则基本把握了这两个词的深层含义了。

中文世界里对这两个词的解释, 也是众说纷纭的。高亨认为《易经》中"小人"皆"庶民"之通称, 或是"无才德之人"。[52]而李镜池则认为"小人之当兵的"。[53]而黄寿祺、张善文则干脆将"小人"解释为"焦躁激进之人"。[54]

例二:

《说卦传》

乾, 天也, 故称乎父。坤, 地也, 故称乎母。震一索而得男, 故谓之长男。巽一索而得女, 故谓之长女。坎再索而得男, 故谓之中男。离再索而得女, 故谓之中女。艮三索而得男, 故谓之少男。兑三索而得女, 故谓之少女。[55]

Qian is (the symbol of) heaven, and hence is styled father. Kun is (the symbol of) earth, and hence is styled mother. Zhen (shows) the first application (of Kun to Qian), resulting in getting (the first of) its male (or undivided lines), and hence we call it the oldest son. Xun (shows) a first application (of Qian to Kun),

---

49 Richard Alan Kunst, 1985, p. 253.

50 Richard Wilhelm & Cary F. Baynes, p. 35.

51 Richard John Lynn, p. 181.

52 高亨, 《周易大传今注》, 第 95 页。

53 李镜池, 《周易通义》, 第 19 页。

54 黄寿祺、张善文, 《周易译注》(修订本), 上海: 上海古籍出版社, 2001 年, 第516 页。

55 李光地主纂, 刘大钧整理, 《周易折中》, 成都: 巴蜀书社, 2010 年, 第 422 页。

resulting in getting（the first of）its female（or divided lines），and hence we call it the oldest daughter. Kan（shows）a second <u>application</u>（of Kun to Qian），and Li a second（of Qian to Kun），resulting in the second son and second daughter. In Gen and Dui we have a third <u>application</u>（of Kun to Qian and of Qian to Kun），resulting in the youngest son and youngest daughter.

　　本例当中，问题最大的就是"索"字，理雅各将其译为"application"。按黄寿祺、张善文的意见，"索"表示的意思是"求合"，指阴阳相求。[56] 而 application 的动词原形是 apply，一是作及物动词，有两个义项，第一个义项有 a）to put to use especially for some practical purpose、b）to bring into action、c）to lay or spread on、d）to put into operation or effect 四义，在汉语中均具有"应用"之意；第二义项是 to employ diligently or with close attention，有"投入或密切关注"之意；二是作不及物动词，有两个意思，第一是 to have relevance or a valid connection，表示"适用"的意思，第二是 to make an appeal or request especially in the form of a written application，表示"请求或申请"的意思。[57]

　　如果按黄寿祺、张善文所说的"求合"来理解的话，无疑傅惠生的翻译更正确，他将其译为"seek copulation"[58]，意为"寻求交配"。如果按《周易本义》所理解的，"索，求也，谓揲蓍以求爻也"[59]，那么卫礼贤-贝恩斯的翻译更到位，他们将"索"译为"seek for"[60]。

　　例三：

　　《说卦传》

　　帝出乎震，齐乎巽，相见乎离，致役乎坤，说言乎兑，战乎乾，劳乎坎，成言乎艮。

　　<u>God</u> comes forth in Zhen（to his producing work）；He brings（His processes）into full and equal action in Xun; they are manifested to one another in Li; the

---

56 黄寿祺、张善文，《周易译注》，上海：上海古籍出版社，2007 年，第 438 页。

57 关于 apply 的意义，详见 http://www.merriam-webster.com/dictionary/apply。

58 Fu Huisheng trans., *The Zhou Book of Change*, Changsha: Hunan People's Publishing House, 2008, p. 473.

59 李光地纂，《周易折中》，成都：巴蜀书社，2010 年，第 422 页。

60 *The I Ching, or Book of Changes. The Richard Wilhelm Translation rendered into English by Cary F. Beynes, Forward by C. G. Jung, Preface to the Third Edition by Hellmut Wilhelm*, Princeton: Princeton University Press, 1990, p. 274.

greatest service is done for Him in Kun; He rejoices in Dui; He struggles in Qian; He is comforted and enters into rest in Kun; and he completes（the work of）the year in Gen.

将"帝"直接译为"God"，这里就自然地凸显出了理雅各的基督教背景及其宗教关怀。将"天主"、"上帝"和"帝"与"God"直接等同，是基督教传入中国才发生的事情，而且为此还产生了争论，甚至是引发"礼仪之争"的原因之一。[61]冯天瑜也指出，"天主和上帝本是中国古典词，明末以后方被西方传教士借用来分别意译天主教旧教和基督教新教所信奉的唯一神（音译耶和华）。"而且，"'天主'和'上帝'二词演化为意译天主教和基督教唯一神的专用词，是基督教第三次入华的产物。"[62]对此，他指出：

> 作为中国古典词的"天主"，西汉首见，其义项有三：1. 古代的神名，《史记·封禅书》说："八神，一曰天主，主祠天齐。"2. 佛经称诸天之主为天主，如帝释为忉利天主。3.南朝末时，呵罗单国称宋王为"无忧天主"（见《宋书·呵罗单国传》）。"上帝"一词先秦典籍屡现，一指天帝，如《诗·大雅·大明》："上帝临女（汝）"；二指古帝王，如《书·立政》："吁俊尊上帝"，今文经学家解此"上帝"为舜，或泛指古帝王。总之，在传统的汉语系统中，天主并非常用词，往往泛指主宰上天的神灵。上帝使用频率高于天主，但也不是常用词，更不是确指唯一神的专名。[63]

这句话首先提出"天主"二字首见西汉，其义项有三，分别是古代的神名、诸天之主和宋王，而"上帝"则先秦典籍屡现，一指天帝，一指古帝王。而西方的"God"是"（in esp. Christian, Jewish and Muslim belief）the being which made the universe, the Earth and its people and is believed to have an effect on all things"[64]，意思是指"（尤指基督徒、犹太人和穆斯林信仰中）创造宇

---

61 林金水，"明清之际士大夫与中西礼仪之争"，《历史研究》，1993 年第 2 期，第 20-21 页。

62 冯天瑜，"明清之际厘定的三个重要术语"，《术语标准化与信息技术》，2006 年第 2 期，第 9 页。

63 冯天瑜，"明清之际厘定的三个重要术语"，《术语标准化与信息技术》，2006 年第 2 期，第 9-10 页。

64 *Cambridge International Dictionary of English*, Shanghai: Shanghai Foreign Language Education Press, 1997, p. 608.

宙、地、人的存在，被认为对万事万物都有影响”。对此，或许也可以再看看中国人自己编写的词典是如何解释的。“上帝”有两个义项，一是“我国古代指天上主宰万物的神”；二是“（基督教）所尊奉的神，认为是宇宙万物的创造者和主宰者。”“天主”指“天主教所崇奉的神，认为是宇宙万物的创造者和主宰者。”[65]

从上面的解释可以判断，《易经》中的“帝”应该不是“God”。之所以会直接将这个“帝”译为“God”，一方面跟理雅各的基督教背景有关，另一方面可能也是“适应政策”的结果。利玛窦为了传教的便利，从中国古籍中寻找与“God”契合的称谓，最后在《易经》中找到了“帝出于震”这句话，然后他说“历观古书，而知上帝与天主，特异以名也。”[66]

而张善文认为“帝”是古人心目中的大自然主宰，此处指主宰万物生机的“元气”。如此一来，“帝出于震”的意思就成了“主宰大自然生机的元气使万物出生于（象征东方和春分的）震”。[67]

高亨则说“帝，天帝也。帝出乎震，谓天帝出万物于震，非天帝自出于震也。下文曰：‘万物出乎震。’即为明证。”[68]这里的“天帝”可能就是指冯天瑜所说的“古代的神名”。

从以上讨论，可以明确的是，直接将“帝”译为西方宗教中的“God”是不妥当的，会让人误认为中国也存在与他们一样的创造并主宰万物的“God”。而在我国古代的神秘文化中，“上帝”是至上神，高居一切神灵之上，这个观念源于殷周；西周人承袭这一观念，后来又有了“天”的观念，指有人格意志的上帝，即认为天是自然界和人类的最高主宰，能发号施令，于是便有了“天帝”一说，有时这些称呼又相互混用。[69]

65 中国社会科学院语言研究所词典编辑室编，《现代汉语词典》（汉英双语），北京：外语教学与研究出版社，2002 年，第 1681 和 1895 页。

66 利玛窦，《天主实义》，见朱维铮主编，《利玛窦中文著译集》（原版于香港城市大学出版社），上海：复旦大学出版社，2001 年，第 22 页。

67 黄寿祺、张善文，《周易译注》，上海：上海古籍出版社，2007 年，第 431-432 页。

68 高亨，《周易大传今注》，济南：齐鲁书社，1998 年（2008 年第 6 次印刷），第 456 页。

69 金良年，《中国神秘文化百科知识》，上海：上海文化出版社，1994 年（1997 年第三版），第 3-5 页。

小结

前文举例说明理雅各《易经》英译中的误译例子，当然不是为了强调理雅各英译的失误，而只是说明即便是理雅各这样权威性的汉学家所英译的《易经》，也不可能是完美无缺的，都有诸多可以改进的空间。尤其是现在在音韵训诂方面较之他那个时代已经有了更大的进步。例如，如果理雅各在他翻译中国典籍时，不管是《书经》还是《易经》或是其他典籍，如果能参考与他同时代的王引之或其他相关经学家的著作，那么就很有可能减少文字训诂方面的失误。

不过，本章特别想指出的是，理雅各征引文献时当然是尽量征引最有参考价值的中西方的各类文献；不过，我们也要时刻警惕，理雅各在征引了那么多颇具价值的中外文文献的同时，他也存在一些文献征引的疏漏。如果他能够将这些疏漏的文献也征引到，那么他的译文可能就更臻完善。

在翻译中国典籍时，理雅各征引了西方学者或传教士所著的字典，如马礼逊（Robert Morrison，1782-1834）所著 1815-1823 年间出版的《华英字典》（*A Dictionary of the Chinese Language*，共三部，《五车韵府》[70]是其中的第二部）[71]，梅辉立（W. F. Mayers）1874 年出版的《中国辞汇》（*The Chinese Reader's*

---

70 英国传教士马礼逊编的世界上首部《华英字典》的第二部也称为《五车韵府》，实际上是马礼逊将陈荩谟《五车韵府》所收韵字按英文字母顺序编排，注释则用英文。这两部看似完全不同的《五车韵府》，其实具有紧密的源流关系。详见万献初，"《五车韵府》文献源流与性质考论"，《文献》，2015 年第 3 期，第 166-176 页。

71 Robert Morrison. *A Dictionary of the Chinese Language, in Three Parts. Part the First, containing Chinese and English Arranged According to the keys; Part the Second, Chinese and English arranged alphabetically, and Part the Third, Consisting of English and Chinese*. Macau: East India Company's Press. 1815-1823. 《华英字典》共 3 部 6 卷，其中第一部名为《字典》，共 3 卷，分别于 1815 年、1822 年、1823 年出版；第二部名为《五车韵府》，2 卷，分别于 1819 年、1820 年出版；第三部名为《英汉字典》，1 卷，1822 年出版。⑥第一部主要依据《康熙字典》编译而成，按部首排列汉字条目。第二部主要以清朝陈先生著作为蓝本并参考中国传统韵书《分韵》、《佩文韵府》等编纂而成，按音韵次序排列词条。这两部皆为汉英词典，只是检字方式不同。第三部为英汉词典。全套词典 4 开本大小，共 4000 多页，40000 词条，内容极其丰富，其收录词条及例句解释涵括了中国传统宗教信仰、历史人物、孔孟经典、教育与科举制度、古代科技、戏剧音乐、民俗民谚等，堪称一部介绍中国文化的百科全书。它的问世，为当时西人尤其是来华传教士学习中文及中国文化知识提供了极大便利，受到欧洲汉学界的广泛赞誉，也开中国汉英、英汉双语词典编纂之先河，成为其后多部汉英、英汉双语词典编纂的蓝本与规范。

Manual）[72]和卫三畏（Samuel Wells Williams，1812-1884）所著1874年出版
的《华英韵府》（*A Syllabic Dictionary of the Chinese Language*）[73]，但是对中
文的字书，例如《尔雅》《说文解字》和《康熙字典》均未加以参考。当然，
邵晋涵（1743-1798）的《尔雅正义》、郝懿行（1755-1825）的《尔雅义疏》，
这两本著作集成了清儒已有的研究成果，极具参考价值；另外，就《说文解
字》而言，当时也已有了段玉裁的《说文解字注》，理雅各也未加参考。段玉
裁的《说文解字注》一方面校正了《说文解字》在流传中出现的错误，另一方
面则引经据典对其文字进行了解释，对学者理解《说文解字》有着重要的参
考价值。再者，王引之的《经传释词》对《易经》中的虚词具有重要参考价值
的书，其中例子也很多。这几本书均已收入《皇清经解》，可是理雅各翻译《易
经》时没有将这些书列为参考书，实在是一件很遗憾的事。[74]

　　今天如果重新翻译《易经》，那么不仅要广泛收罗中国清代及近现代学者
在《易经》词义训诂方面的优秀撰述，例如罗振玉的《殷墟书契考释》，以及
杨树达、李方桂、裘锡圭等中国文字学家的相关著述，也要关注并参考后来
西方学者，例如梅辉立（William Frederick Mayers，1831-1878）、高本汉
（Bernhard J. Karlgren，1889-1978）、吉德炜（David N. Keightley，1932-2017）
等在这方面的优秀研究成果，如此方能将我国优秀的文化典籍推向世界。

　　同时，进行中国文化典籍的外译时，"要系统梳理传统文化资源，让书
写在古籍里的文字都活起来"，并且"要努力展示中华文化独特魅力"，大
力宣传和阐释中国梦，"注重塑造我国国家形象"等事关国家文化软实力的
重大问题。[75]

　　详见元青，"晚清汉英、英汉双语词典编纂出版的兴起与发展"，《近代史研究》，
　　2013年第1期，第94-106页。

72　W. F. Mayers. *The Chinese Reader's Manual: A Handbook of Biographical, Historical,
　　Mythological, and General Literary Reference*. Shanghai: American Presbyterian
　　Mission Press. 1874.

73　S. Wells Williams. *A Syllabic Dictionary of the Chinese Language: Arranged according
　　to the Wu-Fang Yuen Yin, with the Pronunciation of the Characters as Heard in Peking,
　　Canton, Amoy, and Shanghai*. Shanghai: American Presbyterian Mission Press. 1874.

74　刘家和、邵东方，"理雅各英译《书经》及《竹书纪年》析论"，《中央研究院历
　　史语言研究所集刊》（第七十一本第三分），2000年，第707-708页。

75　"建设社会主义强国，着力提高国家文化软实力"，见《人民日报》，2014年1
　　月1日，第1版。

第四章　卫礼贤与《易经》研究

引言

卫礼贤（Richard Wilhelm，1873-1930）对中国文化的研究是从儒家学说切入的，虽然他后来涉猎的领域十分广泛，对道家学说、中国佛教、中国哲学、中国文学、中国艺术、中国文化史和中国思想史等都颇有研究，但儒家学说始终是他关注的焦点，也是他取得最辉煌成就的领域。以儒家文化为主线，以其他思想文化领域为辅助，卫礼贤形成了自己独到的中国文化观。这一文化观的最突出特征是：与当时占主流的欧洲中心论、欧洲优越论不同，他对中国文化给予了积极的肯定和高度的评价，不仅肯定这一文化在中国和整个东亚文化圈的历史与现实意义，而且承认它对欧洲乃至整个西方世界的启示与借鉴价值，字里行间流露出对中国文化的崇敬与热爱。[1]

西方的《易经》译本中，没有译本如卫礼贤译本那样享有如此巨大的国际影响。它以英、法、意、荷、西（西班牙文译本就有墨西哥、阿根廷和西班牙三国版本）、丹麦、瑞典和葡萄牙等多国文字作了全译或节译。1990 年在皮特哥茨出版的波兰文本也是根据卫礼贤的德译本转译的。[2]

---

1 蒋锐，"卫礼贤论中国文化"，见蒋锐编译：《东方之光——卫礼贤论中国文化》，北京：外语教学与研究出版社，2007 年，第 11-36 页。

2 [德]胜雅律，"德语国家《易经》研究概况"，《中华易学大辞典》编委会编：《中华易学大辞典》（下），上海：上海古籍出版社，2009 年，第 850 页。

李雪涛评论说，"从实际影响来看，卫礼贤（或为尉礼贤）一生最大的成就无疑是他的《易经》德文译本[3]，这部花费了他近十年心血的译本奠定了他在德语学术界的声誉。他对《易经》的翻译和阐释，直到今天依然在广泛传播，并且得到了学术界的认可。从这个译本移译至英文的《易经》（后来同时在美国和英国出版）使他赢得了国际名声。"[4]

4.1 卫礼贤德译《易经》与劳乃宣

值得指出的是，跟理雅各的情况比较类似，卫礼贤在翻译《易经》也借重了中国学者的帮助。理雅各主要借重王韬，而卫礼贤则主要借重的是劳乃宣。

卫礼贤认识劳乃宣是通过周馥这一中介。周馥（1837-1921），字务山，号兰溪，安徽建德（今东至县）人，曾于 1902-1904 年任山东巡抚。周馥曾建议卫礼贤说：

> 你们欧洲人只了解中国文化的一点皮毛，没有谁理解中国文化的真正意义和深度。原因在于，你们从未接触过真正的中国学者。你们请已被解职的乡村私塾先生做你们的教授，但是他们自己也只知道些皮毛。因此，在欧洲你们学到的中国知识大都是垃圾，这就毫不奇怪了。如果我给你找到一位老师，他的头脑真正根植于中国精神，将引导你理解中国文化的深度，你意下如何？（跟他学习）之后，你能翻译（有关中国的）各种材料，你自己还能写别的一些（有关中国的）文字，如此一来中国（才能真正为欧洲人所了解）才不会总在世人面前蒙羞了。[5]

这段话至少有两层意思值得我们注意：第一、即便是象卫礼贤这样的西方学者或传教士，如果没有一位真正的中国学者帮助的话，也无法理解中国精神的深刻之处，只能了解中国文化的浅层和表面；第二、如果有真正的中

3　*I Ging. Das Buch der Wandlungen.* Aus dem Chinesischen verdeutscht und erl utert von Richard Wilhelm. Jena: Diederichs, 1924.

4　李雪涛，"《易经》德译过程与佛典汉译的译场制度"，《读书》，2010 年第 12 期，第 54 页。

5　Richard Wilhelm. *The Soul of China.* trans. John Holroyd Reece（with the poems translated by Arthur Waley）. New York: Harcourt, Brace and Company. 1928, p. 180. 译文为本书作者所译，括号中所加的文字也是本书作者所加，以方便读者理解。

国学者之助，那么卫礼贤就可以将中国精神的深刻之处理解透，而且能够将其翻译到国外去，让外国人真正理解中国。

周馥向卫礼贤所推荐的真正的中国学者就是劳乃宣。劳乃宣（1843-1921）字季瑄，号玉初，又名矩斋，晚名韧叟，河北省广平府（今河北省永年县广府镇）人，中国近代音韵学家，拼音文字提倡者。《清史稿》（卷四百七十二，列传二百五十九）有其本传。[6]

卫礼贤接受了周馥的建议，决定拜其为师研读并在他的帮助下翻译代表中国精神的中国典籍。对于卫礼贤聘请劳乃宣来青岛主持卫礼贤组织的"尊孔文社"一事，劳乃宣在其《自订年谱》中有说明：

> 癸丑[7]七十一岁
>
> 春……山东青岛为德国租借地。国变后，中国遗老多往居之。德人尉礼贤[8]笃志中国孔孟之道，讲求经学，故设书院于岛境有年。与吾国诸寓公立尊孔文社，浼周玉山制军来函，见招主持社事。适馆授餐，情意优渥。日与尉君讲论经义，诸寓公子弟，亦有来受业者。[9]

正是在这一背景下，卫礼贤真正开始了研读和翻译包括《易经》在内的中国典籍。劳乃宣建议卫礼贤首先研读和翻译《易经》。劳乃宣认为，《易经》尽管不容易，但也绝不像通常大家所认为的那样不可理解：

> 事实是，这一活传统几近消亡。不过他（指劳乃宣）还有一位依然熟知这一古老传统的老师，同时劳乃宣与孔子后代也是近亲。他有一束采自孔墓的神圣蓍草，并依然通晓如何用其占卜未来的艺术，而这在中国现在已几乎不为人知了。因此我们选择《易经》来进行学习和翻译。[10]

6　此处不详述。关于劳乃宣的生平志业，详参张立胜，"县令·幕僚·学者·遗老——多维视角下的劳乃宣研究"，北京师范大学博士学位论文，2010 年，第 1 页。

7　指 1913 年。

8　Richard Wilhelm 给自己取的中国姓名，先是尉礼贤，后因嫌"尉"与"军事"有关，所以改为"卫"，后来即以卫礼贤行世。详见周一良，《毕竟是书生》，北京：北京十月文艺出版社，1998 年，第 6 页。

9　王云五主编，劳乃宣撰，《清劳韧叟先生乃宣自订年谱》，台北：台湾商务印书馆，1978 年，第 47 页。

10　Richard Wilhelm. *The Soul of China*. trans. John Holroyd Reece（with the poems translated by Arthur Waley）. New York: Harcourt, Brace and Company. 1928, pp. 180-181.

关于劳乃宣帮助卫礼贤翻译《易经》的全过程，在卫礼贤著的《中国灵魂》一书中作了详细叙述：

> 劳老师建议我翻译《易经》……随之我们进行这部书的翻译。我们准确地翻译。他用中文解释，我记笔记。然后我自己将其翻译为德语。然后，我不看原文而将德语译文又译回到中文，他再对其进行比较以确认我的翻译在各种细节方面都准确。随后，我们又审视德语译文以完善译文的风格，这些都讨论得非常详细。最后，我又写出三四种译文，附上最重要的注疏。[11]

劳乃宣《自订年谱》中对他与卫礼贤翻译《易经》一事也有相关记载：

> 甲寅七十二岁
>
> 青岛……战事起，迁济南小住。又迁曲阜赁屋寄居……
>
> ……
>
> 丁巳七十五岁
>
> ……五月，奉复辟之旨，简授法部尚书，具疏以衰老请开缺，俾以闲散备咨询，未达而变作。曲阜令蓝君告以得见逮之牍，劝出走。又移家青岛，居礼贤书院，复与尉君理讲经旧业……
>
> ……
>
> 庚申七十八岁
>
> 在青岛……尉君以欧洲战事毕，回国一行，期明年来。[12]

我们从劳乃宣的《自订年谱》中的一些记载可以得知，1913 年（即劳乃宣《自订年谱》中提到的癸丑年）劳乃宣举家移居青岛。主要任务有两个：一是主持尊孔文社事宜，二是帮助卫礼贤翻译《易经》。但是，时隔一年左右欧洲爆发第一次世界大战，波及中国。于是劳乃宣逃到了济南和曲阜等地躲避战火。1917 年劳乃宣又返回青岛，继续与卫礼贤合译《易经》，一直到 1921 年去世。这段时间劳乃宣主要生活在青岛，与卫礼贤一起研读和翻译《易经》。到 1921 年，大体上已完成《易经》的翻译。

---

11 Richard Wilhelm. *The Soul of China*. trans. Reece, John Holroyd（with the poems translated by Arthur Waley）. New York: Harcourt, Brace and Company. 1928, pp. 180-181.

12 王云五主编，劳乃宣撰，《清劳韧叟先生乃宣自订年谱》，台北：台湾商务印书馆，1978 年，第 48-52 页。

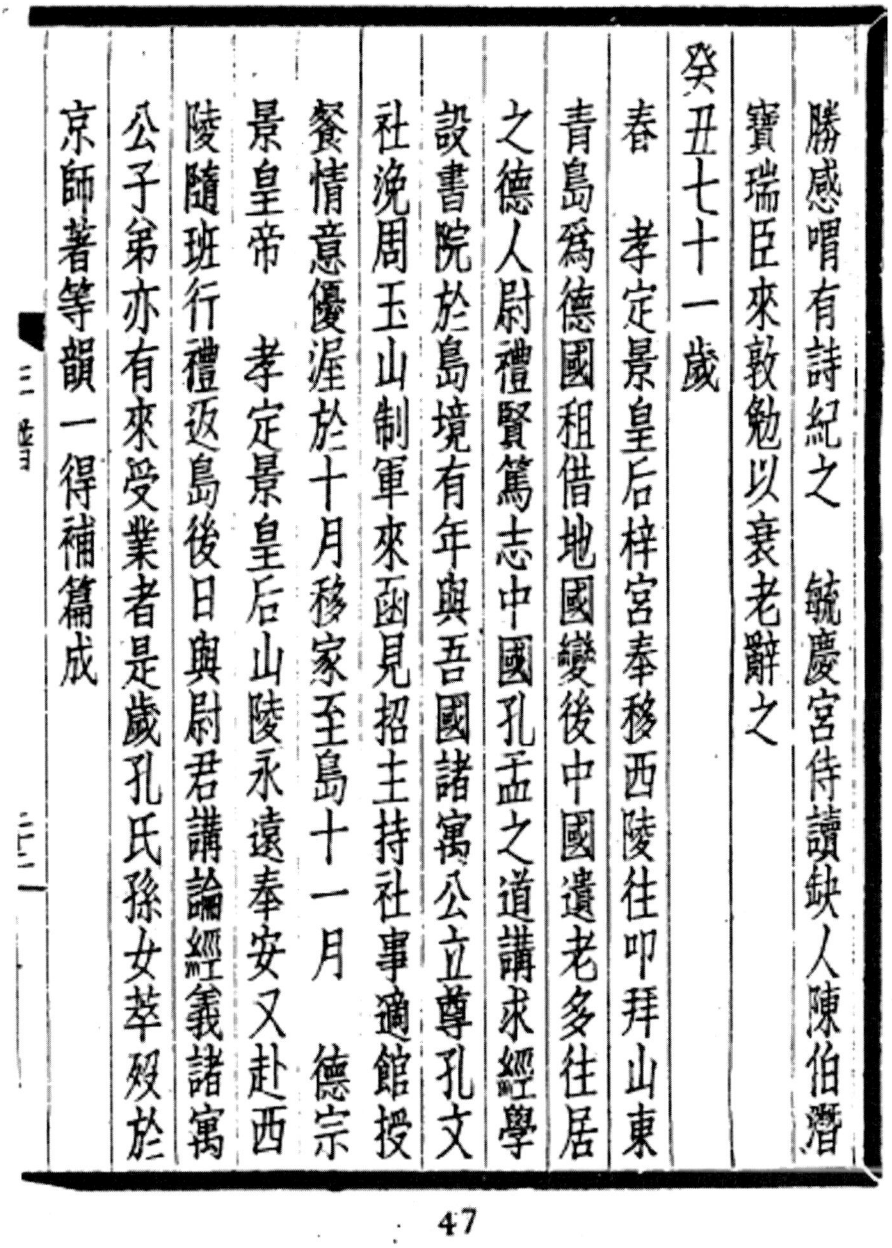

勝感喟有詩紀之　毓慶宮侍讀缺人陳伯潛

寶瑞臣來敦勉以衰老辭之

癸丑七十一歲

春　孝定景皇后梓宮奉移西陵往叩拜山東

青島爲德國租借地國變後中國遺老多往居

之德人尉禮賢篤志中國孔孟之道講求經學

設書院於島境有年與吾國諸公立尊孔文

社浣周玉山制軍來函見招主持社事適館授

餐情意優渥於十月移家至島十一月　德宗

景皇帝　孝定景皇后山陵永遠奉安又赴西

陵隨班行禮返島後日與尉君講論經義諸寓

公子弟亦有來受業者是歲孔氏孫女萃殴於

京師著等韻一得補篇成

47

图 4-1 《韧庵老人自订年谱》（近代中国史料丛刊一辑）书影

4.2 卫礼贤德译《易经》与贝恩斯夫人

卫礼贤本为传教士，但是有感于西方文化本身的不足，到了中国之后，深深为中国文化所吸引，认为以《易经》等为代表的中国文化正是医治（纠正）西方文化之偏的良药，所以矢志不渝地翻译中国文化，并撰写相关论著。其中，《易经》的德译便是他最优秀的翻译成果之一。

卫礼贤的德译《易经》体例如下：

一是"前言"（Vorrede）；

二是"导论"（Einleitung），其中包括三部分

I. 《易经》的应用（Der Gebrauch des Buchs der Wandlungen）

（a）占筮之书（Das Orakelbuch）

（b）智慧之书（Das Weisheitsbuch）

II. 《易经》的历史（Die Geschichte des Buchs der Wandlungen）

III. 翻译说明（Die Anordnung der Übersetzung）；

三是《易经》本经（Der Text）

而英译本是由卫礼贤（Richard Wilhelm）德译，然后贝恩斯（Cary F. Baynes）再将卫礼贤的德译本转译为英语，有国际著名心理学家荣格（Karl G. Jung）写的前言和卫礼贤的三儿子卫德明（Hellmut Wilhelm，1905-1990）写的序。英译本也由三卷构成：卷一：《易经》本经（Book I: The Text），像中文《周易》一样，分上下经两部分；卷二：其他材料（Book II: The Material），包括"导论"（Introduction），其中有《说卦》和《象传》；第一部分：A. 基本原则（Underlying Principles）、B. 详尽的讨论（Detailed Discussion）；第二部分由 12 章构成；最后是"卦序"（The Structure of the Hexagrams），共 7 节；卷三：注疏（Book III: The Commentaries），按中文《周易》的上下经分为两部分。最后是附录和索引。

卫礼贤 1924 年的《易经》德译本是全译本，包括《易经》本经和《易传》。第 1 版印了 3 千册，1937 年第 2 版印至 5 千册，1950 年第 3 版印至 8 千册，1951 年印数至 1 万 1 千册，1956 年达至 1 万 5 千册，1971 年至 3 万 2 千册，1983 年为 8 万 7 千册，到 1990 年印数高达 12 万 2 千册。1956 年迪德里希斯出版社[13]在杜塞尔多夫及科隆两地印行一种袖珍本，书名为《易经、经文及资料》。从 1973 年起以"迪德里希斯黄本丛书"名义发行，由慕尼黑的汉学教授鲍吾刚（Wolfgang Bauer，1930-）作序（1990 年第十四版）。这一袖珍本收

---

13 作家刘心武将其翻译为"德得利出版社"，他曾在一篇小文中介绍过这一出版社及其翻译出版卫礼贤《易经》翻译的情况，详情请见刘心武，"一篇小序的由来"，《读书》，1985 年 06 期，第 111-117 页。

录了 1924 年卫礼贤全译本的前两篇，第三篇"传"并未收入。卫礼贤 1924
年全译本尚有下列几种节写本：鲁道夫·冯·德利乌斯（Rudolf von Delius）：
《永恒的中国：精神的象征》，德雷斯登，1926 年；巴克斯·贝姆（Bill Behm）：
《中国的占卜书易经》（*Das Chinesische Orakelbuch: I Ging*），克拉根福，1940
年；慕尼黑/柏林，1955 年新版；马里奥·舒柏特（Mario Schubert）：《易经、
变易之书》，苏黎世，1949 年。[14]

　　贝恩斯夫人（Cary F. Baynes，1883-1977）将卫礼贤的《易经》德译转译
为《易经》英译，1950 年出版。重要的是，我们要记住，这是转译（translation
of a translation）。贝恩斯夫人是荣格的一个美国学生，在 20 世纪 20 年代和 30
年代她与丈夫贝恩斯（Helton Godwin Baynes）一起翻译了几部荣格的著作。
1931 年，她又翻译出版了卫礼贤德译的《太乙金华宗旨》，英译名为 *The Secret
of the Golden Flower*，这部书论述的是 17 世纪的中国内丹，荣格给这部译著
写了《导言》。卫礼贤德译的《易经》在西方世界之所以有如此大影响，贝恩
斯夫人译笔的贴切（felicity）也是一个主要原因。她引入了理雅各的"三画
卦"（trigram，即单卦/经卦）和"六画卦"（hexagram，即重卦/别卦），并使
这两个术语得以普及。在德语中，卫礼贤遵循"卦"的中文用法，而将"三
画卦"和"六画卦"中的"卦"字译为德语 *zeichen*，而 *zeichen* 在德
语中则表示"符号"（sign）之意。

　　荣格请她翻译卫礼贤的德译《易经》，得到卫礼贤的热切赞同。早在 1930
年之前，她就开始了翻译卫礼贤的德译《易经》，但是她的翻译工作时常被中
断。直到 1949 年才最终得以完成，1950 年在纽约出版，1951 年在伦敦出版。
伦敦版本的版式尤其讲究，但是《易经》经文拆分后被重新编入三部分，很
多材料重复了，与不同来源的注疏笨重地交织在一起，编排非常复杂。因此
李约瑟将卫礼贤的德译《易经》视为"一部汉学迷宫……完全属于不知所云"
（Department of Utter Confusion）。

　　1967 年，贝恩斯夫人与卫礼贤的儿子卫德明合作编纂了第三版（最方便
的版本）。卫德明当时是一位美籍德裔汉学家，是一位受人尊敬的《易经》评
论者。他服膺他父亲对《易经》的诠释，总是按他父亲的理解对《易经》进行
评论。他清楚他父亲《易经》译本完成后中国学者对《易经》的后续研究，但

14 [德]胜雅律，"德语国家《易经》研究概况"，《中华易学大辞典》编委会编：《中
　　华易学大辞典》（下），上海：上海古籍出版社，2009 年，第 850 页。

是考虑改变《易经》材料非常（bafflingly）复杂的编排，他最终无心替他父亲卫礼贤修改其德译《易经》。

贝恩斯夫人转译的《易经》英译本存在一些译得不如意的段落，这是因为卫礼贤德译本本来就没有将原文意思完整译出。例如，贝恩斯夫人将《易经·解卦》中"解而拇"译为"Deliver yourself from your great toe"[15]和《易经·大有卦·象传》中的文字"匪其彭无咎，明辩晢也"译为"the danger of repeated return is, in its essential meaning, deliverance from blame"。这种译文确实使人不知所云。不过，席文等却认为卫礼贤和贝恩斯夫人的翻译得不错，至少比蒲乐道（John Blofeld，1913-1987）的好多了。[16]

4.3 卫礼贤、卫德明父子易学研究特点

《周易》内容艰深晦涩，翻译极其不易，但卫礼贤、卫德明父子薪火相传，子承父业，对《周易》从翻译到研究，均作出重大贡献。现今英语世界最通行的《周易》译本之一，是贝恩斯夫人将卫礼贤德译本（1924 年第一次出版）转译为英语的英译本。[17]在英译本中，有著名心理学家荣格为之作序，这篇序文已经成为中西文化交流史上具有重要影响的文献。

卫礼贤的小儿子卫德明继承了他父亲易学研究的衣钵，发展了他父亲的易学思想。一方面，贝恩斯夫人在将卫礼贤的德译《易经》转译为英语时得到了卫德明多方面的帮助，在编辑其译本时，卫德明对她的帮助也很大，而且卫德明还撰写了英译本第三版的《序言》；另一方面，卫德明也撰写了多篇易学论文和著作，其中影响最大的可能就是其著作《易经八讲》（*Change, Eight Lectures on the I Ching*）和《〈易经〉中的天、地、人》（*Heaven, Earth and Man in the Book*

---

15 "deliver"在此的英文解释是"free from harm or evil"，中文则表示"免遭……（危害）"之意；而这里的英文，用中文表达的话，大意是"将你本人从自己的脚趾大拇指中脱离开来"卫礼贤对"解而拇"的德译是"Befreie dich von deiner großen Zehe"，中文意思类似于"摆脱你的脚趾大拇指"。两相比较，德文和英文的意思是近似的。德译文请见 Richard Wilhelm, *I Ging: Das Buch der Wandlungen*, Jena, 1924, p. 179.

16 Nathan Sivin, A Review on The Book of Change by John Blofeld, *Harvard Journal of Asiatic Studies*, Vol. 26, （1966）, p. 294.

17 1950 年波林根基金会出版公司出版，贝恩斯英译：*The I Ching or Book of Changes*, Wilhelm/Baynes, Bollingen Foundation Inc., New York。1967 年起，改由普林斯顿大学出版社出版。

of Changes）。前者是博林根基金会（Bollingen Foundation）邀请卫德明所做的八次演讲，主要讲述了《易经》的起源、变易的概念、天地和上下等两两相对的根本原则、经卦和别卦、乾坤两卦、十翼、《易经》的后期历史和占筮之书等[18]；而后者则是卫德明做的七次爱诺思[19]讲座（Eranos Lectures），分别是时间概念、柔顺的原则、人类事件及其意义、"自己之城"作为形成的阶段、天地人间的互动、精神的漫游、象和观念的相互作用等七讲。[20]卫德明在博林根基金会所做的系列讲座和受爱诺思基金会邀请所做的系列讲座，讨论的都是《易经》中的重要问题，由此可见卫德明本人就是卓有成就的易学家。

对比研究卫礼贤、卫德明父子的易学研究，我们大体上可以得出他们的易学研究具有如下三个特点。

其一，比较忠实地继承中国的传统易学（尤其是义理派易学）思想，弘扬义理派将易学与当代生活紧密结合的传统，坚持认为易学是对现代人直接有益的活传统，而不是文化博物馆的古董。在 20 世纪 20 年代，卫礼贤曾在北京大学任教。当时，"整理国故"与"疑古派"的思潮在学者中间有很大的影响，但是在包括《周易》经传断代等一系列问题上，卫礼贤更多地接近传统，与疑古思潮有一定的距离。必须指出的是，山东名儒劳乃宣（1843-1921）对卫礼贤的影响是不可忽视的。

其二，卫礼贤对《周易》的解读，并不仅仅是书斋式易学研究的结果，它还体现卫礼贤对当时欧洲文化命运（特别是 20 世纪 20 年代后期的德国）等重大时代问题的思考，这些思考是在与同时代的荣格、黑塞等人的讨论与

---

18 Hellmut Wilhelm. *Change: Eight Lectures on the I Ching*. trans. Cary F. Baynes from German to English. New York, NY: Pantheon Books. 1960.

19 "爱诺思"（Eranos）这个名字在西方具有东方的象征意义。因为从其孕育和产生之日起，她便与中国文化，尤其《易经》，结下了不解的渊缘。爱诺思的创始人奥尔加·弗罗贝-卡普泰因夫人（Olga Froebe-Kapteyn），最初正是由于对《易经》的兴趣，邀请一些著名的汉学家或《易经》学者聚会，如卫礼贤、鲁道夫·奥图（Rudolf Otto）和荣格等，为爱诺思的发展奠定了基础。从 30 年代开始至今，爱诺思已经对于东西方文化的交流以及促进东西方学者的相互了解，做出了引人瞩目的贡献。每年都要举行的"爱诺思圆桌会议"，是国际上研讨东西方文化的最重要的会议之一；每年都出版的《爱诺思年鉴》，是西方人研究东方文化的最重要的参考文献。详见申荷永、高岚，《易经》与"心理分析"——重访爱诺思，《周易研究》，2001 年第 3 期，第 74-78 页。

20 Wellmut Wilhelm. *Heaven, Earth and Man in the Book of Changes: Seven Eranos Lectures*. Seattle and London: University of Washington Press, 1977.

碰撞中产生的，因此，卫礼贤的《易经》翻译与研究，是欧洲知识分子为了拯救自身文明与民族国家的命运所作努力的一部分。

其三，将卫礼贤、卫德明父子的研究与传统易学进行比较，可以发现，它们经得起学术史的考验。这说明，尽管东西方在易学研究上存在一定得差别，但真正有价值的研究，却能够超越语言文化的界限，具有沟通对立、推动不同文明进行友好对话的功能，并在对于特殊性与差异性的精细阐发中，打破古今中外的隔阂，通达透视人类共同意义世界的崇高境界。

4.4 卫礼贤《易经》译本的世界影响

德国学者胜雅律（Harro von Senger）认为卫礼贤的译著此后之所以取得如此影响，首先应归功于瑞士心理学家荣格和德国作家黑塞（Hermann Hesse, 1877-1962）。[21]一方面，荣格的德裔女学生、心理学家贝恩斯夫人之所以会将卫礼贤德译《易经》转译为英文，是因为荣格认为她有能力将如此重要的文本翻译成英文，而且这一工作值得去做。另一方面，荣格在认识卫礼贤之前就已熟悉理雅各所译的英译本《易经》，认为理雅各的这一译本"不大可用"，对于西方人了解这部高深莫测的书几无可为；而卫礼贤的德译本则准确得多，卫礼贤殚思竭虑为理解《易经》的象征意义铺平了道路，因为卫礼贤抓住了《易经》的活生生的意义，从而使他的译本达到的深度是关于中国哲学的任何单纯的学院知识所永远望尘莫及的。[22]贝恩斯的英译本收入"万神殿丛书"（Pantheon Books），1950 年以两卷本在纽约出版，荣格以 73 岁高龄为该译本撰写了序言。这一序言充分体现了荣格的易学观，对该译本在西方世界的传播起到了非常重大的作用。据相关资料，尽管后来另有更多的《易经》英译本问世，但卫礼贤—贝恩斯所译的《易经》迄今以各种版本在全球发行了近一百万册，[23]影响深远。荣格的易学观还体现在他将易学思想运用于心理学中，发明了"同时性原则"这一概念[24]，从而让易学思想在西方更加深入人心。

---

21 [德]胜雅律，"德语国家《易经》研究概况"，《中华易学大辞典》编委会编：《中华易学大辞典》（下），上海：上海古籍出版社，2009 年，第 851 页。

22 陆扬，"荣格释《易经》"，《中国比较文学》，1998 年第 3 期，第 94 页。

23 [德]胜雅律，"德语国家《易经》研究概况"，《中华易学大辞典》编委会编：《中华易学大辞典》（下），上海：上海古籍出版社，2009 年，第 851 页。

24 Young Woon Ko, *Jung on Synchronicity and Yijing: A Critical Approach*, Cambridge Scholars Publishing, 2011, pp. 100-140.

德国作家赫尔曼·黑塞是 20 世纪的著名作家，曾获诺贝尔文学奖。他对于中国古典经籍非常感兴趣，阅读过多种典籍并将其中的一些思想运用到自己的创作中，例如《论语》、《庄子》等。不过，黑塞最感兴趣并对其创作具有持续影响的典籍主要还是《易经》。他为《易经》的预卜力量及其图像所吸引，对此作了数十年的研究。在第二次世界大战前，他为卫礼贤的 1924 年译本写了一篇十分有意义的评论文章。这篇文章发表于 1925 年 9 月 30 日的《新评论》（Neue Rundschau）上。黑塞认为《易经》是一本最古老的智慧和巫术之书，他对此作了深入的研究，并在其文学创作中参考应用，这可从其晚年的小说《玻璃球游戏》一书中窥见（1943 年出版）；在这方面他开拓了一个广阔的天地。黑塞对《易经》的理解对 20 世纪 60 年代的一代青年，从美国的旧金山到荷兰的阿姆斯特丹，都产生了深远的影响。[25]

在使西方广大学者知道《易经》这本书方面，应归功于卫礼贤。在德译本中，他把"歌德和孔子相提并论"（赫尔曼·黑塞 1934 年 4 月 27 日语）。卫礼贤以艺术家兼诗人的笔法，对原著中词义丰富的中文，找出恰当的德文来解释。然而，正如评论所述，卫礼贤并不总是用同一个德语词来翻译汉语某一词汇。有时他的译文过于精缜，使中文原文中的很多涵义反而被摒弃了。还有，他的译文是依宋代理学的路子来翻译的，这只代表诸多《易经》传统中的一种解释。卫礼贤理解《易经》主要是根据"十翼"，即《易传》，而不是根据《易经》的本经，因此基本上并不反映《易经》经文核心部分的真正原义。这些都是其不足之处。因此，在西方，由卫礼贤译本传播而形成对《易经》的理解，就不无偏误之处了。[26]

卫礼贤经由译介中国经典和论说中国文化所产生的影响，真可谓深远。且不论这种影响在广义的西方世界是如何流传的，仅就其时的德国语境来对他的思想史略加考察后，著名德国作家、诺贝尔文学奖得主黑塞即对其评价甚高：

> 他（指卫礼贤）是先驱和典范，是合东西方于一身，集动静在一体的太和至人。他曾在中国数十年潜心研究古老的中华智慧，曾

---

25 [德]胜雅律，"德语国家《易经》研究概况"，《中华易学大辞典》编委会编：《中华易学大辞典》（下），上海：上海古籍出版社，2009 年，第 851 页。

26 [德]胜雅律，"德语国家《易经》研究概况"，《中华易学大辞典》编委会编：《中华易学大辞典》（下），上海：上海古籍出版社，2009 年，第 851 页。

与中国学苑英才交换心得，不过他既未丧失自己的基督信仰和打着士瓦本图林根家乡烙印的德国本色，也未忘记耶稣、柏拉图和歌德，更没有丧失和忘记他那要有所作为的西方式雄心。他从不回避欧洲的任何问题，不逃避现实生活的召唤，不受苦思冥想抑或美学至上的寂静无为主义的蛊惑，而是循序渐进，终于使两个古老而伟大的思想相交相融，使中国与欧洲、阳与阴、知与行、动与静有机结合起来。所以才会产生他那优美动人的语言，就像由他翻译的《易经》那样——歌德和孔夫子同时娓娓而谈，所以他才能对东西方这么多高品位的人产生如此魅力，所以他的脸上才会带着智慧而和蔼、机敏而谐谑的微笑。[27]

除《易经》译文之外，卫礼贤还著有其他一些有关《易经》的论文和著作，其中最著名的是《易经讲稿：持恒与应变》（*Lectures on the I Ching: Constancy and Change*）。尽管我们通过他的德译《易经》也可以窥见他的易学观，但那毕竟不是他本人的著作，他的易学观在表达时经常受到多方面的限制。

《易经讲稿：持恒与应变》这本书则比较集中地反映了他的易学观。这本书中的四篇文章分别是他于1926-1929年期间在法兰克福所作的四组讲座，论题分别是"对立与友谊的政治学"、"艺术精神"、"变化中的恒定"、"中国人关于死的概念"。在这些讲座中，卫礼贤从《易经》中选取了一些文献予以讲解和引申、发挥他所要论述的那些主题。卫礼贤明确表示，他从事这一研究的目标有两个：一是向现代西方人传达中国传统文化的内容与价值；二是揭示《易经》中所包含的普遍适用的智慧。[28]

小结

彭吉蒂（Birgit Linder）[29]指出，卫礼贤是一位赴华新教传教士，但他将一生中的大部分时间都用来翻译哲学文本。即便儒学在十九、二十世纪之交

---

27 转引自张弘、余匡复：《黑塞与东西方文化的整合》，上海：华东师范大学出版社，2010年，第2-8页。

28 Richard Wilhelm, *Lectures on the I Ching: Constancy and Change*, pp. 43-44.

29 [德]彭吉蒂，"德译中国：文学接受、经典文本及德国汉学的历史"，见耿幼壮、杨慧林主编：《世界汉学》（第7卷），北京：中国人民大学出版社，2011年，第45页。

日渐式微，卫礼贤还是翻译了《论语》《列子》《孟子》《易经》《礼记》《吕氏春秋》《老子》和《庄子》。卫礼贤的译文质量颇高。根据鲍吾刚的判断，这些译文取得如此之高的成就，是因为它们填补了"一战"后人们在精神上的空白，这堪比歌德在两个世纪前燃起对中国的兴趣时的体验。译文的成功也得益于他"无可指摘而又富于穿透力的语言——既适于传教士的工作，又符合西方—基督教的用语习惯"[30]。

为了纪念自己的祖父，卫礼贤的孙女贝蒂娜（Betina Wilhelm）从 2008 年开始筹划拍摄一部以卫礼贤为主角的纪录片。[31]该纪录片于 2011 年完成拍摄，片名为《变易的智慧：卫礼贤与〈易经〉》（Wisdom of Changes - Richard Wilhelm and The *I Ching*）。[32]

卫礼贤在中德文化交流中，一直有着非常重要的地位和作用。在中国文化复兴的伟大时期，重新检视卫礼贤与以《易经》为代表的中国文化，是具有非常重要的意义的。

---

30 Bauer Wolfgang, Entfremdung, Verklärung, "Entschlüßelung: Grundlinien der deutschen Übersetzungsliteratur aus dem Chinesischen in unserem Jahrhundert" （Estrangement, Transfiguration, Decoding: Baselines of German Translations of Chinese Literature in our Century）, in *Martin und Eckardt*, 1993, p. 282.

31 Peggy Kames, "Der Sinologe Richard Wilhelm im Film - Bettina Wilhelm und ihr Projekt 'Wandlungen'", http://www.de-cn.net/mag/flm/de3515038.htm, accessed on April 4, 2012.

32 Martina Bölck, "Richard Wilhelm und das *I Ging* im Film", http://www.de-cn.net/mag/flm/de8494841.htm, accessed on April 4, 2012.

第五章　蒲乐道与《易经》研究

引言

据茹特（Richard Rutt）介绍，蒲乐道[1]（John Blofeld，1913-1987）为人和蔼，是一位英国佛教徒，他的大半生住在中国或中国周边地区（如泰国），践行中国宗教。他的《易经》译本颇具原创性，没有严格的学术性，但较忠实。他的《易经》译本影响也大，例如郝鹏（Peter Ten Hopen）就曾将其译为荷兰语，于 1971 年出版。[2]

5.1 蒲乐道《易经》译本结构

蒲乐道《易经》译本的体例如下：

第一部分是戈文达（Lama Anagarika Govinda）的"前言"。戈文达是德裔

---

1 国内学者一般将 John Blofeld 的名字音译为约翰·布劳菲尔德或约翰·布洛斐德。其实，他有中文名字，他曾著有中文著作《老蒲游记：一个外国人对中国的回忆》，1990 年出版于明报出版社，2008 年曾被李丹（Daniel Reid）译成英文出版，标题为 *My Journey in Mystic China: Old Pu's Travel Diary*，出版社为 Inner Traditions。关于他自己的中文名字在《老蒲游记》第 151 页中有一段说明：我少年时在英国，请一位温州同学李超英先生为我取一个中国姓名。温州人把 P 声读为 B 声。结果他以"蒲"字代 Blofeld 之 B，以"乐"代 lo，以"道"代 d，而把 fel 三个字母置之不理。这便是"蒲乐道"一名的由来。详见蒲乐道：《老蒲游记：一个外国人对中国的回忆》，香港：明报出版社，1990 年，第 151 页。戴镏龄在《英语教学旧人旧事杂记》一文曾提及蒲乐道。详见戴镏龄："英语教学旧人旧事杂记"，戴镏龄：《戴镏龄文集——智者的历程》，广州：广东人民出版社，2004 年，第 285-294 页。

2 Richard Rutt, p. 79.

印籍佛教学者，著有《易经的内在结构》（*The Inner Structure of the I Ching*，1981）一书，他自认为这是他平生最重要的著作。在这一"前言"中，戈文达认为，在这个世界上所有的伟大作品中，《易经》的地位是独特的，这不仅仅在于它是最古的书之一，而是在于它再现的世界观念迥异于人类早期历史中世界上任何其他地方，不管是东方还是其他地方都是如此，而且与它们并不矛盾。其原因就是，《易经》并不建基于任一宗教教义、神启或部落法则和民间故事，而是建基于对自然和人们生活的观察、宇宙法则和个人行为、自由意志和宿命间的互动。它不强调永恒（eternal，unchanging，immutable），将其视为人类的最高目标和理想，也不以其神性或永恒性而将其拟人化；与可疑价值短暂的和多多少少不真实的世界相反，《易经》是唯一一本古代智慧之书，它将"易"本身作为观察的中心，而将时间视为世界结构和个人发展的关键因素。《易经》的创始者们视"易"为事物的自然秩序，生命的自然本质。[3]他继续指出：

> 在《易经》这样的书中，我们首先要仔细研究它们所运用的语言，并尽力将其转化为我们这个时代的心理语言。这种语言与其说受制于我们赖以成长的宗教传统，还不如说受制于我们各自文明的历史背景。[4]

戈文达还指出，尽管《易经》从古代占筮活动中产生，但是另一方面也同等重要，这就是几千年以来它已从占筮之书转变为一种生命哲学，即易之法则的生成和定义。而且，《易经》以逻辑的方法将直觉和经验结合在一起，并将二者运用到特定的情境里，使我们能充分运用我们的理由，并让我们有自由和责任作出最终决定。正是这一点让《易经》上升到精神科学和生命哲学的层面，将其与纯粹的占卜系统区分开来，因为这种占卜系统剥夺了人的自由意志，无法影响预定的未来。[5]

戈文达将《易经》中创建象征系统的六十四卦（hexagram）类比为十进制中的"0"，因为"0"是数学得以发展的最重要的步骤之一，而六十四卦具有类似的作用，它们能够表示一系列的组合和变化，表示人类生命中所有状况的内在变化。[6]

3　Lama Anagarika Govinda, "Forword", in John Blofeld trans., *I Ching, The Chinese Book of Change*, London: Allen & Unwin, 1965. pp. 5-6.
4　Lama Anagarika Govinda, p. 6.
5　Lama Anagarika Govinda, pp. 6-7.
6　Lama Anagarika Govinda, pp. 7-8.

最后，戈文达向所有喜爱中国智慧的人推荐这部新译本，他认为没有人能如译者蒲乐道那般胜任这一翻译，因为蒲乐道的中文口语和书面语都非常好，很少西方人能达到这个程度，而且他还有个优势是，他完全熟悉各种各样的中国生活和文化。[7]

第二部分是译者"自序"。译者简要地说明了《易经》的内涵，即《易经》的作者们成功地将"易"本身分析成六十四个连续的过程，而每一个过程又分为六个阶段而相互影响；而且他们发明了一个方法，能将个人的事件与这些阶段和过程联系起来，以便能完全影响它们，这样就形成了一片钥匙，其后代就能解开未来之谜，决定最确定的方式与其普遍环境和谐相处。[8]

第三部分是"导论"。

第四部分是本书正文的"第一部分"（Part One），主要是解释《易经》这本书的，共分六章。第一章标题是"阅读《易经》的一种方法"（An Approach to the *Book of Change*）。第二章是"《易经》的背景"（The Background of the *Book of Change*）。第三章是"《易经》的象征基础"（The Symbolical Basis of the *Book of Change*）。第四章是"占筮方法"（The Method of Divination）。第五章是"诠释指南"（A Guide to Interpretation）。第六章是"用法总结"（A Summary of Instruction）。

第五部分是这部译著正文的"第二部分"（Part Two），主要是经传文的翻译，分上、下经和附言。

第六部分是"附录：帮助诠释的图表"（Tables and Diagrams for Assisting Interpretation）。

5.2 蒲乐道《易经》翻译例析

蒲乐道特别提到卫礼贤的《易经》译本，并将其与自己的译本进行了比较。他说，他翻译《易经》并不是为了与卫礼贤竞争，也不是卫礼贤译本的翻版；他译《易经》是基于一个与卫礼贤不同的目的。他的译本除了比卫礼贤的译本更短、更简单外，他自己认为与卫礼贤的译本比起来还有其他一些不同。一者，蒲乐道的译本中的"解释性章节"只涉及这本书许多维度中的一

7　Lama Anagarika Govinda, pp. 8-9.
8　John Blofeld, "Translator's Forword", 1965. in John Blofeld trans., *I Ching, The Chinese Book of Change*, London: Allen & Unwin, p. 10.

维，那就是占筮；而卫礼贤的译本在某种程度上说是一部教科书，说明经文是如何从卦图（symbolic diagrams）衍生而来的。另一个区别是，蒲乐道自己认为他的译文通常是可以理解的，而卫礼贤的译文中许多段落不可理解，例如"Someone does indeed increase him; ten pairs of tortoises cannot oppose it,"或"'Laughing words - ha ha!' Afterward one has a rule."等等。之所以译出让人如此难解的段落，要么是卫礼贤渴望完全忠实于原文，要么是卫礼贤没有理解这些段落。[9]当然，他也提到《易经》之所以难译，其文体风格是其中的一个主要因素，因为《易经》的语言非常简洁（terse），因此语义较模糊，翻译起来就有多种选择。[10]

国内因为史学学者林金水对蒲乐道《易经》译本的消极评价而对其译本似乎大都持否定态度。他说：

> 他（蒲乐道）的译文，尤其是那些占筮辞清楚明了，读者一看就能理解。然而译文却是不是可靠的，许多是凭着译者的猜测。按理说，布洛菲尔德（指蒲乐道）的译本应该是前几部译本的集大成，可是布氏没有做到这一点，他对前人的研究成果漠然置之。……布氏译本虽然后出，但未能超越前人，甚至更拙劣。因此，它与其他译本相比没有什么地位，最多只为现代占筮者提供方便。[11]

林金水举了几个译例来说明自己的这一结论。其中一例是《解卦·九四》爻辞"解而拇"，蒲乐道译为"a fumbled release"[12]，对此译文蒲乐道自己也感到不甚理想，因此他在注释中说：

> "A fumbled release" is the result of my attempt to make something of three Chinese words - "release" and "thumb"（or "big toe"）joined by a grammatical particle with various possible meanings. Whether my

---

9　John Blofeld trans., *I Ching, The Chinese Book of Change*, London: Allen & Unwin, 1965, p. 16-17.

10　John Blofeld trans., *I Ching, The Chinese Book of Change*, London: Allen & Unwin, 1965, p. 17.

11　林金水，"《易经》传入西方史略"，《文史》（第二十九辑），北京：中华书局，1988 年，第 380-381 页。

12　John Blofeld trans., *I Ching, The Chinese Book of Change*, London: Allen & Unwin, 1965, p. 166.值得说明的是，林金水是受席文（Nathan Sivin）的启发而提出这些问题的，林金水文中提到的问题均是席文提到的。见 Nathan Sivin, A Review on *The Book of Change* by John Blofeld, *Harvard Journal of Asiatic Studies*, Vol. 26,（1966），pp. 290-298 guess is right or not, the commentary on the line makes it clear that the omen is not a fortune one.[13]

　　上引引文解释了蒲乐道为什么将"解而拇"译为"a fumbled release"。首先他说明了自己的翻译是一种猜测，是他的一种尝试，试图从这三个中文字中读出点什么意思来，然后按语法规则将其结合在一起，以彰显这三个字可能的多重意思。我们认为这是无可厚非的，不必与卫礼贤的译文亦步亦趋。况且，卫礼贤的译文就一定译准确吗？卫礼贤将其译为"Deliver yourself from your great toe"[14]，意思是"将你自己从大拇指解脱出来"，其确切意义也是蛮费思量的。而且国内易学界对这一句的意思至今还无法统一，我们将整句爻辞一起来考虑：

　　高亨将这句爻辞译为：

[经意] 解，脱也；而，汉帛书《周易》作其，当从之。"拇"借为"罘"，谓法网也。朋，朋友。斯，于是也。孚，古俘字，谓捉得也。爻辞言：有人设网以捕兽，有大兽入网中，曳脱其网，有朋友来助，于是捉得之。此似记一古代故事。

[传解] 传所依经文与今本同。解，解开。而，汝也，你也。拇亦读为罘，谓法网也。斯，此也。孚，信也。爻辞对统治者言：解开汝之法网，以宽恕待人民，朋友至此亦信服之矣。[15]

　　李镜池则认为"解而拇"表示"懒动脚，不想走"，其中"解，同懈"。"而"为"其"，"拇，脚大趾，代表脚"，"朋至，获得朋贝，赚了钱"，"斯，则"，因此全句的意思是"商人赚了钱而懈怠不想走，结果被人抓了"。[16]

　　而黄寿祺、张善文则将这句爻辞解释为"九四，像舒解你大脚趾的隐患一样摆脱小人的纠附，然后友朋就能前来以诚信之心相应"。[17]

13 John Blofeld trans., *I Ching, The Chinese Book of Change*, London: Allen & Unwin, 1965, p. 166, n. 5.

14 Richard Wilhelm, *The I Ching, or Book of Changes*, rendered into English by Cary F. Baynes, 1989, p. 156.

15 高亨，《周易大传今注》，济南：齐鲁书社，1998 年，第 265 页。

16 李镜池，《周易通义》，北京：中华书局，1981 年 9 月第 1 版（2007 年 8 月第 6 此印刷），第 80 页。

17 黄寿祺、张善文，《周易译注》，上海：上海古籍出版社，2007 年，第 234 页。

这四位易学家是当代著名的易学家，对这句话的解释也难以统一，何况蒲乐道这一外国学者呢？我们觉得他的翻译不失为一种解释，可以参考，不似林金水所说的那样完全一无是处。

5.3 蒲乐道易学思想探析

能够体现蒲乐道的易学思想的主要是"导论"、解释性的章节以及经传文的翻译。首先，蒲乐道的《易经》译本主要是供占卜者使用的，这从他设置了六章来说明怎样使用《易经》来占筮这一点可以看出。[18]第二，蒲乐道的易学主张比较传统，他主张分传附经，例如他将《彖传》和《象传》均附在各卦的后面，而《文言》则附在乾坤两卦的后面，类似于《易经》通行本的编排。

试以《乾卦》的翻译为例来说明蒲乐道是怎样安排经传文的。先是卦名、卦画，然后是卦辞和爻辞，之后是《彖传》《象传》和《文言》。《文言》之后是"更深入的疏解"（Further Commentaries），这是《文言》的第二部分内容，所以只是乾坤两卦才有这部分内容。

表 5-1 中文《乾卦》与蒲乐道《易经》译本中《乾卦》译文的对照表

䷀乾。元亨利贞。 彖曰：大哉乾元，万物资始，乃统天。云行雨施，品物流行。大明终始，六位时成，时乘六龙以御天。乾道变化，各正性命，保合太和，乃利贞。首出庶物，万国咸宁。 文言曰："元者，善之长也，亨者，嘉之会也，利者，义之和也，贞者，事之干也。君子体仁，足以长人；嘉会。足以合礼；利物，足以和义，贞固，足以干事。君子行此四者，故曰：乾，元亨利贞。" [文言曰：]乾元者，始而亨者也。利贞者，性情也。乾始能以美利利天下，不言所利。大矣哉！大哉乾乎？刚健中正，纯粹精也。六爻发挥，旁通情也。时乘六龙，以御天也。云行雨施，天下平也。 初九：潜龙勿用。	Hexagram 1 Ch'ien The Creative Principle ䷀ **TEXT** The Creative Principle. Sublime Success! Persistence in a righteous course brings reward. 9 for the bottom place: the concealed dragon avoids action. 9 for the second place: the dragon is perceived in an open space; it is advantageous to visit a great man. 9 for the third place: the Superior Man busies himself the whole day through and evening finds him thoroughly alert. Disaster threatens - no error! 9 for the fourth place: leaping about on the brink of a chasm - no error! 9 for the fifth place: the dragon wings across the sky; it is advantageous to visit a great man. 9 for the top place: a willful dragon - cause for regret! 9 for all six places: a brood of headless dragons - good fortune!

---

18 John Blofeld trans., *I Ching, The Chinese Book of Change*, London: Allen & Unwin, 1965. pp. 21-81.

文言曰: 初九曰: "潜龙勿用。"何谓也? 子曰: "龙德而隐者也。不易乎世, 不成乎名; 遁世无闷, 不见是而无闷; 乐则行之, 忧则违之; 确乎其不可拔, 潜龙也。" [文言曰:]潜龙勿用, 阳在下也。潜龙勿用, 阳气潜藏。终日乾乾, 与时偕行。 九二: 见龙在田, 利见大人。 九三: 君子终日乾乾, 夕惕若, 厉, 无咎。 九四: 或跃在渊, 无咎。 九五: 飞龙在天, 利见大人。 上九: 亢龙有悔。 用九: 见群龙无首, 吉。	**COMMENTARY ON THE TEXT** Vast indeed is the sublime Creative Principle … **SYMBOL** This hexagram symbolizes … **THE WEN YEN COMMENTARY ON THE TEXT** The sublime is above all, that which … **FURTHER COMMENTARY** Whatever it … *The Lines* **9 FOR THE BOTTOME PLACE** The concealed dragon refrains from action. What does this signify? **THE WEN YEN COMMENTARY** According to the Master, this symbolizes someone dragon-like in his virtue … **FURTHER COMMENTARIES** (a) The concealed dragon refraining from action implies that …

从上表我们可以看出, 蒲乐道基本是按《易经》通行本进行翻译编排的。《易经》通行本中《文言》部分的编排本来比较混乱, [文言曰:]本来是编排在后面的, 没有跟"文言曰"下面的文字紧紧地编排在一起。为了阅读的便利, 蒲乐道将这一部分内容进行了调整, 他在注释中对此作了说明。[19]他将卦名"乾"译为"Ch'ien The Creative Principle", 应该借鉴了卫礼贤的翻译, 不过他没有像卫礼贤那样给出中文（如乾, *1.Ch'ien / The Creative*）。类似于理雅各, 他也将"经"翻译成"TEXT", 那么《象传》就自然译成了"COMMENTARY ON THE TEXT", 因为《象传》就是对《易经》经文进行阐释。《象传》《文言》依次被译为"SYMBOL"、"THE WEN YEN COMMENTARY ON THE TEXT"；《文言》有一部分在通行本中本来编排在后面, 蒲乐道将其进行了调整, 而直接放在"THE WEN YEN COMMENTARY ON THE TEXT"之后, 被命名为"FURTHER COMMENTARIES", 其实他们仍然是《文言》的一部分。蒲乐道这样做有他自己的考虑, 因为有时候他还插入了自己的一些说明性的文字在里面, 例如:

> **FURTHER COMMENTARIES** (*a*) The concealed dragon refraining from action implies that the life-sustaining force is still

---

19 John Blofeld trans., *I Ching, The Chinese Book of Change*, London: Allen & Unwin, 1965, pp. 89-90.

submerged.（b）This is indicated by the position of the line at the bottom of the hexagram.（c）A celestial dragon refraining from activity implies that the life-sustaining force lies hidden in the earth.（d）The activity of the Superior Man consists in accomplishing deeds of virtue. All day long he can be seen at work. Concealed means that his light is not yet seen, as his conduct has still to be perfected. That is his reason for refraining from activity.[20]

从这段文字，我们可以看到他将"阳气"译为"the life-sustaining force"，表示"维持生命的力量"，事实上将"阳气"一词的意义缩小了，而主要用来表示生物。再者，他在其中加入了一些自己的说明性文字，（a）、（c）和（d）前面的一部分我们均能在《易经·文言》中找到，分别表示"潜龙勿用，阳在下也"、"潜龙勿用，阳气潜藏"和"（君子）终日乾乾，与时偕行"，而其他一些文字则是蒲乐道自己的说明性文字了。后面译文的编排与此类似。

在"导论"部分，蒲乐道说自己翻译《易经》的目的是译出一部用尽可能简单的语言却能清晰地指导如何进行占筮。这样一来，讲英语的任何人，只要他想真诚而理智地研究它，就能将其作为绝对可靠的方法用来趋利避害。他接着说，当然这不是一本普通的命理书（fortune-telling book），用来预测未来并让我们不采取任何行动而被动地等待命运；事实上，《易经》这部书的作者们并不认为未来的事件不可改变，而倾向于让人遵循一般的趋势。它并没有严格的预言，它只根据对各种宇宙力量的相互作用的分析而提出建议，建议的不是什么会发生，而是根据或避免既定的事件应该采取什么措施。它有助于我们构建自己的命运，避免灾祸或使其最小化，从而使我们从任何可能的状况中都受益。总而言之，《易经》这本书是献给那些珍视德行与和谐而不是珍视利益的人的。[21]

---

20 John Blofeld trans., *I Ching, The Chinese Book of Change*, London: Allen & Unwin, 1965, pp. 86-87.

21 John Blofeld trans., *I Ching, The Chinese Book of Change*, London: Allen & Unwin, 1965., pp. 15-16.

小结

　　蒲乐道的《易经》研究在英语世界或西方世界，其突出意义就在于它并不是一种学术翻译，而是实用性翻译。国际著名科学史专家席文（Nathan Sivin，1931-）指出，蒲乐道的《易经》翻译是用于占卜的，而且他翻译《易经》是因为他觉得卫礼贤的《易经》翻译很多时候不清晰，不便于使用。[22]

　　他翻译时参考了很多当代易学家如李镜池、屈万里和高亨等的易学成果，这也是他的译本在 20 世纪后半叶能够与卫礼贤-贝恩斯译本和理雅各译本比肩的深层原因。因此，蒲乐道的译本在英语世界也就有了自己独特的地位。

---

22 Nathan Sivin, A Review on *The Book of Change* by John Blofeld, *Harvard Journal of Asiatic Studies*, Vol. 26（1966）, p. 290.

第六章　孔士特与《易经》研究

引言

孔士特（Richard Alan Kunst）的主要易学著作是他的博士论文，1985 年完成于加州大学伯克利分校。论文的标题是"原《易经》"（The Original *Yijing*: A Text, Phonetic Transcription, Translation, and Indexes, with Sample Glosses），主要包括摘要、序言、导论（Introductory Studies）、经文翻译、对《易经》经文的注释、附录以及参考文献。

在"摘要"中，他首先提到《易经》也叫《周易》[1]，在西方以 *Book of Changes* 之名为人所知，是中国古代最古老、最为人所知的文本之一。"原始"《易经》可追溯到中国有史以来最早的时期，即商晚期和西周，大约始于公元前第一个千禧年。它最初是以口述形式流传的，从预言集、俗语、历史传说和关于自然的智慧等集积，然后成为一册指南（manual），其框架就是卦，筮师依靠这些卦而用著草来占卜。这一指南到周朝越发普及，然后被记录下来，被人编辑，并且附上了许多详尽的注疏。到汉代时，它便成了一部更大、更复杂的作品，成为中国自然和伦理哲学家的灵感来源，以后也逐渐传入日本和欧洲。[2]

1　这种说明并不确切。准确地说，狭义上的《易经》才等同于《周易》，而广义上的《易经》除古经经文外还包括《易传》。

2　Richard Alan Kunst, "Abstract", in Richard Alan Kunst, The Original *Yijing*: A Text, Phonetic Transcription, Translation, and Indexes, with Sample Glosses, PhD. diss. in Oriental languages, University of California, Berkeley, 1985, p. 1.

在"序言"中，孔士特提到两件事情让学术界感到振奋，一是 20 世纪 70 年代令人炫目的考古发现，其中最重要的是 1973 年马王堆汉墓中出土的帛书《易经》；二是五四以来以顾颉刚、李镜池等为代表的现代"疑古思潮"的兴起。[3]这两件事让人们使得用新的眼光、新的方法从新的角度来研究《易经》成为可能。

孔士特之所以想从事"原《易经》"的工作，主要原因是以前的学者没有做过这种工作。国际上有名的两位《易经》译者理雅各和卫礼贤，他们都是很大程度上借重中国学者的易学研究才做好自己的翻译工作的，例如王韬之于理雅各，劳乃宣之于卫礼贤莫不如此。正因为如此，所以理雅各和卫礼贤的《易经》翻译都富有比喻意味而却没有传达多少对《易经》原始意义的思考。理雅各也明确表示，如果朱熹对其后的《易经》诠释的影响如此根本的话，那么他还不如干脆直接翻译朱熹、程颐或其他宋代学者的易学著作，而根本无需费神去考虑原始经文。[4]

6.1 孔士特易学研究的特点

孔士特的《易经》译著的第一个主要特点是，他充分借鉴了古今中外的相关著作，书后列出的参考文献凡 505 种。其中大部分是易学著作、《易经》译著以及古文字学著作，主要是中文、英文、德文、法文和日文著作。

孔士特征引的国外《易经》译著主要包括法国学者雷孝思、日本学者赤塚忠（Akatsuka Kiyoshi）、英国学者蒲乐道、法国学者哈雷兹（Charles Joseph de Harlez）、英国学者理雅各、英国学者麦丽芝、法国学者霍道生（P. L. F. Philastre）、前苏联学者舒茨基（Iulian K. Shchutskii）、中国学者沈仲涛（Z. D. Sung）、法国学者拉古贝里（Terrien de Lacouperie）、德国学者卫礼贤，将当时各种最具影响的《易经》译著均搜罗到手了。

国外学者的易学著作主要包括巴尔德（René Barde）的论文《〈易经〉数学起源的研究》（Researches sur les Origines Arithmetiques du *Yi-King*）、德国学

---

3 Richard Alan Kunst, "Preface", in Richard Alan Kunst, The Original *Yijing*: A Text, Phonetic Transcription, Translation, and Indexes, with Sample Glosses, PhD. diss. in Oriental languages, University of California, Berkeley, 1985, pp. iv, vii.

4 Richard Alan Kunst, "Preface", in Richard Alan Kunst, The Original *Yijing*: A Text, Phonetic Transcription, Translation, and Indexes, with Sample Glosses, PhD. diss. in Oriental languages, University of California, Berkeley, 1985, p. vi.

者孔好古（August Conrady）在《泰东》（*Asia Major*）上的《易经研究》（Yih-king-Studien）、艾约瑟（Joseph Edkins）发表在《中国评论》（*China Review*）上的系列易学论文、哈雷兹的易学论文《〈易经〉卦的象传》（Les figures symboliques du *Yi-king*）、《易经诠释》（L'interpretation du *Yi-king*）和《易经的起源：性质与诠释》（Le Text originaire du *Yih-king*, sa nature et son interpretation）、日本学者木田成之（Honda Nariyuki）的《作易年代考》、本田济的《易学：成立と展开》（Ekigaku: seiritsu to tenkai）、今井宇三郎（Imai Usaburo）的《乾坤》（Ken Kon no ni yo ni tsuite）、金谷治（Kanaya Osamu）的《易の话》（Eki no hanashi）、吉德炜（David N. Keightley, 1932-）的《释贞：对商代占卜之新假设》（Shih Cheng 釋貞：A New Hypothesis about the Nature of Shang Divination）[5]、高本汉（Bernhard Karlgren）的《〈周易〉是商代的遗产吗？》（Was the *Chou Yi* a Legacy of Shang?）、江亢虎（Kanghu Kiang）的英文论文《易经》（The Yi-ching or "The Book of Changes"）、金斯密（Thomas W. Kingsmill）的《易经的建构》（The Construction of the *Yih King*）、公田连太郎（Kōda Rentarō）的《易经讲话》（Ekikyō kōwa）、小岛祐马（Kojima Yūma）的《左传引易考证》、孔士特的系列易学会议论文、麦丽芝的易学论文、韦利（Arthur Waley）的《易经》（The Book of Changes）论文、马伯乐（Henri Maspero）对韦利和孔好古的《易经》论文的评论、卫德明的系列易学论文、铃木由次郎（Suzuki Yoshijirō）的《卦爻辞研究》（Ka kō ji kenkyu）、户田丰三郎（Toda Toyosaburō）的《易经注释史稿》（Ekikyō chūshaku shikō）、夏含夷（Edward L. Shaughnessy）的博士论文《〈周易〉的编纂》（Composition of the *Zhouyi*）及其他系列易学论文和唐力权（Lik Kuen Tong）的易学论文等。

　　孔士特征引的国内易学家中，古代的主要包括王弼、孔颖达、吕祖谦、朱熹、李鼎祚、李道平、李光地、阮元、惠栋、焦循、王引之、王夫之、俞樾；近现代的主要包括陈梦家、高亨、顾颉刚、郭沫若、胡朴安、黄庆萱、江绍原、李镜池、钱穆、屈万里、饶宗颐、尚秉和、宋祚胤、孙星衍、王国维、王力、闻一多、杨树达、于豪亮、于省吾、余永梁、张光直、张政烺、张立文等。语言学家或古文字学家主要包括《尔雅》和郝懿行的《尔雅义疏》、陆德

5　孔士特误认为这篇文章由高本汉所撰，经核实事实上是吉德炜所写。David N. Keightley, "Shih Cheng 釋貞：A New Hypothesis About the Nature of Shang Divination, paper presented at the annual conference of Asian Studies on the Pacific Coast, Monterey, CA, 17 June, 1972.

明的《经典释文》、顾炎武的《音学五书》中的《易音》、江有浩的《易经韵读》和《江氏音学十书》、李孝定的《甲骨文字集释》、丁福保的《说文解字诂林》、杨树达的《词诠》、周法高的《中国古代语法》和《金文诂林》、王力的《古代汉语》。由此可见孔士特对易学著作钻研之广之深！

第二个特点是，孔士特认为我们现在研究《易经》，关键是区分组成《易经》的不同层面。他将其宽泛地分为两个层面，最早的一层就是"经"；第二个层面就是"传"，也称为"翼"，这是后来逐渐附加上去的，大致的时间是从战国时期到汉代，"传"的主要目的就是解释"经"义。而他所谓的"原始"《易经》指的就是前一个层面，也是他论文研究和翻译的对象。形式上，今天看来这是预言、俗语、历史传说、自然智慧等的选集，它们以六十四卦为框架糅合在一起，每一卦均包含或阴或阳的六爻，因此就形成了"卦辞"和"爻辞"。[6]

第三个特点是，孔士特的《易经》研究和翻译深受"疑古派"思潮的影响。这直接反映在他的《易经》研究和翻译上，例如在判定《易经》的创作时代时他就直接引用了顾颉刚的《〈周易〉卦爻辞中的故事》一文，再佐以屈万里的《〈周易〉卦爻辞成于周武王时考》。通过"帝乙归妹"这一爻辞例子推定帝乙是商朝的国王，其统治时间约为公元前 1100-1181 年间，而《易经》也可能成于那个时间。[7]不过，著名历史学家郭沫若则认为《易经》不是西周时编定，而是战国前半期编定的，其理由当然是多方面的，不过从郭沫若的论证看，最主要的一点是"中行"二字在《易经》中多见，但是这两个字却初见于《左传》僖公二十八年："晋侯作三行而御狄。荀林父将中行，屠击将右行，先蔑将左行。"[8]。

有一点值得在此特别提出的是，孔士特专辟一章"《易经》与口传文学"（The *Yijing* and Oral-Formulaic Literature）来讨论《易经》与文学间的关系。这对西方易学家而言，尤为值得我们注意，因为西方学者鲜有从口传文学角度来研究《易经》的。当然，帕里（Milman Parry）和洛德（Albert Lord）提

6　Richard Alan Kunst, The Original *Yijing*: A Text, Phonetic Transcription, Translation, and Indexes, with Sample Glosses, PhD. diss. in Oriental languages, University of California, Berkeley, 1985, pp. 2-3.

7　Richard Alan Kunst, The Original *Yijing*: A Text, Phonetic Transcription, Translation, and Indexes, with Sample Glosses, PhD. diss. in Oriental languages, University of California, Berkeley, 1985, p. 6.

8　郭沫若，《郭沫若全集》（历史编第一卷），北京：人民出版社，1982 年，第 383 页。

出的"口传文学理论"[9]以及王靖献将这一理论运用到《诗经》的口传文学研究，再加上陈世骧对中国诗歌中"兴"之研究，无疑直接启发了孔士特从口传文学这一视角对《易经》的文学特质进行研究。

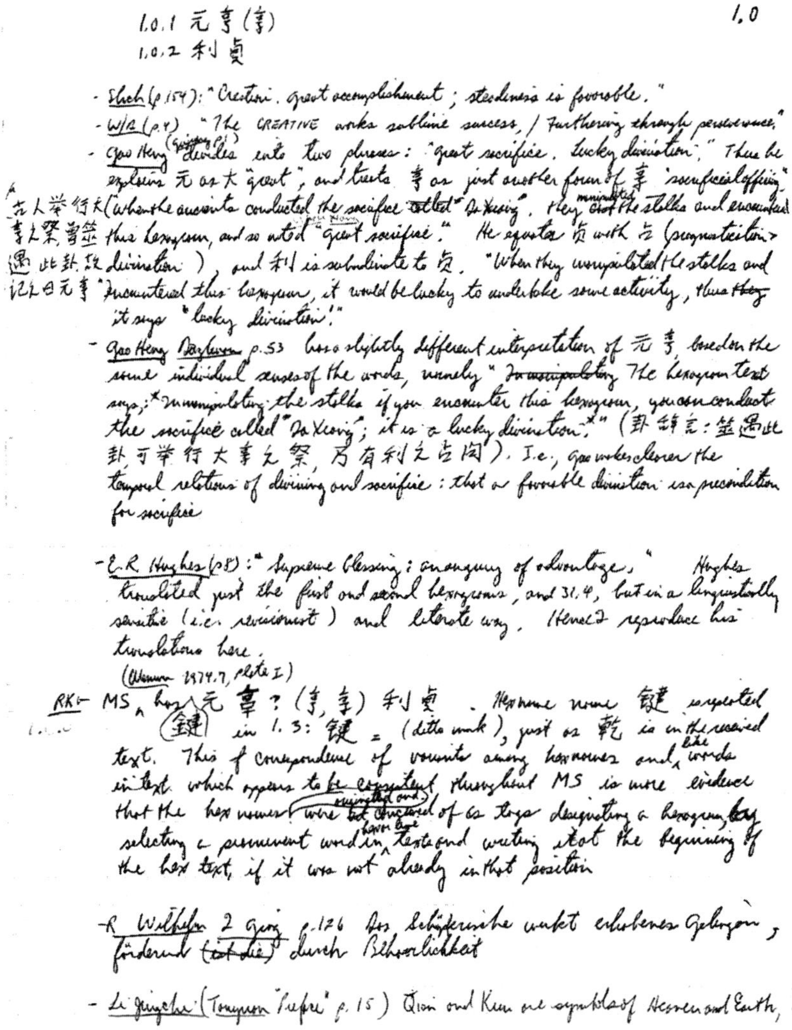

图6-1 孔士特研究并翻译《易经》时所作笔记手稿影印件[10]

9　John Miles Foley, *The Theory of Oral Composition: History and Methodology*,
　　Bloomington and Indianapolis: Indiana University Press, 1988.也可参见 Albert Bates
　　Lord, *The Singer of Tales*, Atheneum, 1974.

10　详见 http://www.humancomp.org/ftp/yijing/yi_hex01.pdf。如果要阅读孔士特所作关
　　于六十四卦的笔记，请参阅 http://www.humancomp.org/ftp/yijing/yi_hex.htm。这样
　　的笔记孔士特共记了 779 页。

首先他指出《易经》与西周其它知名典籍如《诗经》一样，在同样的社会和宗教环境中得以逐步形成。不过这两部典籍一般不放在一起进行讨论，因为《诗经》属于文学，而《易经》属于哲学。[11]

孔士特也指出，这两部经典有许多共同特点。尤其是它们二者都是早期中国的口传文学。如果我们认为《易经》形成的方式与《诗经》类似的话，那么我们可以更好理解卦和爻的制作——为什么一个卦内有着共同因素的难解语词在爻辞中总是成群出现。自从韦利（Arthur Waley）的《诗经》（*The Book of Songs*）翻译、陈世骧的《诗经》研究[12]、尤其是王靖献（C. H. Wang）关于《诗经》的博士论文《钟与鼓：〈诗经〉的套语及其创作方式》[13]之后，《诗经》作为口传诗歌的根本特征是它仰赖于歌咏者将许多常备的（stock）程式（formula）和主题巧妙地编织在一起，就如荷马的《伊利亚特》、盎格鲁-撒克逊史诗《贝奥武夫》或英国的民间叙事歌谣（ballad），这样的研究近来为人所熟知。适用于《诗经》的口传程式诗学理论同样也适用于《易经》。因此，孔士特指出，如果我们能够更好地理解《易经》中的晦涩意象，那么甚至可能有助于阐明《诗经》本身丰富的象征和意象。[14]

同样需要注意到的是，正如闻一多、高亨和其他学者所指出来的那样，那些传统上用来指涉"卦辞"和"爻辞"或"卦爻辞"的词汇，表示"民歌"（folk-song）或"歌谣"（chant）之意。而且，在中国将歌和诗用于占卜这一传统起源很早。不管是内部的还是外部的，历史的还是比较民族志的（comparative ethnographic），很多证据都支持这样一种看法，即作为占卜选集（divinatory anthology）的《易经》几乎与《诗经》一样深深地根植于

---

11 Richard Alan Kunst, The Original *Yijing*: A Text, Phonetic Transcription, Translation, and Indexes, with Sample Glosses, PhD. diss. in Oriental languages, University of California, Berkeley, 1985, p. 62.

12 Shih-hsiang Ch'en, "The *Shih-ching*: Its Generic Significance in Chinese Literary History and Poetics," *Bulletin of the Institute of History and Philology, Academia Sinica* 39（1969），pp. 371-413（repr. in *Studies in Chinese Literary Genres*, ed. Cyril Birch, Berkeley: University of California Press, 1974, pp. 8-41.中文见陈世骧，"原兴：兼论中国文学特质"，见陈世骧，《陈世骧文存》，第142-178页。

13 C. H. Wang, *The Bell and the Drum: Shih Ching as Formulaic Poetry in an Oral Tradition*, Berkeley: University of California Press, 1974.

14 Richard Alan Kunst, The Original *Yijing*: A Text, Phonetic Transcription, Translation, and Indexes, with Sample Glosses, PhD. diss. in Oriental languages, University of California, Berkeley, 1985, pp. 62-63.

歌的传统。[15]

孔士特还区分了文学之象（literary images）和《象传》之象（Xiang Commentary）。《象传》之象指的是卦图（hexagram-pictures），而兆象之象征与文学之象的象征之间并无严格的分界线，这在《诗经·国风》中的"兴"中尤为明显。他举了《诗经·国风·邶风·燕燕》为例来说明。他也指出洛德关于荷马史诗中主题的"超意义"也非常适用于《诗经》和《易经》中所折射的中国古代口传文学的传统。因此他提出的一个假设是，《易经》卦爻辞中被称之为"象"的零碎语词和短语可能是类似于那些保存在《诗经》中熟悉的歌谣（songs and ryhmes）。[16]

孔士特发现《诗经》中的许多诗歌都有叠句（incremental repetition）的现象，例如《诗经·国风·周南·麟之趾》；而《易经》爻辞中也有很多类似的叠句现象，例如《易经·遯卦》中的"遯尾、系遯、好遯、嘉遯、肥遯"：

初六　遯尾，厉。勿用有攸往。

六二　执之用黄牛之革，莫之胜说。

九三　系遯，有疾厉。畜臣妾吉。

九四　好遯，君子吉，小人否。

九五　嘉遯。贞吉。

上九　肥遯。无不利。

这是一卦之内出现的叠句现象；还有跨卦叠句的，例如《坤卦》初六中的"履霜"、《履卦》卦辞中的"履虎尾"、爻辞九二"履道"和爻辞九四"履虎尾"等。[17]

孔士特的结论是，《易经》中每一卦的爻辞中所发现的"象"与《诗经》的程式和主题密切相关，尤其与《诗经》"兴"体诗歌中的"启悟式"（inspiring）兆象（omen-images）密切相关。并且，每一卦中爻辞间的兆象变体可能源自兆象作为这些变体之目录的功能，这些变体在诗歌中以叠句的形

---

15 Richard Alan Kunst, The Original *Yijing*: A Text, Phonetic Transcription, Translation, and Indexes, with Sample Glosses, PhD. diss. in Oriental languages, University of California, Berkeley, 1985, pp. 63-65.

16 Richard Alan Kunst, The Original *Yijing*: A Text, Phonetic Transcription, Translation, and Indexes, with Sample Glosses, PhD. diss. in Oriental languages, University of California, Berkeley, 1985, pp. 67-72.

17 Richard Alan Kunst, The Original *Yijing*: A Text, Phonetic Transcription, Translation, and Indexes, with Sample Glosses, PhD. diss. in Oriental languages, University of California, Berkeley, 1985, pp. 72-75.

式出现于诗节（stanza）间。他举了《诗经·鄘风·墙有茨》和《易经·蒙卦》为例说明《诗经》与《易经》在这一方面的相似[18]：

表 6-1 《诗经·鄘风·墙有茨》和《易经·蒙卦》句式结构比较

诗经·鄘风·墙有茨	易经·蒙卦
埽茨[19] 襄茨 束茨	发蒙 包（抱）蒙 困（捆）蒙 击蒙

孔士特指出，如果从句法看，谁能分出上表中哪是出自《诗经》，哪是出自《易经》呢！[20]

6.2 孔士特易学研究的贡献

对于《易经》语言的详尽分析无疑是孔士特易学研究的一大特点，也是他对西方易学研究的一大贡献。这部分共有三节，第一节是"今天阅读《易经》：字形和音韵问题"（Reading the Text Today: Graphic and Phonological Problems），第二节是"经文的语言"（The Language of the Text），第三节是"一些重要词条"（Some Important Lexical Items）。

在第一节中，孔士特指出，通常认为今天《易经》通行本不是西周人们所熟知的内容完整而结构严密的原始《易经》；但事实上不是这么回事，所有的证据都证明这样一个事实，即《易经》在许多个世纪的流传中，至少与其他类似的古代文本一样精确，甚至可能更精确一些。1973 年马王堆出土汉墓中发掘的

---

18 Richard Alan Kunst, The Original *Yijing*: A Text, Phonetic Transcription, Translation, and Indexes, with Sample Glosses, PhD. diss. in Oriental languages, University of California, Berkeley, 1985, pp. 79-80.

19 《诗经·鄘风·墙有茨》的原文为"有茨，不可埽也。中冓之言，不可道也。所可道也，言之丑也。墙有茨，不可襄也。中冓之言，不可详也。所可详也，言之长也。墙有茨，不可束也。中冓之言，不可读也。所可读也，言之辱也。"孔士特对其句式进行了抽绎，遂成为了"埽茨、襄茨和束茨"以与《易经·蒙卦》中的"发蒙、包蒙、困蒙和击蒙"进行句式比较。

20 Richard Alan Kunst, The Original *Yijing*: A Text, Phonetic Transcription, Translation, and Indexes, with Sample Glosses, PhD. diss. in Oriental languages, University of California, Berkeley, 1985, p. 80.

易类文本就证明这一观点的可靠性。有两个因素似乎使得《易经》成为一个特殊例子，也说明《易经》比《诗经》或其他汉代之前的类似古代文本更为古老（archaic）。第一，作为占筮之书，它不象许多儒家文本那样毁于秦火，因此秦亡汉兴之后无需对其进行重构；加上《易经》和《诗经》等多为口传文学，所以文中存有许多假借字（phonogram）与谐声字（homonym），随着书写文字逐渐形成并成为交流工具，书写文字便开始被用于向读者传授他们以前所不知道的信息。为了不让读者误解作者的意图，关键的是，不仅要写出"兑"，而且还要能写出"悦"、"脱"、"蜕"、"说"等字。在战国时期或汉代，缮写员（scribe）开始着手汉字书写的现代化，在句意含混的许多篇章添加清晰的句法要素以使语言便于理解。如果缮写员对其诠释没把握，那么他就会在可疑的篇章中谨慎地照抄原文中的字符（graph）；或更糟糕的是，他写出一个新的任意的"借词"（loan）让读者去猜测。许多世纪过去了，越是语义不明的段落，越有可能保留原来古老的形式。每一部古代文献均有一些古老而语义不明的字符，孔士特将其称之为"protograph"[21]（初形）。[22]

　　《易经》中频繁出现的古老字形也提出了一个标音（phonetic transcription）的理论问题。简而言之，古代典籍是否该按照表面字形用标准现代汉语（Modern Standard Chinese，简称MSC）发音来读，而无视这些词的具体所指；或用实际词汇所代表的标准现代汉语（MSC）的发音来读。他举例说"車"读作"ju"而不是"che"，"角"读为"jue"而不是"jiao"就更押韵，所以他倾向于给《易经》中的词汇标上重构之后的古汉语拼音，再附上现代汉语的字形并在前面用"*"标示。[23]

　　在其博士论文的第二大部分中重构的文本中，孔士特的另一个主要目标

21　Richard Alan Kunst, *The Original Yijing*: A Text, Phonetic Transcription, Translation, and Indexes, with Sample Glosses, PhD. diss. in Oriental languages, University of California, Berkeley, 1985, pp. 84-85；高本汉称"protograph"为 short forms 和 primary forms，吉德炜称之为 primary graphs，而郭沫若则称之为"初形"。详见 Richard Alan Kunst, *The Original Yijing*: A Text, Phonetic Transcription, Translation, and Indexes, with Sample Glosses, PhD. diss. in Oriental languages, University of California, Berkeley, 1985, p. 85.

22　Richard Alan Kunst, *The Original Yijing*: A Text, Phonetic Transcription, Translation, and Indexes, with Sample Glosses, PhD. diss. in Oriental languages, University of California, Berkeley, 1985, pp. 82-87.

23　Richard Alan Kunst, *The Original Yijing*: A Text, Phonetic Transcription, Translation, and Indexes, with Sample Glosses, PhD. diss. in Oriental languages, University of California, Berkeley, 1985, pp. 87-89.

是建立《易经》的音韵系统。对于古汉语中两个音节韵部（syllable-final category）间可接受的韵，孔士特指出他的标准总是看韵部在《诗经》中是否押韵。[24]

　　孔士特在第二节主要讨论了《易经》经文语言方面的问题，包括句法（syntax）、修饰（modification）、词缀（affixation）、替换（substitution）、数量和计量单位（number and units of measure）、关联词和其他功能词（relational particles and other function words）、否定词（negation）、疑问词（interrogatives）、副词和其他助动词（adverbs and other verbal auxiliaries）和双声叠韵（reduplication）。[25]

　　而在第三节中，孔士特主要探讨了一些重要的词条，如"孚"、"悔"、"吉"、"咎"、"利"、"厉"、"吝"、"亡"、"享/亨"、"凶"、"用"、"有"、"元"、"贞"和其他显著的词汇用法等。[26]

　　孔士特所著的《易经》著作还有另一贡献，那就是他著作中附录所载的统计资料。这一点，谢向荣曾在文章中专门提及，他说孔士特的博士论文附录中所载的统计资料，并以电脑之数位检索为辅，对《周易》全经的卦爻辞所宏观分析，实有助于研究断占辞在"象"、"辞"间的吉凶特征与内在规律，藉以判断各存异断占辞之正误，省却统计分析之劳。[27]

6.3　孔士特《易经》翻译特点及其国际地位

　　孔士特的《易经》翻译在《易经》西传史上有特殊地位，其翻译方法迥异于其他翻译家的方法，如图 6-2 的书影所示：

24　Richard Alan Kunst, The Original *Yijing*: A Text, Phonetic Transcription, Translation, and Indexes, with Sample Glosses, PhD. diss. in Oriental languages, University of California, Berkeley, 1985, p. 90.

25　Richard Alan Kunst, The Original *Yijing*: A Text, Phonetic Transcription, Translation, and Indexes, with Sample Glosses, PhD. diss. in Oriental languages, University of California, Berkeley, 1985, pp. 95-151.

26　Richard Alan Kunst, The Original *Yijing*: A Text, Phonetic Transcription, Translation, and Indexes, with Sample Glosses, PhD. diss. in Oriental languages, University of California, Berkeley, 1985, pp. 151-215.

27　赵伯雄、周国林、郑杰文等编，《古籍整理研究与中国古典文献学学科建设国际学术研讨会论文集》，山东大学文史哲研究院古典文献研究所，2009 年，第 336-337 页。孔士特的博士学位论文请见 Richard Alan Kunst, "The Original Yijing: A Text, Phonetic Transcription, Translation and Indexes, with Sample Glosses." Ph.D. dissertation in Oriental Languages: University of California at Berkeley, 1985. pp. 488-603.

　　孔士特分别于 1980 年和 1983 年两次来华从事易学研究。在华居留期间，他曾请一批易学家和语言学家为他用标准现代汉语语音（MSC）大声朗读《易经》，包括国内的王力、高亨、周祖谟、陆宗达、杨伯峻、潘允中、张岱年和楼宇烈等，还有居停美国的李方桂、周法高、朱德熙和李学勤等。再加上他对《易经》中字词古音的辨识。因此，他的《易经》译稿中给每一个字均标上了现代汉语读音及其古音。另外，他还标注了哪些字在古音中是押韵的，例如"龙"的古音"liung"和"用"的古音"diung"属于同一韵部（syllable-final），他在中文旁边用下标的 A 表示，如"ₐ"，如果有多个韵部，则继续使用"ᴮ"、"ᶜ"等区别性标示，依此类推。

　　第二，孔士特用 x.0 来表示卦辞，如《易经·乾卦》卦辞便表示为"1.0 乾元亨（享）利贞"，而在爻辞前分别用 x.1、x.2、x.3……x.6 来表示，例如《乾卦》初九便标示为"1.1 A submerged dragon. Don't use（the outcome of this determination）"，而《乾卦》用九则标示为"1.7 See a group of dragons without heads: auspicious"。这样做也存在不利之处，因为如果我们只看译文的话，就不知道某一爻到底是阴爻还是阳爻。不过，孔士特译文的前面有中文，所以不至于让读者误会。不失为一种较为便捷的处理方法，而且使译文看起来相对显得简洁。试比较理雅各和卫礼贤的处理方法便可见出其优劣。以《易经·乾卦》和《易经·坤卦》为例，理雅各将"初九"和"初六"分别译为"1. In the first（or lowest）line, undivided"和"1. In the first line, divided"，将"用九"和"用六"分别译为"7.（The lines of this hexagram are all strong and undivided, as appears from）the use of the number nine"和"7.（The lines of this hexagram are all weak and divided, as appears from）the use of the number of six"，主要是从其爻位和卦形的角度来翻译；而卫礼贤则将"初九"和"初六"分别译为"Nine at the beginning"和"Six at the beginning"，将"用九"和"用六"分别译为"When all the lines are nines"和"When all the lines are sixes"，主要从爻位的角度进行翻译。

240

241

1. Qián 乾

1.0 乾元亨（享）利贞
Qián (*G'ian) yuán (hēng:) xiǎng (*X̌iang) lì zhēn (*ti̯ĕng)
grand/treat/favorable/determination

初九潜龍ᴀ勿用ᴀ
1.1 qián lóng (*li̯ung) wù yòng (*di̯ung)
submerged/dragon/don't!/use

九二見龍在田ʙ利見大人ʙ
1.2 jiàn lóng zài tián (*d'i̯en) lì jiàn dà rén (*ńi̯ĕn)
see/dragon/in/field/favorable/see/big/man

九三君子終日乾乾夕惕若厲无咎
1.3 jūnzǐ zhōng rì qián-qián (*g'i̯an-g'i̯an) xī tì (*t'iek) ruò lì wú jiù
noble/end/day/vigorous/night/wary/-like/threatening/no/misfortune

九四或躍在淵ʙ无咎
1.4 huò yuè zài yuān (*·iwen) wú jiù
some/leap/in/deep/no/misfortune

九五飛龍在天ʙ利見大人ʙ
1.5 fēi lóng zài tiān (*t'ien) lì jiàn dà rén (*ńi̯ĕn)
fly/dragon/in/sky/favorable/see/big/man

上九亢（坑）龍有悔ᴄ
1.6 (kàng:) kēng lóng yǒu huǐ (*X̌mwəg)
gully/dragon/there be/trouble

用九見群龍无首ᴄ吉
1.7 jiàn qún lóng wú shǒu (*śi̯ôg) jí
see/group/dragons/no/heads/auspicious

1. Qián

1.0	Grand treat. A favorable determination.
1.1	A submerged dragon. Don't use (the outcome of this determination).
1.2	See a dragon in a field: it will be favorable to see a big man.
1.3	Nobles throughout the day are "g'ian-g'ian" vigorous, but at night they are wary. Threatening, but there will be no misfortune.
1.4	Or it leaps in the deep: no misfortune.
1.5	A dragon flying in the sky: it will be favorable to see a big man.
1.6	A dragon in a gully: there will be trouble.
1.7	See a group of dragons without heads: auspicious.

图 6-2 孔士特所译《易经·乾卦》书影

第三，孔士特的翻译方法是，先将汉字的音标注出来，有古音的则还在括号中标注古音；然后对应每一个汉字下面译出其英文，例如：

1.0 乾元亨（享）利贞
Qián (*G'ian) yuán (hēng:) xiǎng (*X̌iang) lì zhēn (*ti̯ĕng)
grand/treat/favorable/determination

在此基础上，将一个一个的英语词汇按英文的语法和句法串起来，组织成地道的英文句子。例如，这一句组织好后之后就成了"Grand treat. A favorable determination."。可以说，孔士特正式《易经》译文前一页的逐字解释和注音与正式译文是一个整体，缺一不可。从总体上讲，孔士特的译文是通顺而流畅的，当然也有个别句子似乎让人不好理解，例如《乾卦》九三"君子终日乾乾夕惕若厉无咎"，孔士特的翻译是"Nobles throughout the day are 'g'ian-g'ian' vigorous, but at night they are wary. Threatening, but there will be no misfortune."其中的"g'ian-g'ian"如果单独看的话，便让人无法理解；当然，不过结合上下文，我们可以知道，这里表示的是"乾乾"；尽管如此，事实上我们对此还是不能很好地理解，从句意上看，"g'ian-g'ian"修饰的是"vigorous"，应该表示其程度，轻重如何我们却不得而知了。

孔士特以"古音"来标注《易经》字词的读音，并尽力用该字词原来的意义（或可称之为"古意"），无疑对于理解《易经》具有特殊的意义。陆机《文赋》"其为物也多姿，其为体（变）也屡迁；其会意也尚巧，其遣言也贵妍"中，乍看起来似乎"姿"为名词，而"迁"为动词或至多为动名词。陈世骧（Shih-Hsiang Chen）曾指出这可能是错的：

> 恐怕只是照我们今日的语法观念和读文习惯说。……古人的语法，不能以我们今日的辞类形式观念——特别是受了西洋本质不同的字例文法影响的——来衡量。尤其因为古来的字，经过长时的应用，和各种复词的结合，常失掉其本身原来单独的意义。[28]

陈世骧能指出这个问题，是因为陈世骧深受中国传统文化及文论的影响，同时陈世骧又在美国加州大学伯克利分校任教，可以说是深谙中西思维的异同，所以对中国语体文自有一番切身体认；而孔士特作为一位美国人，能在理解和翻译《易经》时体会到我们应该用"古音"去读《易经》，用"古意"去理解《易经》，殊属难能可贵！他在其博士论文中，经常征引高本汉（Bernhard Karlgren）和陈世骧的著作，可见他深受这两位学者的影响，而且也服膺其学说。

小结

综上所述，孔士特的易学研究在英语世界的易学研究界具有相当重要的地位，是因为他的易学研究有自己的特色。一是他认为研究《易经》，关键的是区分组成《易经》的不同层面。二是他的《易经》研究和翻译深受"疑古派"思潮的影响。三是孔士特在《〈易经〉与口传文学》（The *Yijing* and Oral-Formulaic Literature）这一章中专门来讨论《易经》与文学间的关系，而且还区分了文学之象（literary images）和《象传》之象（Xiang Commentary），同时他也发现《易经》与《诗经》一样，都有叠句（incremental repetition）的现象，就像诗歌一般，这就说明《易经》和《诗经》之间有着较为紧密的亲属关

---

28 陈世骧，"姿与GESTURE——中西文艺批评研究点滴"，见陈世骧，《陈世骧文存》，沈阳：辽宁教育出版社，1998年，第25页。

系。孔士特也指出,《易经》中每一卦的爻辞中所发现的"象"与《诗经》的程式和主题密切相关, 尤其与《诗经》"兴"体诗歌中的"启悟式"(inspiring)兆象(omen-images)密切相关。并且, 每一卦中爻辞间的兆象变体可能源自兆象作为这些变体之目录的功能, 这些变体在诗歌中以叠句的形式出现于诗节(stanza)间。

尤其值得一提的是, 对于《易经》语言的详尽分析无疑也是孔士特易学研究的一大特点, 也是他对西方易学研究的一大贡献。

第七章　夏含夷与《易经》研究

引言

美国汉学界对《易经》的研究由来已久而且成果丰硕。《易经》在美国的真正影响始于 1950 年贝恩斯夫人将卫礼贤德译《易经》转译为英语的英译本的出版发行，随后更是出现了一批高质量的《易经》翻译，产生出一批批有影响的易学家，如孔士特（Richard A. Kunst）、林理彰（Richard J. Lynn）、韩子奇（Tze-ki Hon）、司马富（Richard J. Smith）等[1]和雷文德（Geoffrey P. Redmond）等。夏含夷（Edward L. Shaughnessy）同样是一位杰出的易学研究专家，他对易学的海外传播和中西易学研究的交流起到了承上启下的作用，并被国际易学界同仁所推崇。

美国生物医学研究专家雷文德研读《易经》多年，与美国华裔易学家和中国史专家韩子奇曾合著《讲授〈易经〉》。2017 年雷文德出版译著《易经》，书中可见他对美国著名易学家、中国史学家夏含夷易学著作的征引。例如他在注释中提到，对于王家台秦简、上博楚简和马王堆帛书的重要性，可以参考夏含夷的著作《出土〈易经〉：新出土竹简〈易经〉与相关文本》和译著《易经》[2]。他为什么如此推崇夏含夷呢？原因就在于，夏含夷的易学研究和易学论著水平很高，在国际易学界享有很高的学术声誉。

1　李伟荣，"20 世纪中期以来《易经》在英语世界的译介与传播"，《燕山大学学报》（哲学社会科学版），2016 年第 3 期，第 87-95 页。

2　Geoffrey P. Redmond trans. *The I Ching（Book of Changes）: A Critical Translation of the Ancient Text*, 2017: XVIII.

本章拟探讨夏含夷帛书《易经》翻译实践对于典籍翻译的启示意义。具体来说，本章主要梳理和论述了夏含夷研究《易经》的学术准备、他对新出土《易经》文字资料的利用和研究、夏含夷帛书《易经》的翻译实践和翻译思想等重要问题。夏含夷成功的帛书《易经》翻译实践与研究成就可以进一步加强和拓展对我国《易经》研究的阐发，而且也为中国文化典籍外译提供了很好的方法和视角，这对于推动中国文化国际影响力有着重要的启发意义。

7.1 夏含夷研究《易经》的学术准备

夏含夷易学研究的学术准备主要体现在两方面，一是他求学中学习到《易经》并一直关注中国易学的发展以及与《易经》相关的考古进展，二是他与中国当代易学家和西方中国思想史专家保持着直接的学术交往。

夏含夷的易学研究渊源有自。1974 年，夏含夷大学毕业后到台湾师从爱新觉罗毓鋆读《周易》《老子》和《庄子》等"三玄"，研习中国古代思想史，觉得《周易》最有意思。1978 年回美国，师从倪德卫（David S. Nivison, 1923-2014）。他本决定撰写与《周易》相关的博士论文，但因倪德卫的研究兴趣而将自己的研究兴趣从哲学研究转到了历史研究和语言问题的研究上，而且开始认识到历史问题和语言问题可能比纯粹的哲学问题更有意思。后来博士论文还是关于《周易》，不过已从研究哲学问题转到了历史问题上，主要研究《易》的起源及其初始意义，阐述了商周卜筮方法，并分析了《周易》卦爻辞的基本构造。由于他自认为未能通读那一时期的文字史料，研究内容自然欠缺完备，因此该论文一直没出版。[3] 尽管他的研究兴趣时有转变，但是他坚持认为，研究中国古代文化史应该秉承王国维所提倡的"二重证据法"，传统文献和出土文字资料应该有平等的价值。[4]

夏含夷与国内史学、易学、简帛研究和中国古文字研究方面的学术交往非常密切，其中首推爱新觉罗毓鋆，因为夏含夷跟随毓鋆学习《易经》好几年，是毓鋆近百洋弟子中的佼佼者；洋弟子跟随毓鋆学习，一字一句都要理解[5]，这一学习方法后来直接用到了他们的研究和翻译中，例如夏含夷翻译的

---

3 夏含夷，《古史异观》，上海：上海古籍出版社，2005 年，第 1-3 页。

4 夏含夷，《古史异观》，上海：上海古籍出版社，2005 年，第页。

5 许仁图，《一代大儒爱新觉罗·毓鋆》，上海：上海三联书店，2014 年，第 101-104 页。

帛书《易经》便是一字一句对应翻译的[6]。

其次是张政烺，尤其是张政烺在帛书《易经》和数字卦方面的研究对夏含夷的研究具有重要的启示意义。张政烺在易学研究方面的文章共有六篇，其中三篇与帛书《易经》有关，三篇与数字卦有关，他身后更是留下了一部《马王堆帛书〈周易〉经传校读》，由其学生李零整理出版。张政烺的易学研究成果开启了国际易学研究的新篇章，夏含夷的易学研究也受到他的影响。夏含夷与张政烺的学术交往始于20世纪80年代前后，二人多次在关于西周史和古文字学的会议上交流，例如1982年9月在美国檀香山召开的"文化国际讨论会"和1984年10月在河南省安阳召开的"全国商史学术讨论会"便是如此。夏含夷对张政烺的研究极为重视，1980年张政烺的学术论文《试释周初青铜器铭文中的易卦》甫一发表便由美国学术刊物《古代中国》（*Early China*）在1980-1981年的合刊上发表了译文，1983年夏含夷在其博士论文中就直接征引了张政烺的这一卓越成果[7]。

夏含夷同时也与李学勤、裘锡圭、程章灿、陈松长、陈鼓应和李零等国内著名学者有深度学术联系。这些学者大部分都由他请到芝加哥大学东亚系进行过合作研究或开设相关课程。例如陈松长就由夏含夷邀请到芝加哥大学开设了有关简帛和马王堆汉墓出土文物等方面的课程，夏含夷也与其进行了深入的学术交流。[8]另外，夏含夷每年有几次到中国境内参加学术会议，与国内史学、易学、简帛研究和古文字学研究的专家们有着较多学术交往。这一切都能够让夏含夷及时了解国内的研究动态和考古新发现，从而促进其翻译和研究。

而国外学者中，他认为吉德炜、鲁惟一（Michael Loewe，1922-）和倪德卫对他学术上的帮助是最大的。他的专著《出土〈易经〉》（*Unearthing the changes: recently discovered manuscripts of the Yi Jing（I Ching）and related texts*）直接题献给这三位学者，并且引述《论语》中的名言"三人行必有我师焉"

6　Edward L. Shaughnessy trans., *I Ching: the Classic of Changes, the First English Translation of the Newly Discovered Second Century B.C. Mawangdui Texts, Classics of Ancient China*. New York: Ballantine Books, 1996: 38-279.

7　Edward L. Shaughnessy, *The Composition of the Zhouyi*. Unpublished PhD. Dissertation, Stanford University, 1983: 364.

8　2017年10月，在湖南大学岳麓书院的一次会议结束后，陈松长教授与本人交流时，他谈到夏含夷以及他在芝加哥大学开课的事情。

来指明他们三人对他学术上的贡献[9]。其中，倪德卫是他的博士导师，中国古代史、甲骨文和金文专家；吉德炜尽管是加州大学伯克利分校的甲骨文专家，但是他们一起上了倪德卫开设的金文课，算是同学，也是研究同道；而鲁惟一则是他学术上的合作伙伴，他们共同主编了《剑桥中国古代史》（*The Cambridge History of Ancient China: From the Origins of Civilization to 221 BC*）。

这两方面都极大地有助于夏含夷及时掌握中国古代史、易学、简帛研究和古文字研究方面的学术动态，加深他与这些杰出学者在学术方面的直接交流，尤其是出土文献对于他深入研究相关问题提供了多方面的帮助，因为夏含夷的研究兴趣之一就是利用出土文献来解决传世文献上的某些老问题。

7.2 夏含夷的易学研究

夏含夷的主要研究范围是周代文化史，尤善周代出土文字资料，从西周甲骨文和铜器铭文到战国竹帛写本都是其研究范畴；同时，夏教授还对当时传世文献，尤其是《周易》《尚书》和《诗经》非常感兴趣，提倡将出土文字资料和传世文献联系起来互相诠释、相互印证。有关《易经》研究，他有三部著作，一是博士论文《〈周易〉的编纂》，未出版；二是帛书《易经英译》，1996年出版；三是《出土〈易经〉》，它主要是把散见于各种学术刊物的易学论文积集而成的，并于2014年由哥伦比亚大学出版社出版。其中较具代表性的主要有《试论上博〈周易〉的卦序》《从出土文字数据看〈周易〉的编纂》《阜阳周易和占筮指南的形成》等。

作为总主编，夏含夷在《中国》系列著作的导言首先提到"《易经》作为中国群经之首以贯穿全书的意象龙开篇"[10]，足见夏含夷认为《易经》在中国学术中的重要性。

夏含夷对《易经》的兴趣是一贯的，一直以来都醉心于对《易经》的研究[11]，这从他在《古史异观》的"自序"中就可见一斑。他在台湾师从爱新

---

9 Edward L. Shaughnessy, *Unearthing the changes: recently discovered manuscripts of the Yi Jing（I Ching）and related texts*. NY: Columbia University Press, 2014: V.

10 Edward L. Shaughnessy, "Introduction", Edward L. Shaughnessy（general editor）, *China: Empire and Civilization*, Oxford & New York: Oxford University Press, 2000: 6.

11 李伟荣，"20世纪中期以来《易经》在英语世界的译介与传播"，《燕山大学学报》（哲学社会科学版），2016年第3期，第93-94页。

觉罗毓鋆学习"三玄"时，最喜欢的是《周易》；回到美国进了斯坦福大学师从倪德卫攻读博士学位时，本打算继续研究《周易》，不过倪德卫只对中国古文字学如甲骨文和金文等感兴趣，所以只好跟从导师学习和研究甲骨卜辞等历史问题和语言问题，从而发现甲骨卜辞与《周易》研究不无关系；最后，他的博士论文还是选择了《周易》，研究重点从哲学转向历史，研究易的起源以及原初意义，阐述商周卜筮的方法，并且分析了《周易》卦爻辞的基本构造。[12]

1983 年博士论文完成后，夏含夷从西周铜器铭文开始，用了好几年时间专门研究与铜器有关的各类问题，出版于 1991 年的《西周史料》对铜器，特别是铭文做了综合分析[13]，奠定了夏含夷在西周史研究方面的国际地位。可以说，从 1985 年到 1995 年十年间他用力最勤的是西周史。同时，他从未放弃对古文献的兴趣[14]，所以他对于国内新近出土的文物一直关注，例如 1973 年马王堆汉墓帛书《易经》等的出土、战国秦汉简帛的出土等。但是这些材料没有及时公开发表，虽然他一直关注，但是他还是无法获取权威的资料来进行研究。一直到 1992 年，有朋友到中国开会，给他带回了《马王堆汉墓文物》，其中发表了完整的六十四卦卦爻辞和《系辞》；1994 年《道家文化研究》第三辑发表了"马王堆帛书专号"[15]，首次公布了廖名春和陈松长整理的古佚易说"帛书《二三子问》《易之义》《要》释文"[16]，并公布了陈松长重新整理的"帛书《系辞》释文"[17]。

夏含夷深入研究帛书《易经》是在帛书《易经》出版后，当时出版社邀请他翻译。据其自述，尽管那时他已不专门从事易学研究，但是由于一直关注，所以受邀翻译帛书《易经》时，他很有兴趣。而且，真正开始翻译时，又注意到了其他与《易经》相关的出土材料，如王家台的《归藏》和阜阳易

12 夏含夷，《古史异观》，上海：上海古籍出版社，2005 年，第 1-3 页。

13 夏含夷，《古史异观》，上海：上海古籍出版社，2005 年，第 3 页。

14 夏含夷，《古史异观》，上海：上海古籍出版社，2005 年，第 3 页。

15 Edward L. Shaughnessy trans., *I Ching: the Classic of Changes, the First English Translation of the Newly Discovered Second Century B.C. Mawangdui Texts, Classics of Ancient China.* New York: Ballantine Books, 1996: IX-X.

16 廖名春和陈松长，帛书《二三子问》《易之义》《要》释文[A]. 陈鼓应主编，《道家文化研究》（第三辑）. 上海：上海古籍出版社，1994 年，第 424-435 页。

17 陈松长，帛书《系辞》释文[A]. 陈鼓应主编，《道家文化研究》（第三辑）. 上海：上海古籍出版社，1994 年，第 416-423 页。

等。[18]对于这些材料的研究，再加上他对马王堆帛书易和上海简帛易等的研究，就构成了 2014 年所出版专著《出土〈易经〉》的主要内容。

具体而言，夏含夷的易学研究始于师从爱新觉罗毓鋆，1983 年完成博士论文《〈周易〉的编纂》，1986 年开始发表易学论文，分别为《周易乾卦六龙新解》（1986《文史》）、《说乾专直，坤翕辟象意》（1988《文史》）、《周易筮法原无之卦考》（1988《周易研究》）、《试释周原卜辞由字——兼论周代贞卜之性质》（1989《古文字研究》）；从 1992 年开始，夏含夷的易学研究论文开始在国外陆续发表，例如《结婚、离婚与革命——周易的言外之意》（*The Journal of Asian Studies*,1992；中译文 1994 年发表于《周易研究》）、《易经》（*Early Chinese Texts: A Bibliographic Guide*, 1993）、《首次解读马王堆帛书易经》（*Early China*, 1994）、《易经爻辞起源》（*Early China*, 1995）、《注疏、哲学与翻译：〈易经〉王弼注的新解读》（*Early China*, 1997）、《系辞传的编纂》[《文化的馈赠：汉学研究国际会议论文集》（哲學卷），2000]、《帛书系辞传的编纂》（《道家文化研究》，2000）、《王家台归藏：〈易经〉另一种占筮》（*Facets of Tibetan Religious Tradition and Contacts with Neighbouring Cultural Areas*, 2002）、《阜阳〈周易〉与占筮手册的编纂》（*Asia Major*, 2003）、《试论上博〈周易〉的卦序》（《简帛》1, 2006）、《简论"阅读习惯"：以上博〈周易·恭〉卦为例》（《简帛》4, 2009）、《从出土文字数据看〈周易〉的编纂》（《周易经传文献新诠》, 2010）、《兴象：占筮之诗与诗之占筮》（*Divination and Interpretation of Signs in the Ancient World*, 2010）、《再说〈系辞〉乾专直坤翕辟》（《文史》, 2010）、《〈周易〉"元亨利贞"新解——兼论周代习贞习惯与〈周易〉卦爻辞的形成》（《周易研究》, 2010）、《再论周原卜辞由字与周代卜筮性质诸问题》（《中国简帛学国际论坛论文集》, 2011）、《阜阳汉简〈周易〉简册形制及书写格式之蠡测》（《简帛》6, 2011）、《"兴"与"象"：简论占卜和诗歌的关系及其对〈诗经〉和〈周易〉的形成之影响》（《珞珈讲坛》, 2011）、《筮法还是释法？由清华简重〈筮法〉新考虑〈左传〉筮例》（《周易研究》, 2015）、《大易的起源及其早期演变》（《国学新视野》, 2015）。

从上述研究成果中，我们可以看出夏含夷的易学研究主要集中在几个方面：第一，根据历史研究来探究《周易》和《系辞传》的编纂；第二，根据考古新发现进一步完善其研究结论；第三，探究易学研究中的重要问题如乾坤

---

18 夏含夷，《古史异观》，上海：上海古籍出版社，2005 年，第 5 页。

的意义、六龙的解释等。这些问题的探究，无疑直接促进了他对《易经》的理解，从而能够让他在翻译的时候更好地把握原文的真正意义，从而使其译文更为准确。

7.3 夏含夷帛书《易经》翻译及其翻译思想

夏含夷的翻译思想集中体现在他的翻译实践中，而他的翻译实践主要就是帛书《易经》的翻译。他的翻译思想集中体现在如下两个方面：一是遵循学术翻译，采取直译加注的方式；二是以通行本《诗经》与《易经》为基础结合出土文物而拟重构卦爻辞。

7.3.1 遵循学术翻译，采取直译加注的方式

夏含夷对于《周易》[19]部分的翻译，采用直译的方式，基本体例如下：左边的一页包括帛书《周易》和通行本《周易》，都包括卦画、卦名、卦序、卦辞、爻位和爻辞；右边的一页则是帛书《周易》的英译文，顺序依次是卦序、卦名、卦画、卦辞、爻位、爻辞。对于《易传》部分，夏含夷也是采用直译的方式，但是没有将帛书本和通行本进行对照，只是将帛书本翻译出来。对于有不同理解的文辞，则在全书后面用注释来对其进行解释。试举两例说明：

表 7-1 夏含夷"键卦"原文与英译[20]

中文	英译文
键 1 键元亨利贞 初九浸龙勿用 九二见龙在田利见大人 九三君子终日键ミ夕泥若厉无咎	1. *JIAN*, "THE KEY" The Key: Primary reception; beneficial to determine. Initial Nine 　Submersed dragon 　　do not use.

---

19 一般而言，夏含夷视六十四卦及其卦爻辞为《周易》，而视《周易》及《易传》为《易经》，详见 Edward L. Shaughnessy, Marriage, Divorce, and Revolution: Reading between the Lines of the Book of Changes[J], *The Journal of Asian Studies*, Vol. 51, No. 3, 1992, n. 1, p. 587.

20 Edward L. Shaughnessy trans., *I Ching: the Classic of Changes, the First English Translation of the Newly Discovered Second Century B.C. Mawangdui Texts, Classics of Ancient China*. New York: Ballantine Books, 1996: 38-39.

九四或鱻在渊无咎 九五翟龙在天利见大人 尚九抗龙有悔 迵九见群龙无首吉	Nine in the Second: 　　Appearing dragon in the fields; 　　　　beneficial to see the great man.
乾　1 乾元亨利贞 初九潜龙勿用 九二见龙在田利见大人 九三君子终日乾乾夕惕若厉无 咎 九四或跃在渊无咎 九五飞龙在天利见大人 上九亢龙有悔 用九见群龙无首吉	Nine in the Third: 　　The gentleman throughout the day is so initiating; 　　at night he is ashen as if in danger; 　　　　there is no trouble. Nine in the fourth: 　　And now jumping in the depths; 　　　　there is no trouble. Nine in the fifth: 　　Flying dragon in the heavens; 　　　　beneficial to see the great man. Elevated Nine: 　　Resisting dragon; 　　　　there is regret. Unified Nine: 　　See the flock of dragons without heads; 　　　　auspicious.

从表 7-1 可见，夏含夷基本遵循直译的方式。翻译时，最重要的参考资料便是通行本《易经》（也称传世本），如果出土的帛书《易经》本身是有意义的，那么他就按帛书《易经》原文翻译；如果没有意义，或意义不完整，那么他便会参考通行本，并按通行本翻译；必要时，他将在书后以注解的形式来对一些不同进行辨析和说明。例如，在"键卦"中，他对九处进行了注释：键、享、浸、泥、鱻、翟、尚、抗和迵，因为这九处与通行本不一样，但是却有意义，这对于我们更好地认识古本很有价值。

夏含夷曾经说过，对于中国上古史，我们既有新的问题，也发现了新的资料，这些新发现的资料能影响我们的问题，反过来，我们的问题也能影响这些资料，因为在中国古代，文本还没有固定下来的情况下，抄写者也是作注者，作注者也是抄写者，两者会混在一起；抄写者在抄写的过程中，对经文会有自己的解释，某个字应该是什么意思，他会按照自己的家法来抄写，就可以影响到经文。[21]类似意见同样可以在夏含夷帛书《易经》译本的"翻译原则"（Principles of Translation）中看到。

夏含夷在"翻译原则"中提到，翻译中国早期写本时必须时刻注意"语音通假"（phonetic loans）问题。因为写本中满是有意义的同音字符但是其标准意义在其语境中却明显毫无意义，所以如果译者坚持按写本（manuscript）的原样译出，也就是说他认为每个字符代表了标准书写系统中习惯相连的一个字，那么译者肯定无法公正处理这一文本；而且，语音通假的可能存在并未赋予译者任意改变这一文本的权力。这两方面就要求译者要调和这两个极端而达至"中庸之道"，如此他才可能按誊写者（copyist）的意图来再现这一文本。[22]

夏含夷指出，对于帛书《易经》而言便如此。因为它有与其对应的通行本《易经》，所以人们只要将帛书《易经》和通行本《易经》一对照，便会马上发现其对应字符是否匹配。如果匹配，我们完全可以假设，尽管不确定，这一字符就代表了通常与其有着紧密关联的字符；如果不匹配，那么译者就得从不同的字符（意义）中进行选择，甚至再三阅读才能确定。夏含夷举了通行本《乾卦》的"飞龙在天"和帛书本《键卦》的"翡龙在天"为例进行说明。他认为帛书本"翡龙在天"中的"翡"就是通行本"飞龙在天"中的"飞"。[23]

表 7-2 不同时期夏含夷《渐卦》译文比较

1992 年翻译[24]	1996 年翻译[25]
53 Jian: the woman returns: auspicious; beneficial to divine.	60 *JIAN*, "ADVANCING" Advancing: For the maiden to return is auspicious; beneficial to determine.

---

21 黄晓峰，"夏含夷：重写中国古代文献"，《山西青年》，2013 年第 19 期，第 35 页。

22 Edward L. Shaughnessy trans., *I Ching: the Classic of Changes, the First English Translation of the Newly Discovered Second Century B.C. Mawangdui Texts, Classics of Ancient China*, New York: Ballantine Books, 1996: 30.

23 Edward L. Shaughnessy trans., *I Ching: the Classic of Changes, the First English Translation of the Newly Discovered Second Century B.C. Mawangdui Texts, Classics of Ancient China*. New York: Ballantine Books, 1996: 30-31.

24 Edward L. Shaughnessy, Marriage, Divorce, and Revolution: Reading between the Lines of the Book of Changes, *The Journal of Asian Studies*, Vol. 51, No. 3, 1992: 590.

25 Edward L. Shaughnessy trans., *I Ching: the Classic of Changes, the First English Translation of the Newly Discovered Second Century B.C. Mawangdui Texts, Classics of Ancient China*. New York: Ballantine Books, 1996: 157.

53/1 <u>The wild goose advances to the mountain stream</u>:
    the little child has difficulties;
      danger; no harm.
	Initial Six:
	    <u>The wild goose advances to the depths</u>:
	      for the little son dangerous;
	      there are words;
	      there is no trouble.

53/2 <u>The wild goose advances to the large rock</u>:
    Drinking and eating merrily;
      auspicious.
	Six in the Second:
	    <u>The wild goose advances to the slope</u>:
	    Wine and food so overflowing;
	      auspicious.

53/3 <u>The wild goose advances to the land</u>:
The husband is on campaign but does not return,
The wife is pregnant but does not give birth.
	Nine in the Third:
	    <u>The wild goose advances to the land</u>:
	    [The husband campaigns but does not] return,
	    the wife is pregnant but does not [give birth];
	      inauspicious;
	    beneficial to have that which robs.

53/4 <u>The wild goose advances to the tree</u>:
And now gains its perch;
    no harm.
	Six in the Fourth:
	    <u>The wild goose advances to the tree</u>:
	    perhaps getting what the robbers rejected
	      there is no trouble.

53/5 <u>The wild goose advances to the hillock</u>:
The wife for three years is not pregnant;
In the end nothing overcomes it.
	Nine in the Fifth:
	    <u>The wild goose advances to the mound</u>:
	    The wife for three years does not get pregnant;
	    in the end nothing overcomes it;
	      auspicious.

53/6 <u>The wild goose advances to the hill</u>:
    Its feathers can be used as insignia;
    auspicious.
	Elevated Nine:
	    <u>The wild goose advances to the land</u>:
	    its feathers can be used to be emblems;
	    auspicious.

    从表 7-2 的左栏，可以看到夏含夷的翻译是完全依赖李镜池的文本及其解释，所以"鸿"（这里译为 the wild goose）是一步步从 depths 到 slope 到 land 到 tree 到 mound 最后到达 hill，是一步步从最低处走向最高处的，完全

符合我们观察事物的先后和思维的逻辑顺序以及认知规律；还可以看到的一点是，这两段译文都整饬得如《诗经》中的诗歌，一唱三叹，韵味无穷。

对于通行本《渐卦》，我们在理解时总是感到困惑的是通行本的九三爻和上九爻是一样的，从认知的角度说，这是很不合理的。因此很多易学家均就此进行解说。

李镜池认为：

> "阿"原讹为"陆"。因"路"不但与九三爻犯复，且不叶韵。
> 故江永、王引之、俞越均说是阿之讹。阿、仪，古为韵。《诗·皇矣》：
> "我陵我阿。"陵阿相次，可作旁证。据改。《说文》："阿，大陵
> 也。"26

其他一些学者也认为通行本中的"陆"不对，应该是其他一个字。而黄沛荣则认同江永《群经补义》中的说法，"陆当作阿。大陵曰阿，九五为陵，则上九宜为阿。阿、仪相叶，《菁菁者莪》是也。"27其中高亨认为上九爻的"陆"当为"陂"，形近而误。"陂"与"仪"为韵。陂，水池。仪，一种舞具，用鸟羽编成。鸿进于池塘，易于射获，可用其羽为舞具，自人言之，则吉。（自鸿言之，则不吉。）28夏含夷则直接吸收了李镜池的解释29，这就是为什么他最初把"陆"直接译为"hill"的原因。

但是，由于他翻译帛书《易经》的时候，秉承直译的原则，而且帛书《易经》与通行本《易经》在这方面是相同的，所以他就直接将《渐卦》上九爻中的"陆"翻译为"land"。尽管夏含夷在以前的研究就认为左栏的翻译更合理，但是基于直译的原因，他在翻译帛书《易经》时还是遵从了帛书《易经》和通行本《易经》。

7.3.2 以通行本《诗经》与《易经》为基础，结合出土文物尝试重构卦爻辞

夏含夷认为，《诗经》与《易经》不仅在形式上有相似之处，而且《诗

---

26 李镜池，《周易通义》，北京：中华书局，1981 年，第 106 页。

27 黄沛荣，"文献整理与经典诠释——以《易经》研究为例"[A]，见李学勤、朱伯崑等著，廖名春选编，《周易二十讲》，北京：华夏出版社，2008 年，第 155-156 页。

28 高亨，《周易大传今注》，济南：齐鲁书社，2008 年，第 331 页。

29 Edward L. Shaughnessy, Marriage, Divorce, and Revolution: Reading between the Lines of the Book of Changes, *The Journal of Asian Studies*, Vol. 51, No. 3, 1992: 593.

经》中的"兴"与《易经》中的"象"起着类似的作用,《诗经》的"兴"和《易经》的"象"(也就是繇辞)在西周宇宙论中起着同样的作用,而这个作用与占卜也有密切关系。[30]《易经》体式上的特点是大量押韵,几乎所有的卦爻辞都用韵,但韵式并不规则,常为异调相叶,文句又或整或散,参差错落;另外,它还使用了不少迭词、迭音词与双声迭韵词。[31]这一点与《诗经》渊源颇深。在处理这一类的翻译时,最典型的例子是夏含夷对《同人卦》的探索。

夏含夷最初认为,《周易》并未经过完整的编辑。如果经过了完整的编辑,那么我们大概可以设想这些征兆应该像"鸿渐于陆"那样启发"夫征不复,妇孕不育"的反应。[32]

表 7-3 夏含夷翻译的《同人》卦[33]

同人於野亨利涉大川利君子貞		
Gathering people in the wilds; receipt: beneficial to cross the great river, beneficial for the lordling to divine.		
同人於門 Gathering people at the gate		無咎 no harm
同人于宗 Gathering people at the temple		吝 trouble
伏戎於莽 Lying enemy in the grass	升其高陵三歲不興 ascend the high hillock; for three years they do not stir	
乘其墉 Astride the wall	弗克攻 it cannot be attacked	吉 auspicious

---

30 夏含夷,"兴"与"象":简论占卜和诗歌的关系及其对《诗经》和《周易》的形成之影响,请见夏含夷:《兴与象——中国古代文化史论集》,上海:上海古籍出版社,2012 年,第 2-16 页。

31 周锡䪖,"《易经》的语言形式与著作年代——兼论西周礼乐文化对中国韵文艺术发展的影响",《易经详解与应用》(增订本),北京:东方出版中心,2016 年,第 26 页。

32 夏含夷,"兴"与"象":简论占卜和诗歌的关系及其对《诗经》和《周易》的形成之影响,请见夏含夷,《兴与象——中国古代文化史论集》,上海:上海古籍出版社,2012 年,第 7 页。

33 Edward L. Shaughnessy, *The Composition of the Zhouyi*. Unpublished PhD. Dissertation, Stanford University, 1983: 250.

同人先號啕而後笑 Gathering people: at first fearful and then later laughing	大師克相遇 the great troops can meet	
同人于郊 Gathering people at the suburban altar		无悔 no problems

　　《同人》卦是夏含夷常常用于例证中的一卦，例如夏含夷认为，《同人》卦辞和爻辞有一个特点就是，句型"同人于……"在其中不断重复。第二个特点是，类似于"《蛊》九二：干母之蛊。不可贞"这样的文辞不完整，这说明这些文句并没有经过深思熟虑的整理，否则应该更为整饬。要注意的是，《同人》九三"伏戎于莽，升其高陵，三岁不兴"这个爻辞，这是三句相连的繇辞，非常典型，夏含夷认为繇辞就应该是这样。当然，也有一些爻辞是片段式的，似乎仅仅保留了繇辞最后两句话，例如九四"乘其墉，弗克攻。吉"。基于夏含夷认可的繇辞形式，这个爻辞原来可能读作"同人于宗：乘其墉，弗克攻"。同理，九五"同人，先號啕而后笑。大师克相遇"中的"同人"看似乎是"同人于郊"的断片。[34]这是夏含夷所做的一个推测。按他的推测，《同人》卦应该是这样的：

　　　　同人於野亨利涉大川利君子貞

　　　　初九同人於門無咎

　　　　六二同人于宗吝

　　　　九三同人于某伏戎於莽升其高陵三歲不興

　　　　九四同人于……乘其墉弗克攻吉

　　　　九五同人于……號啕而後笑大師克相遇

　　　　上九同人於郊無悔

所以他倾向于将《同人》卦翻译为：

　　　　Lying Enemy in the grass,

　　　　Gathering people: at first fearful and then later laughing,

　　　　Gathering people in the wilds,

　　　　Gathering people at the gate,

---

34 夏含夷，"兴"与"象"：简论占卜和诗歌的关系及其对《诗经》和《周易》的形成之影响，请见夏含夷，《兴与象——中国古代文化史论集》，上海：上海古籍出版社，2012 年，第 7 页。

Gathering people at the temple,

Gathering people at the suburban altar. [35]

之所以翻译时将《同人》卦调整为这样的顺序，是因为夏含夷认同了李镜池和高亨的观点，认为这一卦事关战争，这样编纂的顺序才更符合战争从开始到结束的整个过程。[36]

但是，这样的卦爻辞还是不整饬，只是"同人于……"这一结构回环往复的出现。而据夏含夷的研究，经过了完整编辑的每一则爻辞应该包括完整的三部分。每一条爻辞的核心由三个押韵的句子组成，第一句都形容某一现象，后面两个句子说到人间世的相关之事情，最后则附有"吉""凶""贞吝"之类的占辞。[37]这只是夏含夷的一个推测，目前出土的《易经》均无法证明其准确性。1977 年在安徽省阜阳双古堆发掘了的西汉初年汝阴侯夏侯竈墓中发掘的阜阳汉《易》并不完整，属于《同人》卦的共有十一片，可以隶定如下：

53 號：同人於野亨

54 號□君子之貞

55 號：•六二同人于宗客卜子產不孝吏

56 號：三伏戎於□

57 號：興卜有罪者凶

58 號：戰鬥敵強不得志卜病者不死乃瘧•九四乘高唐弗克

59 號：有為不成•九五同

60 號：人先號

61 號：後笑大師

62 號：相遇卜繫囚

63 號：九同人于鄗無悔卜居官法免[38]

---

35 Edward L. Shaughnessy, *The Composition of the Zhouyi*. Unpublished PhD. Dissertation, Stanford University, 1983: 250.

36 Edward L. Shaughnessy, *The Composition of the Zhouyi*. Unpublished PhD. Dissertation, Stanford University, 1983: 252.

37 夏含夷，"兴"与"象"：简论占卜和诗歌的关系及其对《诗经》和《周易》的形成之影响，请见夏含夷，《兴与象——中国古代文化史论集》，上海：上海古籍出版社，2012 年，第 7 页。

38 韩自强，《阜阳汉简〈周易〉研究》，上海：上海古籍出版社，2004 年，第 52-53 页。

　　尽管阜阳汉《易》并不完整，但是仔细研究的话，也能看到一些特点。第一，阜阳汉《易》与通行本非常接近；第二，每一条卦辞和爻辞后面都至少有一条筮占辞，而有些则有多条筮占辞[39]（夏含夷，2001：12），例如九三爻辞的"卜有罪者凶、戰鬥敵強不得志、卜病者不死乃瘳"（夏含夷，2001：12）。迄今为止，还没有文献能够证明，夏含夷的这一学术推测的准确性，但是读起来却能感觉到其合理性。如果果真如此的话，《易经》就应该是经过较为理性的整理编纂而成，就更利于我们理解。

　　总体来说，夏含夷的翻译基于自己广阔而深入的学术研究，既准确又贴近中国典籍的注疏传统，而且还有出土文献帮助他在翻译时纠正通行本中可能有的一些讹误。但是，智者千虑，也偶有失误。试举他翻译《系辞》中的一例来予以说明：

　　　　键（乾）以易（知），川（坤）以閒（简）能。[40]

　　　　"The Key" through change（knows），"The Flow" through the crack is capable.[41]

　　这里的翻译无疑简洁有力，而且是一以贯之的"直译"。不过，他这里把"易"翻译为"change"，这与传统注疏不完全一致，与现当代的易学解释也不完全吻合。对于这一"易"字，易学家的解释不尽相同。高亨的解释是：此易字乃平易之易，平易犹平常也。此知字当读为智，智犹巧也。天创始万物，可谓巧矣；然其应时而变化，皆有规律，不是神秘，而是平常。天以平常为巧，故曰："乾以易知"。地养成万物，可谓能矣；然其顺天以生育，亦有规律，不是复杂，而是简单。地以简单成其能，故曰："地以简能。"[42]而黄寿祺、张善文则解释为"乾的作为以平易为人所知，坤的作为以简约见其功能。"[43]

39　夏含夷，"从出土文献资料看《周易》的编纂"[A]，见郑吉雄主编，《周易经传文献新诠》，台北：台大出版中心，2010 年。

40　Edward L. Shaughnessy trans., *I Ching: the Classic of Changes, the First English Translation of the Newly Discovered Second Century B.C. Mawangdui Texts, Classics of Ancient China*. New York: Ballantine Books, 1996: 188.

41　Edward L. Shaughnessy trans., *I Ching: the Classic of Changes, the First English Translation of the Newly Discovered Second Century B.C. Mawangdui Texts, Classics of Ancient China*. New York: Ballantine Books, 1996: 188.

42　高亨，《周易大传今注》，济南：齐鲁书社，1979 年，第 506 页。

43　黄寿祺、张善文，《周易译注》（修订版），上海：上海古籍出版社，2001 年，第 528 页。

对于这一句话，卫礼贤的翻译是：

The Creative knows through the easy. The Receptive can do things through the simple.[44]

而林理彰的翻译是：

Qian through ease provides mastery over things, and Kun through simplicity provides capacity.[45]

窃以为，卫礼贤和林理彰的翻译都要更为贴近原文。

小结

综上所述，夏含夷的《易经》翻译对于典籍翻译的成功与否具有很深的启示意义，主要可以归纳为三点：

第一、夏含夷在翻译之前所做的各种学术准备，尤其是他师从易学专家爱新觉罗毓鋆学习《易经》，师从其博士导师倪德卫学习金文等，对于他深入研究易学并翻译《易经》具有积极的意义。

第二、夏含夷对《易经》的精深研究无疑保证了他翻译的成功。而且，夏含夷的易学研究是多方面的，有对《周易》各本（如王家台本、阜阳本、上博本和马王堆本）的评价；有对早期经文解读的更进一步修正、拓展、深化，如《再论周原卜辞由字与周代卜笠性质诸问题》、《再说〈系辞〉乾专直，坤翕辟》；有对研究方法的探讨，从而重塑学者视点，如《简论"阅读习惯——以上博〈周易〉菱为例》、《重写儒家经典：谈谈古代写本文化中抄写的诠释作用》等；也有对《周易》成书问题的探讨，如其博士论文"《周易》的编纂"，以及"《系辞传》的编纂"等。夏含夷的学术兴趣或方法始终如一：利用出土文献来解决传世文献上的某一老问题，或利用传世文献来解读出土文献所提出的新问题。[46]

44　Richard Wilhelm trans., *The I Ching or Book of Changes*, rendered into English by Cary F. Baynes, New Haven: Princeton University Press, 1950: 591.

45　Richard John Lynn trans., *The Classic of Changes: A New Translation of the I Ching as Interpreted by Wang Bi*, New York: Columbia University Press, 1994: 122.

46　夏含夷，"兴"与"象"：简论占卜和诗歌的关系及其对《诗经》和《周易》的形成之影响，请见夏含夷，《兴与象——中国古代文化史论集》，上海：上海古籍出版社，2012 年，第 1 页。

第三、夏含夷的《易经》翻译之所以如此成功，还跟他在中国古代文化史、古文字学、考古学、文献学（包括传世文献和出土文献）、经学（《周易》、《诗经》、《尚书》、《道德经》和《庄子》等）等方面的努力是分不开的，跟他及时向相关领域的专家请教学习的态度是分不开的。尤其是作为一位美国学者，他一直关注我国出土文献的进展，随时更新自己的研究，这种精益求精、锲而不舍的学术钻研精神值得我们借鉴。

我们如果想做好典籍翻译，至少也得从这三方面下功夫。而且，通过把代表中国传统文化精髓的典籍翻译过去，并进而经典化，是推进中国文化国际影响力的一条有效途径，其中合适的译者非常关键，一些国际知名的汉学家完全可以胜任这一翻译的任务，而且我们也应该聘请这些精通中国学问的汉学家来担当翻译的职责[47]。《红楼梦》《西游记》《金瓶梅》和帛书《易经》之所以能够在英语世界也成为经典，就是因为有了霍克思（David Hawkes，1923-2009）、余国藩（1938-2015）、芮效卫（David Tod Roy，1933-2016）和夏含夷这样国际知名学者来将其翻译到英语世界。

---

47 贾洪伟，"中华文化典籍外译的推进路径研究"，《外语学刊》，2017 年第 4 期，第 112 页；李伟荣，"中国文化'走出去'的外部路径研究——兼论中国文化国际影响力"，《中国文化研究》，2015 年第 3 期，第 46 页。

第八章　林理彰与《易经》研究

引言

　　林理彰（Richard John Lynn，1940-）是加拿大多伦多大学荣休教授，北美著名汉学家，其博士论文的指导教师是美国哥伦比亚大学教授、美籍华裔学者刘若愚教授（James J. Y. Liu，1926-1986）。他的著作主要有《中国文学：一个欧洲语言简目》（*Chinese literature: A Draft Bibliography in Western European Languages*）、《中国诗歌和戏剧导读》（*Guide to Chinese Poetry and Drama*）；译著有两部，一是《王弼注〈道德经〉新译》（*The Classic of the Way and Virtue: A New Translation of the Tao-te Ching of Laozi as Interpreted by Wang Bi*），二是《王弼注〈周易〉新译》（*The Classic of Changes: A New Translation of the I Ching as Interpreted by Wang Bi*）[1]。

8.1 王弼易学的价值

　　从上举林理彰的译著来看，林理彰对王弼（226-249）是非常借重的，所以他的《道德经》和《易经》都是以王弼注为底本，这是非常有见地的，因为王弼的研究主要成就即在易学、老学方面，如《老子道德经注》《周易注》《周

1　Richard John Lynn, *Chinese literature: A Draft Bibliography in Western European Languages; Guide to Chinese Poetry and Drama; The Classic of the Way and Virtue: A New Translation of the Tao-te Ching of Laozi as Interpreted by Wang Bi; The Classic of Changes: A New Translation of the I Ching as Interpreted by Wang Bi*.

易略例》，已亡佚的著作有《道德论》《老子指略》《周易大衍论》和《论语释疑》等，在中国经学史上的地位是非常重要的。我们目前所见的《易经》通行本和《道德经》通行本都凝聚着王弼的功劳。

两汉时期，阴阳五行的观念非常盛行，汉易受此影响很深，所以大多局限于爻辰、卦气、互体、纳甲、世应、飞伏、游归、旁通、之正、卦变等象数范围中。而王弼易学则一扫象数易学的积弊，他将老庄玄学思想注入《易经》的解释之中。因此，孙盛尽管轻视王弼的易注，但也指出其新易学的特点即在于摒除象数、阐发玄旨，他认为：

> 《易》之为书，穷神知化，非天下至精，其孰能与于此？世之注解，殆皆妄也。况弼以傅会之变，而欲笼统玄旨者乎？故其叙浮义，则丽辞溢目；造阴阳，则妙颐无闻。至于六爻变化，群象所效，日时岁月，五气相推，弼皆摈落，多所不关。虽有可观者焉，恐将泥夫大道。[2]

朱伯崑指出，曹魏时期以道家的无为说来解释儒家的为政以德说，这种解释儒家典籍的学风是一种新倾向。在此影响下，两汉易学转向以老庄玄学解易的道路，成为易学史上的一大流派，而王弼就是这一流派的创始人。[3]朱伯崑还指出，王弼易学的形成，除了受老庄思潮的影响外，同古文经学派的发展也分不开，尤其受到曹魏时期古文经学派的集大成者王肃的影响；除此之外，他还受到费直易学的影响，以《易传》中的观点，注解《周易》经传文，抛开汉易中的象数之学，特别是今文经学派和《易纬》的传统，不讲互体、卦气、卦变和纳甲等，注重义理，文字力求简明，这种古文经学派解易的学风，为玄学家解易所吸收，王弼易学继承和发展了这一风气。[4]

王弼的易学著作有《周易注》和《周易略例》。前者是对《易经》和《彖》《象》二传的注释，后者讲《周易》的体例。通过《周易》体例的认识，我们可以看出王弼易学取自（1）取义说、（2）一爻为主说、（3）爻变说、（4）适时说、（5）辨位说。[5]王弼对《周易》体例的论述，是其易学的一个方面，基本上是对古文经学派解易学风的阐发。王弼易学的另一方面是以玄学观点即

---

2 陈寿，《三国志·魏书·钟会传》，裴松之注，吴金华点校，长沙：岳麓书社，2002年，第536页。

3 朱伯崑，《易学哲学史》（第一卷），北京：华夏出版社，2009年，第273页。

4 朱伯崑，《易学哲学史》（第一卷），北京：华夏出版社，2009年，第273-274页。

5 朱伯崑，《易学哲学史》（第一卷），北京：华夏出版社，2009年，第278-311页。

老庄哲学来解释《周易》中的卦爻辞。[6]王弼以玄学观点解易，核心的观点有如下几点：（1）自然无为、（2）乾坤用形、（3）动息则静、（4）得意忘象、（5）释大衍义。王弼的这些解释，表明对《周易》原理的理解，进一步抽象化或逻辑化了。[7]

作为魏晋时期义理学派的先驱和杰出代表，王弼跟汉代易学研究流派中象数学派的区别主要在于，他对卦爻辞的解释力主"取义说"。当然，"取义说"并非自王弼始，此前的《彖》《象》二传、费直和王肃等都主张"取义说"。所不同的是，王弼的易学研究则进一步发挥了"取义说"，除了对其中个别的卦爻辞和传文的解释夹杂着一些"取象说"外，其他的都采用"取义说"，并且他非常有意识地极力排斥"取象说"。[8]另外，王弼对六十四卦及其卦爻辞的解释也都力主"取义说"。王弼易学研究中的"取义说"，同汉代易学研究中的象数学派来解易的学风是根本对立的。[9]

但是，王弼对《易传》则讲取象。这似乎跟他的取义说相矛盾。不过，王弼为了自己学说的完备，又提出"义生象说"，他在《周易注》中解释《乾卦·文言》时有言：

> 夫易者象也。象之所生，生于义也。有斯义然后明之以其物。故以龙叙乾，以马明坤，随其事义而取象焉。是故初九、九二，龙德皆应其义，故可论龙以明之也。至于九三，乾乾夕惕，非龙德也，明以君子当其象矣。统而举之，乾体皆龙，别而叙之，各随其义。[10]

"易者象也"出自《系辞传》，王弼将其解释为象生于义，认为先有某卦之卦义，方有某卦所取之物象。对此，朱伯崑的解释是：

> 乾坤两卦，乾为刚健，坤为柔顺，此是其卦义，有其义，方取龙象以明乾，取牝马以明坤。乾卦各爻，皆主刚健，所以各爻辞以龙德称之。九三爻，未言龙德，取君子之象，但亦出于"终日乾乾"之义。所以总起来说，亦可以说"乾体皆龙"。各爻称谓之不同，如初九称潜龙，九二称见龙，九三称君子，九五称飞龙等，是表示

6　朱伯崑，《易学哲学史》（第一卷），北京：华夏出版社，2009 年，第 312 页。
7　朱伯崑，《易学哲学史》（第一卷），北京：华夏出版社，2009 年，第 312-331 页。
8　朱伯崑，《易学哲学史》（第一卷），北京：华夏出版社，2009 年，第 278 页。
9　朱伯崑，《易学哲学史》（第一卷），北京：华夏出版社，2009 年，第 280-281 页。
10　王弼，《周易注》，见楼宇烈，《王弼集校释》（两卷本），北京：中华书局，1980 年。

刚健之德因其所处的时位而异，此即"别而叙之，各随其义"。王弼并不否定卦象，但认为"象之所生，生于义"。以卦义为第一位。此种观点，亦表现在其他卦的解释中。[11]

王弼《周易略例》中的《明象》一篇就是为了从理论上阐明"象生于义"。吊诡的是，他尖锐地批评了汉代易学研究中的取象说，同时他提出了自己的"得意忘象"这样的玄学理论：

> 夫象者，出意者也。言者，明象者也。尽意莫若象，尽象莫若言。言生于象，故可寻言以观象。象生于意，故可寻象以观意。意以象尽，象以言著。故言者所以明象，得象而而忘言。象者所以存意，得意而忘象。……然则，忘象者，乃得意者也；忘言者，乃得象者也。得意在忘象，得象在忘言。
>
> ……
>
> 是故触类可为其象，合义可为其征。义苟在健，何必马乎？类苟在顺，何必牛乎？……而或者定马于乾，案文责卦，有马无乾，则伪说滋蔓，难可纪矣。互体不足，遂及卦变，变又不足，推致五行。一失其原，巧愈弥甚。纵复或值，而义无所取。盖存象忘意之由也。忘象以求其义，义斯见矣。[12]

王弼易学一方面突出了易学的理性主义倾向，但另一方面也因为将这一点过于夸大而陷入了玄学唯心主义。对此，朱伯崑的评价是极有见地的，他指出：

> 就占筮的体例说，在《易传》中取义说和取象说是互相补充的。汉易主取象，由于《易传》中的取象说不足以说明爻象和卦爻辞之间的联系，于是发展为互体、卦变，甚至半象说。王弼指出这一点，即"伪说滋蔓"，是符合汉易发展的历史的。但是，他认为只有取义方符合《周易》体例的本义，这也是一种偏见。……但他当时大讲取义说，要求人们探讨卦爻象和卦爻辞的义理，一扫汉易中象数派的繁琐的解易学风，给人们带来清晰明快、简练，而意义又深远之感，特别是以取义说，打击了以谶纬为中心的今文经学，这在古代学术史上，

---

11 朱伯崑，《易学哲学史》（第一卷），北京：华夏出版社，2009年，第281-282页。

12 王弼，《周易略例·明象》，见楼宇烈，《王弼集校释》（两卷本），北京：中华书局，1980年。

可以说是一次解放。王弼的取义说，就其理论思维而言，是重视《周易》经传中的抽象的原则⋯⋯认为抽象的德行可以概括具体的物象，不能被卦爻辞中讲的具体的物象所迷惑，而丢掉其抽象的原则，表现了其易学的理性主义倾向。这对宋明易学中的理学派起了很大影响。

但是，它将这一点夸大，又陷入了玄学唯心主义。[13]

上引朱伯崑对王弼易学研究的整体把握，无疑是辨证的。从中，我们可以看出王弼在易学研究上有着开创式的功绩，尤其是因"取义说"而巩固了易学研究义理学派。这应该就是林理彰选择王弼的《周易注》作为其《易经》翻译底本的根本原因。

8.2 林理彰《易经》译本的基本构成及其特点

林理彰的《易经》译本包括如下内容：致谢、导论、王弼的《周易略例》（General Remarks on the *Changes of the Zhou*, by Wang Bi）、《系辞传》（上）（Commentary on the Appended Phrases, Part One）、《系辞传》（下）（Commentary on the Appended Phrases, Part Two）、《序卦》（Providing the Sequence of the Hexagrams）、《杂卦》（The Hexagrams in Irregular Order）、《说卦》（Explaining the Trigrams）、《六十四卦》（The Sixty-Four Hexagrams, with Texts and Commentaries）、参考文献（Bibliograpy）、术语汇编（Glossary）、专有名词表（List of Proper Nouns）和索引（Index）。

在"导论"中，林理彰首先简要介绍了《周易》的基本内容、形成过程、每一卦的基本内容、《易传》的基本内容、《周易》和《易传》的作者及其相关问题等，基本沿袭中国传统易学的观点，例如伏羲画卦、文王重卦、文王作卦辞、周公作爻辞等。[14]

接着，林理彰介绍了自己翻译王弼所注《易经》的组成、程序和方法以及翻译时所依据的底本。林理彰翻译了王弼的《周易注》（包括卦辞、爻辞、《象传》、《象传》和《文言》）和《周易略例》以及那些王弼未注疏而由其学生韩康伯注疏的部分（包括《系辞传》《序卦》《杂卦》和《说卦》）。林理彰翻

---

13 朱伯崑，《易学哲学史》（第一卷），北京：华夏出版社，2009 年，第 284 页。

14 Richard John Lynn trans. *The Classic of Changes: a New Translation of the I Ching as Interpreted by Wang Bi*. New York; Chichester: Columbia University Press, 1994, pp. 3-5.

译时依据的底本是楼宇烈所著的《王弼集校释》[15]。对于难解的或未注疏的段落，林理彰通常参考孔颖达的《周易正义》；翻译时，林理彰还参考了阮元编纂的《十三经注疏》[16]；除此之外，林理彰也参考了程颐的《伊川易传》、朱熹的《周易本义》和李光地编纂的《御纂周易折中》以及易学译著如理雅各的 *The Yih King; or, Book of Changes*（Oxford: Clarendon Press, 1882）、卫礼贤德译的 *I Ging: Das Buch der Wandlungen*（Jena: Eugen Diederichs, 1924）、贝恩斯从卫礼贤德译再转译为英文的 *The I Ching or Book of Changes*（Princeton: Princeton University Press, 1950）和蒲乐道所译的 *I Ching: The Book of Change*（New York: E. P. Dutton, 1968）。

首先，林理彰认为不存在单一的《易经》而只存在多版本的《易经》，因为《易经》有许多不同的注疏，每一种注疏事实上就构成了一个版本。在翻译这本书时，林理彰尽可能忠实于《易经》的字面意义（literal meaning）；他指出，《易经》意义丰赡，需从不同的层次对其进行把握，关键的一点是读者应该接受该文本假设的历史现实（historical reality）。[17]

随后他简述了王弼的生平、交游及其学术贡献[18]以及王弼研究《周易》的方法。[19]最后介绍了两种占筮的方法：蓍草法和金钱卦法。[20]

其次，林理彰认同"四德说"，所以他将"乾元亨利贞"译为"*Qian consiscts of fundamentality* [*yuan*], *prevalence* [*heng*], *fitness* [*li*], *and constancy* [*zhen*]。"[21]我们得承认，林理彰对"元亨利贞"的翻译与理雅各和卫礼贤等

15 Richard John Lynn trans. *The Classic of Changes: a New Translation of the I Ching as Interpreted by Wang Bi*. New York; Chichester: Columbia University Press, 1994, p. 5.

16 Richard John Lynn trans. *The Classic of Changes: a New Translation of the I Ching as Interpreted by Wang Bi*. New York; Chichester: Columbia University Press, 1994, p. 6.

17 Richard John Lynn trans. *The Classic of Changes: a New Translation of the I Ching as Interpreted by Wang Bi*. New York; Chichester: Columbia University Press, 1994, pp. 5-9.

18 Richard John Lynn trans. *The Classic of Changes: a New Translation of the I Ching as Interpreted by Wang Bi*. New York; Chichester: Columbia University Press, 1994, pp. 9-15.

19 Richard John Lynn trans. *The Classic of Changes: a New Translation of the I Ching as Interpreted by Wang Bi*. New York; Chichester: Columbia University Press, 1994, pp. 15-18.

20 Richard John Lynn trans. *The Classic of Changes: a New Translation of the I Ching as Interpreted by Wang Bi*. New York; Chichester: Columbia University Press, 1994, pp. 19-20.

21 Richard John Lynn trans. *The Classic of Changes: a New Translation of the I Ching as Interpreted by Wang Bi*. New York; Chichester: Columbia University Press, 1994, p. 129.

人的翻译都不一样，甚至可以说他对这四个字的理解迥异于其他所有西方易学家对它们的理解。

再次，林理彰认同分经附传的观点，当然这也是王弼的观点，但是既然林理彰选择了翻译王弼的《周易注》，我们可以认为他也接受了王弼的易学观。因此，他在翻译每一卦时，其顺序依次是卦画、卦名、卦辞、《象传》、《（大）象传》、（乾坤两卦之后均有《文言》）《系辞传》《杂卦》、爻位、爻辞、《文言》（乾坤两卦之后均有《文言》）、《（小）象传》。[22]

中文《易经》中的"阳爻"，例如"初九"和"九三"，林理彰将其译为"*First Yang*"和"*Third Yang*"，而将"阴爻"如"初六"和"六四"译为"*First Yin*"和"*Fourth Yin*"。也就是说，他将"九"全部用"*Yang*"来表示，而将"六"全部用"*Yin*"；而其卦序分别用序数词来表示，用"*First*"表示"初"，随后依次是"*Second*""*Third*""*Fourth*""*Fifth*"而"上"则译为"*Top*"，所以"上九"就是"*Top Yang*"，而"上六"则译为"*Top Yin*"；如果是乾坤两卦，还有"用九"和"用六"，他将其分别译为"*All Use Yang Lines*"和"*All Use Yin Lines*"。

为了将王弼的注与其他学者的注区别开来，林理彰运用了很多符号，例如"{}"内都是韩康伯的注[23]，另外还有"[]"、斜体等等之类的印刷符号，这无疑有时会让读者感到迷惑，因为符号太多了。这是林理彰译本的一个缺点，当然这仅是白璧微瑕而已。

8.3 国外学者对林理彰《易经》译本的评价

正因为王弼易学在易学史上的地位如此重要，所以林理彰翻译《易经》时选择王弼注的《易经》为底本显示出了林理彰对中国易学的深入把握；同时，他的译本出版后得到许多西方汉学家的积极回应和评论。对于林理彰的《易经》译作，施罗德（J. Lee Schroeder）[24]、宇文所安（Stephen Owen, 1942-）

---

22 以《易经·乾卦》为例，详见 Lynn, Richard John trans. *The Classic of Changes: a New Translation of the I Ching as Interpreted by Wang Bi*.（602p.）New York; Chichester: Columbia University Press, 1994, pp. 129-132.

23 Richard John Lynn trans. *The Classic of Changes: a New Translation of the I Ching as Interpreted by Wang Bi*. New York; Chichester: Columbia University Press, 1994, n. 1, p. 68.

24 J. Lee Schroeder, A Book Review on *The Classic of Changes: A New Translation of the*

25、苏德恺（Kidder Smith）和梅茵（Roderick Main）等进行了及时的评价。

　　施罗德认为林理彰翻译的《易经》，主要贡献在于其中提到的许多材料迄今还无英语翻译，也就是说林理彰所译的王弼《周易注》和《周易略例》可能是英语世界的第一次翻译，因此林理彰的《易经》翻译就《易经》之意义为未来诸多哲学争辩奠定了基础。[26]尽管林理彰的《易经》翻译也存在一些瑕疵，例如第 28 页倒数第二段的结尾处少了一个后引号（closing quotation mark），第 36 页的"blame, good fortune"应该是"no blame, good fortune"等等诸如此类的版式错误，梅茵指出这些并不能影响林理彰译本的学术性和实用性。[27]

　　林理彰的《易经》译本刚一问世，国际著名汉学家宇文所安就发表了自己对这一译本的看法。宇文所安首先指出，我们应该注意到林理彰《易经》译本的副标题是"A New Translation of the *I Ching* as Interpreted by Wang Bi"，就是说这一译本迥异于以前的《易经》译本，因为这是由王弼所注的《易经》翻译而来的。在林理彰的《易经》译本中，我们发现的不是关于永恒而透明的智慧文本（智慧之书），而是中国人自己对古籍的多层次历史诠释。正如林理彰在"导论"中所告诉我们的那样，卫礼贤译本高度依赖十一二世纪对《易经》的注疏，而林理彰所译王弼的注疏则代表了三世纪对《易经》的诠释。[28]

I Ching as Interpreted by Wang Bi Translated by Richard John Lynn, *Journal of Chinese Philosophy*, 23（1996），pp. 369-380.

25　Stephen Owen, "Yin Yang Inc. A Book Review on *The Classic of Changes: A New Translation of the I Ching as Interpreted by Wang Bi* translated by Richard John Lynn", *The New Republic*, 22: 211（November 22, 1994），pp. 66-70.

26　J. Lee Schroeder, 1996, pp. 369-380.顾明栋曾对中外文献进行过搜索，发现几乎没有汉语理论和评论书籍特意提及王弼的《周易略例》，在中国传统文学思想论著中该书似乎也缺席，只有哈佛大学的宇文所安（Stephen Owen）教授在其著作 *Readings in Chinese Literary Thought*（Cambridge, MA: Harvard University Press, 1992, pp. 33-34）将部分论述收入，并讨论了它对中国文学理论的意义。详见 Ming Dong Gu, "Elucidation of Images in the *Book of Changes*: Ancient Insights into Modern Language Philosophy and Hermeneutics", *Journal of Chinese Philosophy*, 31:4（December 2004），p. 470.中文见顾明栋，"《周易》明象：现代语言哲学与诠释学的古代"，见顾明栋，《原创的焦虑——语言、文学、文化研究的多元途径》，南京：南京大学出版社，2009 年，第 64、84 页。

27　Roderick Main, A Book Review on *The Classic of Changes: A New Translation of the I Ching as Interpreted by Wang Bi* trans. by Richard John Lynn, *Journal of Chinese Philosophy*, pp. 397-399.

28　Stephen Owen, "Yin Yang Inc. A Book Review on *The Classic of Changes: A New Translation of the I Ching as Interpreted by Wang Bi* translated by Richard John Lynn", *The New Republic*, 22: 211（November 22, 1994），p. 68.

　　其次，宇文所安感兴趣的是，一方面林理彰的《易经》翻译不仅提供了王弼的注疏，而且提供了比卫礼贤/贝恩斯更为准确的翻译；而且阅读林理彰的《易经》翻译，我们可以像中国人阅读《易经》一般觉得其文字言之有理，这一点优于卫礼贤/贝恩斯的《易经》译本；另一方面，林理彰的《易经》译本在主要连锁书店的"东方宗教"部是否能取代卫礼贤/贝恩斯的《易经》译本还有待时日来证明。[29]

　　总体而言，宇文所安认为林理彰的译文优于卫礼贤/贝恩斯的译文，他举了《易经·乾卦》和《易经·豫卦》为例说明了自己的观点。最后，宇文所安指出，读者可以信任译者对《易经》这一古籍的理解。[30]

　　苏德恺指出，英语读者现在可以通过五扇门进入《易经》的漫长历史：《易经》本经、约5个世纪后的《十翼》、马王堆帛书《易经》、王弼的《周易注》和程朱所代表的新儒学《易经》。[31]需要指出的是，苏德恺在其评论性文章"《易经》的语境化翻译"中，特别指出英语世界有如下两部《易经》译著：一是夏含夷的 *I Ching: The Classic of Change*，以马王堆帛书《易经》为底本；二是林理彰的 *The Classic of Changes: A New Translation of the I Ching as Interpreted by Wang Bi*，以王弼的《周易注》为底本，顺便他还提到了为推广林理彰翻译的《易经》，哥伦比亚大学出版社还推出了林理彰《易经》译本的 CD-ROM 版，以增大该译本在美国的销量。苏德恺提到的《易经》本经是指孔士特的博士论文"原《易经》"（The Original *Yijing*: A Text, Phonetic Transcription, Translation, and Indexes, with Sample Glosses）；程朱所代表的新儒学《易经》主要指理雅各和卫礼贤（尤其是理雅各）的《易经》译本，因为他们都是以《御纂周易折中》为翻译底本，而其中尤其借重了程颐和朱熹的易学见解和易学注疏。[32]

29　Stephen Owen, "Yin Yang Inc. A Book Review on *The Classic of Changes: A New Translation of the I Ching as Interpreted by Wang Bi* translated by Richard John Lynn", *The New Republic*, 22: 211（November 22, 1994）, p. 68.

30　Stephen Owen, "Yin Yang Inc. A Book Review on *The Classic of Changes: A New Translation of the I Ching as Interpreted by Wang Bi* translated by Richard John Lynn", *The New Republic*, 22: 211（November 22, 1994）, pp. 69-70.

31　Kidder Smith, "Contextualized Translation of the *Yijing*", *Philosophy East and West*, Vol. 49, No. 3, Human "Nature" in Chinese Philosophy: A Panel of the 1995 Annual Meeting of the Association for Asian Studies（Jul., 1999）, p. 382.

32　Kidder Smith, "Contextualized Translation of the *Yijing*", *Philosophy East and West*, Vol. 49, No. 3, Human "Nature" in Chinese Philosophy: A Panel of the 1995 Annual Meeting of the Association for Asian Studies（Jul., 1999）, pp. 377-383.

小结

林理彰的《易经》译本最重要的价值是翻译了王弼的《周易注》和《周易略例》，因为王弼的这两部著作对于《易经》的价值非常大。王弼是义理学派的先驱。正如第十章司马富所说，王弼是玄学的先驱，依靠大多数汉代学术，特别是像郑玄、荀爽和虞翻这些东汉诠释者的学术成果，王弼发展出了一种对《易经》的反传统方法，这种方法被称为义理学派，在此来几百年里，它从根本上塑造了经典学术。[33]

楼宇烈指出，王弼注《周易》包括六十四卦的卦、爻辞，以及文言、上下象辞、大小象辞。晋韩康伯注的上下系辞、说卦、序卦、杂卦等，基本上是承继和发挥王弼思想而作的，其中也征引了王弼的一些言论，如引王弼对"大衍之数"的解释就是重要的材料。[34]这正是林理彰翻译的顺序，也间接说明了，为什么他也翻译了韩康伯的注，因为韩康伯直接承继和发挥了王弼的思想。

---

33 Richard J. Smith, *Fathoming the Cosmos and Ordering the World: The Yijing（I-Ching, or Classic of Changes）and its Evolution in China*, Charlottesville and London: University of Virginia Press, 2008, pp. 89-90.

34 楼宇烈，"校释说明"，楼宇烈校释，《王弼集校释》（上册），北京：中华书局 1980年，第 12 页。